メアリー・スーを殺して

幻夢コレクション

乙一　中田永一
山白朝子　越前魔太郎
安達寛高

朝日文庫

本書は二〇一六年二月、小社より刊行されたものです。

メアリー・スーを殺して●目次

Killing Mary Sue Phantasmal Story Collection

メアリー・スーを殺して

愛すべき猿の日記

乙一

解説

小説家の乙一は普段、映画シナリオの書き方を参考にしながら構成をかんがえているという。しかし、はたしてそれで良いのだろうか。ターニングポイントやミッドポイントなどという作劇上の問題をわすれて、もっと自由に、好きなように書いても良いはずだ。そう主張する編集者の依頼で、シナリオ理論を意図的に排除して執筆したのがこの作品だそうである。普段は削ぎ落とされる思想がこの短編には純粋な状態でのこっているのかもしれない。

（初出「papyrus」二〇〇五年八月号　創刊号）

三十分は音楽を聴き続けているような気がしていたら、時計の長針は少しも動いていなかったという現象が、これの最中にはよくある。まるで時間の進みの遅い世界へ迷いこんだような気分になり、それは薬が抜けきるまで続くのだ。

その日の通過儀礼は三十分ほどで訪れた。胃の中でオブラートが溶け出して中に包んでいた白い粉が体に吸収され始める。体が拒否反応を示して胃が暴れ出す。肉体的不快感。何かが別の状態に変化して生まれ変わるとき、痛みや苦痛が伴うのは当然のことだ。急激な変化に体が戸惑い、恐れおののき、何かにしがみついて必死に耐えなければならない。いつかこの苦しみは消える。それを合い言葉にして僕達は乗り越える。通過儀礼は思春期に似ている。

友人二名と一緒にビデオを見ていたが、正常に画面を見ていることができなくなった。ごめん、音楽、聴くわ。僕は二人に言った。言葉がうまく出てこないので片言のしゃべり方になる。その最中、脳の言語をつかさどる部分が退化する。おかげで言葉というものがわからなくなる。言葉を知る前の状態の自分を知る。言葉がない世界。それはまるで赤ん坊の世界だ。

ヘッドホンをはめてステレオを起動させた。そうしているうちに肉体的不快感は鎮まる。世界は美しい、ということを実感する瞬間はこのときだ。広角レンズで撮影されたような視界になる。遠藤《えんどう》ツヨシと桐畑《きりはた》サユリがミュージックビデオを眺めながらぐったりと畳の上に横たわっていた。

「大丈夫？」

ヘッドホンを外して二人に声をかけた。桐畑サユリが部屋を見回して言った。

「高橋《たかはし》君の、部屋って、棺桶《かんおけ》みたいね」

僕の部屋にはものが少ない。テレビとビデオと寝袋だけだ。小説も読まないので、大学で買わされた教科書と漫画の雑誌が畳の上に積み上げられている。大学入学の際に借りたアパートの一室は、部屋と言うよりもがらんとした直方体で、僕達三人は確かに棺桶の中にいるようだった。

携帯電話にメールの着信があった。苦労しながら文字を読む。メールは母からだ。

『マモルくん。大学はがんばっていますか？　宅配便を送っておきました。』

メールがまるでプラスチックのように無機的なものとして感じられる。人間関係や自分の過去というものがすべて消え去る。目の前にあるものがすべてという即物的人間になってしまう。

玄関のチャイムが鳴った。扉を開けるとクロネコヤマトの人が段ボール箱を持っていた。まだ体の感覚はどこかおかしい。クロネコヤマトの人は伝票にサインを求めてきた。自分の名前。自分の名前。自分の名前は何だっただろうか。そうだ、高橋マモルだ。

ぎぎぎ、と歯ぎしりしながら右手で名前を書く。記号のない世界にまだ片足をつっこんでいる状態だ。文字を書くのが難しくて頭がパンクしそうだ。僕の頭の中は人類史が始まる以前の猿と同じ状況だった。「高」「橋」「マ」「モ」「ル」というそれらひとつひとつの文字が意味を持っているなんて考えられない状態で、それをつなげたものが自分という個体を示しているなんて不思議に感じる。

苦労しながら伝票に高橋マモルと書いて自分がだれなのかを証明してみせたら、僕の手に伝票のついた段ボール箱が与えられた。差出人は母だ。一抱えもある大きさで、ずっしりと重い。

部屋に戻ってあらためて室内を見渡すと酷い惨状だった。さきほど音楽を聴きながら神の哲学を発見した部屋はただのゴミためだった。食べ物のかすやらCDケースやら脱ぎ捨てた靴下やらが棺桶空間に散乱していた。遠藤ツヨシと桐畑サユリが抱き合って寝転がっていたが幸いに二人とも服を着たままだ。

段ボール箱を開けていると二人が起き出してきた。箱の中には、実家でとれたものらしい米と、こんなもんコンビニで売ってるからいらないのにというお菓子やらカップ麺やらが詰まっていた。三人で箱を漁《あさ》っていると、底の方から新聞紙で大事そうに包まれた何かが出てきた。

「何だろう？」

遠藤ツヨシが手にとって新聞をはがすと、中から現れたのは薄汚いインク瓶だった。瓶は台形状をしていて蓋のついた上部が小さい。瓶そのものは黒色で、貼られている商品名のラベルは薄汚れており使い古されている感があった。

「お父さんがいなくなって七年が経ちました……」

母の手紙が箱の中に入っていたらしく、それをいつのまにか探し出していた桐畑サユリが読み上げた。僕は彼女の手から手紙を奪った。

十一歳のときふらりといなくなった父が、つい先日、書類上で正式に死人となったらしいことを手紙によって知らされた。

「このインクの瓶は何だって？」

遠藤ツヨシが瓶をぶらぶらさせて聞いた。

「父の形見らしい」

僕は手紙に書かれてあった内容を説明した。父はもともと地方新聞の編集記者をしていた。箱に入っていたものは、父がいつも使用していたインク瓶だという。中身はまだ十分に残っており、父の死亡を記念して母は僕に送りつけたというわけだ。

『お父さんが尊敬している女性の作家さんから譲り受けたものです。とても大切に使っていました。今後はあなたに持っていてほしいと思います。』

僕は窓を開けてそこから見える畑に向かってインク瓶を放り投げた。

「お父さんが嫌いなの？」と桐畑サユリ。

「頭のおかしい人だったんだよ」

僕は窓を閉めて畑の中のインク瓶が見えないようにした。それから二時間経って視覚的な変化もほとんど消えた。しかし肌にはひりひりとした感触が残っていた。少し頭痛もした。脳細胞のいくらかが死滅したのかもしれない。三人でその日は大学をさぼった。二人が帰ったのは翌日のことだった。

部屋で一人になってまずは掃除をした。ものがほとんどないので掃除は楽だった。窓を開けて空気の入れ換えをすると、畑に転がっているインク瓶が見えた。窓から捨てたのが知られたら畑の持ち主に怒られるかな。そう思うと怖くなった。父は嫌いだが、人に怒られるのはもっと嫌いだ。

外に出て畑からインク瓶を拾ってくる。部屋の隅にその瓶を放置して僕はテレビを見たりカップラーメンを食べたりあぐらを組んだりする。しかし何をしていても視界の隅にインク瓶があって落ち着かない。困ったな。

ゴミ箱に捨てようと思い手にとったとき、そういえばまだ蓋を開けていなかったな、と思いつく。蓋を回して中を覗いてみた。黒色の液体が瓶の中ほどまで入っている。せっかくだから、その液体で何か文字を書いてみよう。しかし筆もペンも僕の部屋にはなかったので大学の購買に行ってペンを買ってみた。漫画家が使うようなペン先とペン軸だ。家に帰って二つを組み合わせた。僕のペン。インク瓶にペンを差し込んで液体に先端を浸してみる。ノートの空白に文字を書いた。なかなかいい。せっかくなので意味のある文章を書いてみたいなと思って、そうだ、日記を書いてみよう、と考えた。次の日に町の文房具店で日記帳を買った。表紙に意外と高級感がある格好良い日記帳だ。しかし日記帳を買ってみてさらに困惑が大きくなった。せっかく格好良いデザインなのに、それを部屋に放り出しておくと、なんだか様にならなかったのだ。だって僕の部屋は畳だぜ。というわけでブックエンドというものを買ってみた。二つセットで本が倒れないように両側から挟み支えるというあれである。これで部屋の片隅に日記帳を立てておくことができる。しかしブックエンドというのは当然ながら何冊か本がないと様にならない。そもそも僕の購入したブックエンドは、並んでいる本の重さを利用してしっかり固定するタイプのものだったから、日記帳一冊きりではとても固定したことにはならない。どうしよう。そうだ！　ブックエンドを固定するために、何冊か本を買ってこよう！というわけで僕は書店に行き何冊か様になりそうな本を買ってみた。僕は読書というものをまったくしたことがない。何の本を買えばいいのかわからなかったので書店員の方にいろいろな質問をしてしまった。あのう、僕は何の本を買えばいいですか？　できれば背表紙の格好いい本がいいんですけど……。書店員は困惑しながらも僕の要望に応えてくれた。何冊か買ってきたハードカバーを日記帳と一緒に並べてみると、それはもうぴったりと様になって僕は満足した。しかし数日も経つとどうにも落ち着かない気持ちになってきた。日記帳の横に並んでいる本が視界に入ると自分が責められているような気分になる。僕たちを買ったくせに、あなたは読んでくれないんだね、と本の背表紙たちが僕を非難しているような気がしてくる。ブックエンドを固定するためだけに買われたなんて、僕たちはなんて不幸なんだろう。そんな本たちの嘆きが聞こえてくる。で、でも僕は読書なんてしたことないんだよ。と言い訳がましく彼らに言ってみるが、彼らは納得してくれない。僕は仕方なく日記帳の横に並べておいた本を手にとってみる。本を読むなんてこの僕にできるのだろうか？　読書なんて大人がすることなんじゃないのだろうか？　僕はまだ十八歳だぞ。こんな僕が文字ばかりの本なんて読みすすめられるのだろうか？

不安になりながら一頁目を開いてみる。読みすすめているうちに夜が更けた。読書っておもしろい。無事に一冊目を読み終えた僕は、二冊目、三冊目と次々に本を消化して、いつのまにか読書の習慣を身につけた。ブックエンドに並べていた本をすべて読み終えたとき、僕は自発的に書店へ足を運ぶようになった。それまで一緒に遊んでいた遠藤ツヨシや桐畑サユリは僕の変化に怯《おび》えていた。ついに僕の頭がおかしくなったと彼らは思いこんでいた。どうにかして僕を以前の状態に戻したいらしく、彼らはいろいろなドラッグをネットで購入して僕に押しつけた。僕はそれらのドラッグを捨ててしまった。読書にはまっている時期だったのだ。そんなものをやったら文字を読むのが億劫《おっくう》になるじゃないか。そのうちにドラッグの存在は僕の中で薄れてしまい、誤飲した感覚を思い出の中だけにとどめて実物には手を出さないようになってしまった。というわけで来る日も来る日も本を読んでいるといつのまにか二つセットのブックエンドが部屋の一方の壁からもう一方の壁に到達してしまった。なんだよ、これじゃあもうブックエンドなんて使わなくても部屋の壁だけで本が支えられてしまうじゃないか。しかし本はさらに増え続けた。背表紙が作る列は室内を一周してしまい、二周目に突入し、室内で螺旋《らせん》を描き始めた。僕はついに本棚を購入する決心をした。家具屋に出かけて品定めしていると、なかなかいい本棚を見つけてしまった。値段も手頃でたくさんの本が収納できるすぐれものだ。僕は即座に購入して宅配の手配をしてもらった。さぼりまくった一年生の講義が終了して大学が長期休暇に入ったころ本棚は僕の部屋に届けられた。さっそく本棚を設置して本を並べてみる。ずらり並んだ背表紙の数々は僕をうっとりさせた。しかしそのうちに別の不満が出てきた。本棚やそれに並んでいる背表紙は素敵だが、部屋そのものがそれに対して貧弱な気がした。なぜなら築三十年のアパートなのだ。家賃が安いかわりに畳は古くて沈みこむし壁もリフォームが必要なくらいひび割れている。というわけで一ヶ月ほどかけて手頃ないい部屋を探して引っ越しを決意した。引っ越して真新しいフローリングの床に横たわってみると気分は最高の一言だった。本棚は部屋の一角にぴったりと収まって、そこに設置してくれた引っ越し業者のお兄さんたちも、壁の色合いと本棚がマッチしてますよねと言っていた。そうでしょうとも。本棚の映えることを前提に部屋選びをしたんだからさ。というわけで僕は新しい部屋で読書中心の生活を送っていたが充実感は最初の一週間で消えてしまった。せっかく新しい素敵な部屋に引っ越したというのに家具と言えば本棚と古いテレビとビデオと寝袋しかなかったのだ。かつて桐畑サユリが言っていたように部屋が棺桶という状態は続いていた。しかし家具をそろえようにも僕の貯金はすでになかった。そもそも母からの仕送りだけで生活していたわけで、引っ越しをしてしまえばお金などなくなるに決まっているのだ。僕はアルバイトを始めることにした。まずはベッドを買うためにコンビニでレジを打ったり菓子パンを並べたり弁当を並べたりという日々を続けた。冷蔵庫や机や椅子を買うために家庭教師というバイトにも手を出してみた。近年の中学生はなかなか頭がよくて自分が因数分解を忘れていることに気づかされた。次々と室内は家具によって埋められていき実に居心地のよい空間となっていった。ベッドの脇に勉強机があり、部屋は人間が住んでいるという生活感を得た。しかもひとつひとつの家具がこれまた部屋にぴったりとよくなじんでいるのだ。部屋のどの角度から見てもうまい具合に収まっていた。ところで家具をそろえたら使ってみたくなるというのは当たり前のことだ。椅子に腰掛けて勉強机を前にしてみると勉強に対する意欲が起こった。せっかく勉強机を買ったんだから、使わないと損じゃないか。それに、家庭教師をしていて聞かれた質問につまるのも恥ずかしいしな、という思いから中学高校時代の復習を始めた。そのうちに大学の講義の予習もするようになった。それはなかなか楽しくてそれまで嫌いで嫌いで仕方なかった勉強というものが一種の娯楽のように感じられた。僕は大学の講義を積極的に受けるようになり、遠藤ツヨシや桐畑サユリをも無理矢理授業に連れて行った。彼らは最初のうち嫌がって勉強をしなかったが、僕が覚えた知識を熱心に教えていると、二人も勉強意欲に目覚めたらしく次第に先生へ質問するようになった。「ねえ、これってだれかの見ている夢？　それとも私の幻覚？」と桐畑サユリは僕の部屋で一緒に中間試験の勉強をしながら呟いたが、もちろん夢オチなどではなかったし薬物中の妄想でもなんでもなかった。僕たちはきっかけがあって変化しただけなのだ。僕たち三人は進化論についての講義を受けて「実念論」と「唯名論」に関するレポートを共同執筆して助教授に褒《ほ》められた。レポートの内容をここでは詳しく述べないが、猿はいつどの段階で人間へと進化したのかといったようなことを書いた。例えば猿と人間はＤＮＡが少しだけ違う。ＤＮＡというのはアデニン、チミン、グアニン、シトシンという四つの塩基などから成り立っている。その四つは教科書などでは頭文字をとって、Ａ、Ｔ、Ｇ、Ｃと表現されている。我々の体にも、犬や猫の体にも、ＡＡＧＴＡＴＴＧＣＣＴＧＡＴＡＣＧＣＡＴ

Cという感じで長い二重螺旋の連なりが潜んでいる。このATGCの連なりが生物としての体構造の違いを決定する。どんな順番でつながっているのかで人間は人間として成長し、猿は猿として成長することになる。この四つの文字はいわゆる記号である。我々の肉体は記号の並びがつかさどっているというわけだ。しかしここで問題が起こる。歴史上のある時点で猿たちに何かが起こり、猿のDNA配列から現在の人間のDNA配列に変化したとする。ここで「猿＝猿のDNA配列を持った生物」「人間＝人間のDNA配列を持った生物」という風に定義してしまうと、猿と人間の中間というものはこの世に存在しないことになるはずだ。例えば猿のDNA配列の一部分を仮に「ATGCAT」としよう。人間のを「ATGCTA」としよう。その中間ってなんだ？　中間なんてないじゃないか？　そこにあるのはデジタル的な違い、つまり0か1かという違いしかないのであって、アナログ的に中間というものを定義することは難しいのだ。生物の種類をDNA配列によって決めてしまうと、猿から人間への変化が、途中経過を経ずしてほんの一瞬のうちに起こってしまうことになる。猿が人間になったのは一夜のできごとだったことになる。ある猿の母親が人間の赤ん坊を産み落としたことになる。それが人類の、長く、傲慢で、孤独な旅の始まりだったことになる。まあ厳密に言うとそういうもんでもないのだが、見方によってはそうなる。どこに猿と人間の中間を持ってくるのか、という議論はこれまでもこれからも地球上で続いていくのだろうけど、僕は大学で就職活動する時期になるとそんなことは考えなくなった。ところで就職活動中に本棚の整理をしていて日記帳を発見した。驚くべきことに僕はこの数年間、日記帳を買ったことなど忘れていた。頁を開いてみると記述した文章は見あたらず白紙のままだった。それにしても僕はなぜ日記帳など買ったのだろうかと考えていてようやくインク瓶とペンのことを思い出した。そうだ、父の形見のインク瓶はどこに置いただろうか。探してみると引っ越しのときに何でもかんでも突っこんでいた段ボール箱に入っていた。まったく、僕は何をしていたのだろう。さっそく日記を書き始めてみるとこれがなかなかおもしろかった。就職活動のため面接に行ったり書類を書いたりする日々のことを書いていると心が和んだ。僕は文字を書く。言葉を紡ぐ。書き記した文字をまじまじと見ていると、なんだか鏡で自分の顔を見つめているような気恥ずかしさを感じる。ペン先の書き心地はなめらかで父の形見というインクは滑りが良かった。それにしても日記を書き始めると日常生活でもぴんと気分が引き締まった。例えば就職活動中に外を歩いていると面接会場のそばの通りで子供が迷子になっており泣いていたのだが、僕は通り過ぎようとしてそれができなかった。「今日、僕は迷子の子供を無視しました。子供を助けていたら面接に遅れてしまうからです」。そんなことを日記に書けというのだろうか？後々、日記を読み返していてそんな記述を読んでしまったら自分にがっかりするだろう。僕は子供の手を引いて交番に行き、親が来るまでそばについていた。親はなかなか来なかったので子供の相手をして遊んでいたのだがおかげで面接には行けなかった。交番の前を面接の帰りらしいリクルートスーツの男女が通り過ぎていった。しかしまあいい。どうせ受かるはずのない会社だったのだ。というわけで僕は大学を卒業して東京の三流出版社へつとめるようになったのだが、ある日、営業で外回りをしていると声をかけられた。ふりかえると若い女性が立っていて僕の顔をじろじろと見ていた。瞳の綺麗な人で僕はかなり緊張した。「面接の日に迷子を助けてた人じゃないですか？」。女性はそう質問してきたが僕はそんなことなどすっかり忘れていて思い出すのにしばらく時間がかかった。「よく覚えてましたね、そんなこと」。「覚えてますよ、印象深かったですもん」。彼女もその日、僕と同じ会社を受けようとして面接会場に向かったそうだ。途中で迷子の子供を見かけたのだが見捨ててしまったらしい。彼女はそのことを後悔しながら面接を受けたが、帰り道で交番にいる子供と僕を見かけたのだという。「私は面接を通りました」。彼女は現在、その会社で働いていた。名前をナナコと言った。僕たちはその後も連絡を取り合ってつきあうようになり半年が過ぎたころ結婚を意識するようになった。僕はナナコを連れて飛行機に乗り九州の実家へ向かった。彼女の緊張ぶりはすさまじくて飛行機の座席にかけているときも、どうしよう、うまくやれるかな、と繰り返していた。母と祖父はにこやかにナナコを出迎えて受け入れてくれた。結婚式は六月に行って一年後に子供が生まれた。子供は男の子で名前をカケルにした。僕とナナコはカケルを連れてよく公園に行った。一日中、ひなたぼっこをして喫茶店に入り家に帰るという休日の過ごし方は最高に有意義だった。

僕は一日も休まずペンで日記を書き瓶の中のインクを何度も補充した。たまに我が家を遠藤ツヨシと遠藤サユリが訪ねてきて一緒にごはんを食べた。なぜサユリの姓が桐畑ではなくなっているのか詳細は記さない。二人の間にもいろいろなことがあり、人生は本当に複雑怪奇なのだ。カケルが立つようになり初めてママとしゃべった日に実家から電話があって祖父が死んだと聞いた。僕とナナコとカケルは飛行機で九州に行き祖父の安らかな死に顔を前にした。父が行方不明になって祖父は母の心の支えだった。だから僕は母のことが心配だったけど彼女は意外と元気だった。「本当に眠るみたいやったよ。苦しまずにすんでよかったよ」。母は祖父の前で両手をあわせた。いつのまにか母の髪の大半が白くなっていて僕は驚いた。子供のころには想像もしなかった。母が白髪になるなんて。その夜のうちにナナコと相談して僕は母に提案をすることにした。夜に母が家の縁側に腰掛けて庭を見ていたので、隣に座って僕は言った。「お母さん、一緒に暮らそうか」。祖父が手入れしていた庭を眺めながら母は首を横に振った。「この歳で東京には出られんよ。ここで死にたか」。「気持ちはわかるけど」。「マモル、お父さんのインク瓶はまだ持っとるね」。「うん。使ってる」。母は満足そうに頷《うなず》いた。それから母は父のことをしゃべり続けた。出会いから結婚から出産から彼の失踪《しっそう》までを僕は聞いた。父は地方新聞の編集記者をしているとき、ある女性作家に会う機会を得た。父は以前からその作家を神様のように慕っており、彼女から記念にもらったというインク瓶を始終大事に持っていた。父はいつも手紙を書くときはそのインク瓶を使用していたという。「おらんようになる直前、私にあれを預けたとよ。マモルに渡してくれ、って。それからあの人、サンダル履いてふらりと外に出て行ったと」。父にインク瓶を譲った女性作家はその三日ほど前に亡くなっていたという。母は目を閉じて静かになった。父は尊敬する女性作家の元に行ったのではないかと想像した。家族を捨てて、自分の憧れていた神聖なるものを選んだのかもしれない。僕は縁側に母を残してナナコとカケルのいる和室へ戻った。二人は同じ布団で眠っており目を閉じた顔はよく似ていた。僕は二人を起こさないように鞄《かばん》から日記帳とインク瓶とペンを取り出してその日の日記を書き始めた。卓上ライトの明かりで文字を綴っていると、いつのまにかナナコが目を開けて僕の横顔を眺めていた。目が合うと彼女は幸福そうな顔で子供の頭をなでた。僕は自分の人生について考えた。彼女と出会った意味。カケルの生まれた意味。母が僕を産んだ意味。父が母と出会った意味。何かがこみあげてきて僕は目頭が熱くなる。自分が今、この場所に存在していることが奇跡以外の何物でもない気がした。今、僕のそばにナナコがいて、カケルが存在して、同じ時間を共有しているということが意義深いことに感じられた。カケル。僕の生まれてきた意味そのもの。僕の未来の塊。そしてまた僕は父のことを考える。以前あった父への憎しみ。作家を追いかけて家族を捨てるなんて馬鹿な男だ。しかしその感情も今では風化してしまった。時間の風に削られて尖った部分が丸みを帯びた。今は母と同じで「しょうがねえな」とだけ思っている。自分が父親になり、自分のペンで文字を書き綴るようになったことが関係しているのかもしれない。僕は数年前の、インク瓶の蓋を開けて文字を書きたくなった瞬間の衝動を思い出す。僕はインク瓶の蓋を開けた。同時に文字を書きたくなった。言葉を紡ぎたくなった。書きたいという意志が唐突に生まれるなんて不思議なものだ。それとも、成長は時間の流れがもたらす必然だったのかもしれない。それはとても神聖な行為だ。何万年か前の人類で初めて洞窟の壁に絵を描いた猿のことを僕は考えた。例えば、猿がマンモスの絵を描いたときそこにはどのような衝動があったのだろう。なぜ、それを描こうなどと考えたのだろう。僕は想像する。いつも雪原で見かける巨大なアレを壁に描いて、友達や家族に見せて、ウホ、ウホ、と跳ね回っている猿たちのことを想像する。彼らの間にはそのとき、巨大なアレを自然の一部から切り取って定義する「マンモス」という意味の言葉はあったのだろうか。それを意味する叫び声はあったのだろうか。壁画はやがて単純な形になり、象徴性を帯びた記号になり、文字へと変化したのだろう。文字の発生。言葉の発生。ある人の話によると、人類は自然を理解するために名前や言葉といった記号を発明したのだという。はじめに言葉ありき、という聖書の一節は正しい。「マンモス」という言葉がなければ、巨大な雪原で鼻を振り回している毛むくじゃらのアレは、風や太陽や夜と同じ自然の一部でしかなかったのだ。人類で初めてマンモスの絵を壁に描いた奴は、蠢《うごめ》く大自然の中から特別に「毛むくじゃらのアレ」だけを切り取って他の奴に見せたかったのかもしれない。なんだ。本の出版と同じじゃないか。自分や父が会社でやってきたことと同じだ。人間は自然の中でいろいろな価値を発見する。それを記述して発表する。マンモスの絵が描かれたことと、出版の世界で日々行われている活動と、どこが違うというのだろう。しかし人間というものは、よくここまで進化したものだ。自分自身についてもそう思う。あのままドラッグを続けていたら日記を書き始めることさえなかったのだろう。頭のネジがゆるんで道路に走り出して死んでいたかもしれない。途中でリタイヤせずによく今まで生き残ってきたものだ。ここでは割愛したけれど途中で何度か危ないときはあって死と消滅に接近したことはあった。それでもよく今日という日まで地球上に存在していたものだ。僕はペン先をインク瓶の中にひっそりとつけた。黒色の液体がペン先に染み込んでいく。父の敬愛した神聖なる作家のインク瓶。姿も知らないその方の液体で日記帳にひとつずつ文字を書く。この文字のひとつひとつは自分の意志の象徴だ。蠢く大自然から何かを切り取ろうとする意志そのものなのだ。ペンとインク瓶を使って産み出した文字だ。遥かな昔から僕たちは産み続けてきたのだ。産んで、産んで、育てて、育てて、そうしてつながっていく。文字がつながって一冊の本になり物語が形成されるように。カケル。僕の未来の塊。僕たちがペンとインク瓶で産み出し続けたものはつながって最終的に何かすごいものができあがるのだろう。だれがこの日記を読むのかはわからない。だれが猿の書いた日記を読むのか僕は知らない。続いていく未来にこの日記がいつまでも存在するのかどうかさえわからない。それでも書かずにはいられない。猿がマンモスの絵を描いたように。ダ・ヴィンチがモナ・リザを描いたように。モーツァルトがレクイエムを作曲したように。

山羊座の友人

乙一

解説

風の通り道に建つ一軒家のベランダに、毎回、おかしなものがひっかかる。そのような小説シリーズを乙一は執筆しており、本作はそのひとつである。今回、ベランダにひっかかっていたのは未来の日付けの新聞紙だ。昨今のいじめ問題に関する様々な思いが本作の執筆動機になっているとも言われている。ちなみに本作の主人公は少年だが、シリーズの他の作品では少年の姉が主人公を務めている。ミステリ要素とテーマ性があるのは本作のみで、他の作品は実験作の色合いが濃い。

（初出「ファウスト」vol.8　二〇一一年九月）

prologue

一九八六年二月一日。中学校二年の男子生徒が、父の故郷である岩手県の盛岡《もりおか》駅ビルのショッピングセンター地下のトイレで首を吊《つ》って死んでいた。発見したのは見回りのガードマンだった。床には遺書が残されていた。

一九九四年十一月二十七日。中学校二年の男子生徒が、自宅裏の柿の木で首を吊って死んでいるのを母親に発見された。自室に「いじめられてお金をとられた」という内容の遺書が残されていた。

二〇〇五年九月九日。小学六年生の女児が、いじめを苦に首吊り自殺を図った。一命は取り留めたものの、二〇〇六年一月六日に回復することなく死亡した。

二〇〇六年十一月十四日、新潟県。ある中学二年生の男子生徒が、同級生によって無理矢理、ズボンと下着を脱がされた。女子生徒の目の前だった。その際、男子生徒は泣きながら同級生に「消えろ」とつぶやいていた。元気のない男子生徒を見て、担任教師が理由をたずねたところ、「魚が釣れないから」などと男子生徒ははぐらかし「だいじょうぶ」と答えた。午後九時半ごろ、夕食後行方不明となっていた男子生徒の遺体が発見された。遺書はなかった。

一九八四年。二人の男子高校生が、いじめの被害にあっていた。数人の教師に相談したが取りあってくれず、休み時間や昼休みに教師の目の届かない所でしばしば殴られていた。彼らをいじめていた少年のことを便宜上、Aと呼ぶ。

二人の男子高校生はAに人前での自慰を強要され、応じなければ殴られた。「五回まわれ」や「シンボルを持ってやれ」などと言われ、最終的に女性教師の前で下腹部を露出させられるところまでエスカレートした。

十一月一日、午後七時四十分頃、公園の遊歩道で、二人の少年のうちの一人がポケットに隠していた金槌《かなづち》をとりだし、自転車に乗っていたAの後ろから頭を殴りつけた。二人は倒れたAを約十分間金槌で滅多打ちにした。金槌の釘《くぎ》抜きの部分で左目を潰し、約五十メートルひきずって川に投げこみ、水死させた。

十一月二日、Aの水死体が発見されたとき、半裸でブリーフ、白の靴下姿だったという。

二人の男子生徒は選択したのだ。

自殺はしない。

そのかわり、自分が生きのこるために相手を殺すと。

僕のクラスメイトである若槻《わかつき》ナオトも、だれにも言わずに準備をすすめていた。彼は瘦身で背がひくく、中学生みたいな体つきだった。白い肌に、大きな瞳の持ち主で、性別をまちがえて生まれてきたのかもしれないという顔だちが特徴的だった。彼がもしも女の子だったら、だれかに守ってもらえたかもしれない。

友人と来年の修学旅行先のことで話をした日、僕は深夜零時をすぎて自転車をこいでいた。そのときすでに金城《かねしろ》アキラはこの世にいなかったのである。

1

九月二十五日・木曜日

めざまし時計をとめてカーテンを開けた。すがすがしい青空だ。両親と朝食を食べながら、テレビで天気予報を見る。風もなく、おだやかな一日だという。夜も雨は降らないそうだ。二階に移動し、高校の制服に着替えて、ベランダの掃除にとりかかる。窓を開けると外から風がふきこんできて、勉強机のプリント類をまきあげた。さきほどの天気予報がはずれているわけではない。堆積していた落ち葉を両手にかかえて空中へぶちまけた。落ち葉は風にまきあげられ、空のかなたにすいこまれていった。

わが家は丘の上にあり、二階の窓からは町が一望できた。丘の斜面に建つ家の屋根が、低地にむかってひろがっている。見晴らしはいいけれど問題がひとつある。この家は風の通り道に建っているのだ。町のほとんどの地域で無風のときも、わが家の二階部分にだけはなぜか風があたっている。目に見えない空気の流れが町の上空にあり、わが家はそのなかに頭をつっこんでいるのだと、結婚して家を出ていった姉が、いつだったかそんな話を聞かせてくれた。

風のせいで僕の部屋のベランダには、毎朝、大量の落ち葉がひっかかっている。ここはかつて姉の部屋だった。たまに落ち葉以外のものがベランダにひっかかっている。写真や雑誌。古着やタオル。外国から風でとばされてきたらしいものまでまじっている。英語の新聞やハングル文字の書類なら理解の範疇《はんちゅう》だ。たとえば少し前に、しらない文字でつづられたノートが落ち葉のなかにうもれていた。

友人の本庄《ほんじょう》ノゾミに見せてみたが、どこの国の文字なのか、彼女にもわからないという。外国語にくわしい先生へ見せたところ、こんな文字は過去のいかなる時代にも地球上に存在しないというのだ。ということは、このノートはいったい何なのだ？　どこからとばされてきたのだ？

どこかの小学校の卒業文集がベランダの格子にひっかかっていたこともある。古い表紙に書かれている年度を見ると、昭和七十五年度となっている。まったくわけがわからない。

ところで、ひと月ほど前の、夏休み中のある朝、ベランダに新聞の切れ端がひっかかっていた。発見したとき、土埃《つちぼこり》と雨の染みでよごれており、三分の一ほどにやぶれ、水にぬれて反対側が透けているような状態だった。染みのせいで発行元はわからなかったが日付部分は解読が可能だった。

西暦は今年。十月二日の発行だ。

目をうたがった。どうして今年十月の新聞がベランダにひっかかっているのだ？

だってそのときは夏休み、八月だったのだ。

つまり二ヵ月も先の新聞がひっかかっていたことになる。

新聞をドライヤーでかわかしてながめてみた。「山羊の行方」と題された記事が掲載されていた。九月三十日に東京都内の動物園から逃げ出した山羊が、駒込《こまごめ》駅にまよいこむという珍事件が発生したらしい。山羊は十六時十七分発の山手線外回りの電車に乗りこんだところで保護された。その山羊が、無事に動物園へ送り返された。そんな記事だった。

本当に今年の十月二日発行の新聞だったら、これからおこることが書かれているということになる。そういえば姉が実家で暮らしていたときも、数ヵ月後や、数年後の消印がおされた手紙をベランダでひろったと話していた。どうしてそんなことがおこる？風の通り道が、空のずっと高いところで、別の世界をかすめているのか？

新聞の切れ端には、気になる記事がもうひとつあった。その記事は、ある殺人事件にまつわる内容だったのだけど、それにしても、こんなファンタジーめいた出来事と、殺人事件だなんて、ちぐはぐもいいところだ。

「松田《まつだ》くんは、京都と雪山、どっちが好き？」

「京都かな」

「来年も京都だといいね」

昼休みの教室で本庄ノゾミと話をした。僕たちの席は教室の後方窓際に位置している。僕が前で、彼女はそのひとつ後ろで、横向きにこしかけて窓辺にもたれかかると、机をはさんでならんですわっているような位置関係になる。

「来年はスキーだとおもうけどね」

今年が京都だということは、来年、スキーになる可能性が高い。過去の統計から、そのように推測できる。

「オーストラリアに行く学校も、世の中にはあるのに」

「スキーが楽なんだって。引率の先生にとっては。まわりは雪山で、生徒が逃げ出すこともないし。スキーでつかれて、わるいことする体力がなくなるっていうし」

「逃げ出してわるいことする人たちがいるから、雪山になるってこと？」

「うまいこと、かんがえたもんだ」

「そういうことする人たちがいるから、私たちまっとうな生徒が割りを食うんだ」

本庄ノゾミは、飲んでいた牛乳の紙パックに息をふきこんで、ぱんぱんにふくらませた。日ざしはぬるま湯のようにあたたかい。昨日から二年生が修学旅行に出かけているせいか、外をあるいている生徒がいつもよりすくなかった。

「最近は？　なにか変なもの、ひろった？」

「ベランダで？」

僕は、すこしかんがえて、首を横にふった。

「今、返事に間がなかった？」

本庄ノゾミは銀縁メガネの位置をなおして僕を見た。

「気のせいだろ」

ほんとうは、八月にひろった新聞のことが頭をかすめていた。でも、最近のものではないから、だまっていようか。

「なにか困ったことがあったら言ってよね」

僕の家が風の通り道に建っていることを彼女はしっている。そもそも彼女としりあったのは、高校に入学したてのある日、奇妙な漂流物がベランダにひっかかっていたせいなのだ。漂流物のあつかいにこまっている僕を見かねて、話しかけてくれたのが彼女である。ちなみにその漂流物とは犬だった。その一件がきっかけとなり、僕たちは話をするようになったのである。教室であいさつして、休み時間には無駄話をする。なにか珍妙な漂流物があると彼女にしらせ、これはなんだろうかといっしょにかんがえた。やることがなくて暇なのだろうか。彼女はいつも漂流物の話を聞きたそうにしている。僕の部屋のベランダをエンターテインメント発生装置だとおもっているふしがあるのだ。

ちなみに僕たちはつきあっているわけではない。彼女が普段、学校以外の場所でどんなふうにすごしているのか僕はしらない。それに時々、本庄ノゾミの正義感に息苦しくなることがある。彼女は不正行為に敏感に反応する。音楽CDや映画のDVDをコピーすることも、パソコンのエミュレータでスーファミのROMをうごかすこともゆるさない。そんな彼女はクラスの委員長である。警察官と結婚した僕の姉にそっくりだ。ちなみに本庄ノゾミは成績もすこぶるいい。もっとランクが上の学校もねらえただろうに、どうしてここに進学したのだろう。

「本庄さんは、コンタクトにしないの？」

購買で買ったおにぎりを食べながら聞いてみた。

「なんで？」

「なんとなく」

本庄ノゾミは机にほおづえをついた。

「松田くんは、メガネじゃないほうが好き？」

「なにが？」

「コンタクトか、メガネかって話」

僕はおにぎりを口の中でよく嚙《か》んでからこたえた。

「なんで僕の趣味が問われるわけ？」

「そうだね」

彼女は牛乳の紙パックに、また息をふきこんだ。

僕は窓の外にひろがっている青空を見あげる。

「夜に雨が降るらしいよ。雷雨だって。天気予報で言ってた」

「ほんとうに？」

「今晩、外出するのやめようかな」

「いつものコンビニ？」

「本庄さんも、外に出るのはやめといたほうがいい」

そのとき教室のざわめきがちいさくなった。金城アキラが教室に入ってきたのだろう。彼が登場すると、教室の温度が急にさがったように感じる。


僕たちのような平凡な生徒にとって、金城アキラは怪物だった。

金色の髪の毛は、高校に入る直前に染めたらしい。彼はいつも高木《たかぎ》ヨウスケという二年生の男子と行動していた。彼らは中学時代からのつきあいだという。こちらはごくふつうの風貌《ふうぼう》で、一見すると不良に見えない。彼らはお互いのほかに親しい人がいなかったのかもしれない。

金城アキラが教室に入ってくると、息苦しくなり、緊張でわきのしたに汗をかく。目があうといけないので、全員が彼のほうを見ない。彼の足音が教室を移動するとき、こちらにくるなと全員がいのる。動向にいつも注意をはらい、彼の行く方向に自分の体をおかないことが、この教室で生きのこる方法だった。

以前、金城アキラと体がぶつかったときのことだ。僕は友人と机をはさんで話をしていた。僕が立っていたのは机の列がつくるせまい通路だった。そこに金城アキラがやってくると、僕を肩で押しのけて通っていった。障害物をどかすような力の入れ方は、感情のない恐竜が道を通り抜けたようだった。体があたったときの、服越しにつたわってきた固い筋肉と、気持ち悪くなるような男臭い整髪料、そして汗のにおいが記憶にのこった。

人づてに聞いた話によると、金城アキラは中学一年のときいじめにあっていたのだという。同級生に給食をなげつけられたり、マジックで机に落書きされたりといった被害にあっていたそうだ。しかし二学期のおわりごろに彼の父親が交通事故で亡くなった。彼は学校にこなくなり、そのまま二学期が終了した。冬休みがおわり、三学期にはいると、ようやく彼は教室に顔を出した。彼の様子が以前とかわっていたことに、クラスメイトたちはおどろいた。眉をきれいに剃《そ》り落としていたのだ。彼に給食をなげつけていた男子の一人が、そのことをさっそくからかった。金城アキラは、どこかぼんやりとした表情でその男子にちかづくと、かくし持っていたカッターナイフで切りつけたそうだ。

金城アキラにまつわる気分のわるい噂《うわさ》がいくつかある。たとえば教育実習にやってきた女子大生が、ある日、突然に来なくなったのは彼のせいだという。隣町の女子中学生が自殺したのもそうだ。警察に被害届けは出されていないらしく、噂なのかほんとうにあったことなのかも判然としない。

高校に進学して、彼は若槻ナオトという少年に目をつけた。その少年は日常の退屈さをなぐさめる道具にされた。金城アキラは彼のことを「男女《おとこおんな》」と呼んだ。不運としか言いようがない。これまでまっとうに暮らしていたのに、高校に入学してしばらくたったころには、金城アキラの小便が入ったオレンジジュースを飲まされるようになったのだから。金城アキラと二年生の高木ヨウスケにはさまれ、若槻ナオトは顔を青ざめさせながら彼らの屈辱的な命令にしたがっていた。

僕や大勢の友人たちはそちらを見ないようにして、平静をとりつくろい、この教室では特別なことなんてなにもおこっていませんよと言い聞かせるみたいに世間話をつづけた。完全に無視。関わり合いになってはならなかった。抗議をすれば例の金髪の化け物の神経をさかなでするおそれがあった。次のターゲットとして目をつけられたら生きてゆけない。彼の視界、その認識に入らないよう頭を低くして生活しなくてはいけないのだ。僕たちはなんの力もない平凡な人間だ。こまっているクラスメイトをたすけてあげられるような超能力も、秘密道具も、持っていない。若槻ナオトがおさえつけられてパンツを脱がされていようと、自分の人生を守るためにしらないふりを決めこんだ。

同時に痛感する。

高校時代がはなやかでたのしい日々だというのは幻想だったと。

僕が若槻ナオトに会ったのは深夜零時をすぎたころのことだった。昼間に本庄ノゾミの前で外出するかどうかまよっているふりをしたが、深夜にコンビニへ行くことは決めていた。夜に雨が降るというのは嘘だったし、店員がならべる週刊少年漫画雑誌を買わなくてはいけない。雑誌発売と同時にその漫画を読まなくては、気になって夜も眠れない。そんなわけで僕は夜道を自転車で走ったのである。コンビニ店内は光の塊のように明るかった。漫画雑誌とホットの缶コーヒーを購入して外に出る。自転車にまたがり家路をいそいだ。近道するため商店街を通りぬける。シャッターのおりた店がならんでいる。夜の風がここちよかった。

ふと、そのとき、しずかな町のどこかから、パトカーのサイレンが聞こえてきた。ブレーキをかけて商店街の入り口でとまってみる。どうやらサイレンは川のほうで鳴っているらしい。二、三キロという距離だろうか。名前を呼ばれたのはそのときである。

「……松田くん？」

少年の声だった。さむさでこごえるみたいによわよわしかった。商店街のアーチが僕と自転車のそばに建っている。色もうすくなり、錆《さび》や染みがういて、かなしくなるようなぼろぼろ具合だ。アーチと建物の隙間に、街灯のつくる真っ黒な影ができている。人間の目ではその奥を見透かすことの不可能な暗闇だ。声はそこから聞こえた。

「ねえ、松田くんだよね？」

「だれ？」

　自転車にまたがったまま、声のするほうを見つめていると、影が生き物のようにうごいて、背丈のひくい痩身の少年が顔をだした。街灯の明かりがななめに照らし出す。色白で、女の子かと見まちがうような顔だちの少年だ。あごがほっそりしていて、目が大きい。

「若槻くん？」

「うん」

　そういえば、まともに話をするのははじめてだ。彼に話しかけることは、これまでなかった。彼の状況を見かねて、声をかけてあげるのは、うちのクラスでは本庄ノゾミくらいだったから。

「こんな時間に、クラスメイトにあうなんて、すごい偶然……」

　若槻ナオトはそう言いながらも、商店街のアーチのそばからはなれない。街灯が照らすのは体の右半分だ。左側の手や足はまだ真っ黒な影のなかにある。若槻ナオトは繊細でやわらかそうな髪の持ち主だ。その前髪が額にはりついている。よく見ると、こめかみから首まで汗でぬれていた。高熱でうなされているみたいに呼吸もあらい。

「こんなとこで、なにしてるの？」

　僕は質問する。

「散歩、かな……。松田くんは？」

「コンビニ、行ってきたんだ」

商店街の前の通りを車がよぎる。ライトの光があたりを照らす。若槻ナオトのひそんでいる影がぬぐいさられ、左手にぶらさがっているものが見えた。パトカーのサイレンが、いつからかやんでいる。車が行ってしまうと、再びあたりは暗くなる。

「あ、それ、読むの、たのしみにしてたんだ」

長いまつげの下にある、人よりも大きな瞳を、僕の自転車のカゴにむけている。週刊少年漫画雑誌のことを言っているらしい。

「若槻くんも、読んでるんだ」

「うん」

彼は僕にちかづいてきた。彼の左手にぶらさがっている金属バットが路面をこすってからからからと音をたてた。へこんで使い物にならないバットだ。赤黒いものがべっとりとついていて、髪の毛らしいものがはりついている。

「これ、読んでる人、すくないよね」

「ジャンプとか、マガジンみたいに、メジャーじゃないからね」

「だよね」

「でも、もう読めないかもな」

残念そうに言って、彼はバットを見つめる。自転車をとめなければよかった。パトカーのサイレンなんか無視して走り去ればよかった。僕がそんな後悔をしているなどと気づかない様子で、彼は金属バットを持ちあげる。血でべっとりとくっついていた塊状の髪の毛が地面に落ちて、しめっぽい音をたてた。

「聞いていいのかどうか、わかんないけど……」

「これのことなら、金城くんの血だよ」

髪の毛は、血でぬれていない部分が金色だった。

「若槻くんが、そうだったのか……」

僕は、おもわず、つぶやく。

彼が首をかしげた。

「なんでもない、こっちの話。それより、これからどうするわけ?」

からからから、と金属バットをひきずってあるき、彼は道路のさきの方を見た。

「あっちに逃げようかと」

「自首する気はないんだね」

「そのうち、しようとは、おもってる」

パトカーのサイレンが再び鳴りはじめる。捜査再開という印象だ。目の前に立っている若槻ナオトと、血のついた金属バットと、このサイレンの音が無関係であるはずがない。

「じゃあ、僕はもう行く。松田くんに、迷惑かけるといけないから」

「ああ、うん、がんばってな」

なにをがんばってほしいのか自分でもわからない。

「じゃあね」と彼。

「ばいばい」と僕。

彼があるきだす。力無くぶらさげたバットが、ひきずられて騒々しい。このままだと、すぐに発見されるだろう。朝までにはたぶん、パトカーの一台が彼を見つけるにちがいない。そうでなくても、だれかが通報するかもしれない。でも僕には関係がない。彼のことは放っておけばいい。今まで、そうしてきたように。

僕は深呼吸する。空気を吸って、吐いた。彼と反対側にむかって自転車のペダルをふむ。速度を出すと、冷えた夜の空気が風になる。カゴの中の漫画雑誌がめくれた。

すこし走ってブレーキをかけた。

積み重なった彼への負い目がそうさせた。

自分だけでなく、ほかのクラスメイトたちも、おそらく理解しているだろうけど、彼が犠牲になってくれているおかげで、自分は無事なのだ。

目をつけられたのが自分ではなくてよかったと、日々おもいながらすごしていた。

一度だけ、若槻ナオトの方をふりかえってみようか？ふりかえってみて、もう彼の姿が見えなくなっていたら、気にせず帰ってしまえばい い。気に病むことはない。彼があの金属バットでどんなことをしたのか、だいたい想像がつく。それは逮捕されて当然のことにちがいない。

だけど、ふりかえったとき、真っ暗な夜空の下に、肩をおとしてあるく少年のほそい背中があったら、もう一度、声をかけてみよう。

今さらだけど、なにか力になれることがあるかもしれない。

よし、今から、一度だけふりかえる。

自分に言い聞かせると、自転車にまたがった状態で、肩越しに後方をうかがった。

2

九月二十六日・金曜日

洗剤の色なのか、服のよごれの色なのかはわからないが、うごいている洗濯機をのぞきこむと、紫がかった灰色の水がうずまいていることがある。九月二十六日はそんな色の曇り空だった。風が木の枝をゆらし、洗濯廃水色の雲がずるずると家々のむこうにひきずりこまれていた。

教室に入ったとき、すでにほぼ全員が事情をしっていた。僕はなにもしらないふりをして話の輪にはいる。

僕たちの暮らしている町の北側に大きめの川が流れている。国道と川の交差する場所にヤガモ橋はあった。正式名称は琴《こと》ノ葉《は》橋というのだが、以前、この橋の近辺で矢のささった鴨《かも》が目撃されて以来、ヤガモ橋と呼ばれている。正式名称はもうほとんどつかわれていない。昨晩、その橋の下で金髪の少年の遺体が発見されたのだという。

「金城くんで、まちがいないってよ」

「若槻のやつ、やったじゃん」

「え、若槻くんがやったの？」

僕はためしにそう聞いてみた。

「あいつ、夜に家を出たきり、もどってねえらしいんだ」

「現場であいつの自転車がみつかったらしい」

友人たちがおしえてくれる。

「若槻、がんばったよな」

「ああ」

「若槻くん、今、どこにいるのかな」

僕の後ろに女子生徒が立っていた。すぐには気づかなかったが本庄ノゾミだった。ひいでた額を観察して、ようやく彼女だとわかる。顔をじっと見ていたら、あわてたように彼女が言った。

「かんちがいしないでよ」

「あ、うん」

昨日、あんな会話をしたからコンタクトにした、などということは僕のおもいすごしだろうとおもっていたところだ。メガネをしていないだけで、本庄ノゾミはずいぶん印象がちがった。これまで自分は彼女のことをメガネでしか認識していなかったと理解する。

「たまたま、メガネ、踏み壊しちゃってさ」

「そうなんだ、たいへんだったね」

「本当に偶然なんだけど、誤解されるといけないから」

なにを心配しているのかちょっとよくわからないが、本庄ノゾミも参加して、様々な情報が交換される。血まみれのバットを持った少年が夜中にあるきまわっていたこと。その風貌が若槻ナオトにそっくりだったこと。そして、若槻ナオトが警察に保護されたという話がまだ聞こえてこないこと。

そのうち沈痛な表情の担任教師が教室に入ってきて朝のホームルームをはじめた。

「みんなもすでに聞いているとおもうが」と前置きして金城アキラが死んだことと、若槻ナオトが行方不明であることを説明した。教室にふたつだけ無人の席があり、全員が着席するとそれが目立った。

生徒への影響を心配したのか、授業は行われず、僕たちは帰り支度をさせられて自由になった。しかし教室を出ようとする者はすくない。いつまでも教室にのこっておしゃべりをつづけている。

高校生が殺害され容疑者とおもわれる同級生の少年が逃亡中という事件は、一般的にも関心が高いらしく、教室の窓から見える範囲にマスコミの車両らしきものがいた。テレビカメラもきてるのかな、とクラスメイトのだれかが言った。この町でおきたことが電波にのって日本中に放映されるのかとおもうと不思議だった。しかも、この教室の出来事が発端でおきた事件だ。想像力が追いつかない。自分のしっている「教室」というせまい範囲のことと、さらにずっと外側にひろがる「日本」という大きな範囲とが、実はつながっていたのだ。人が殺されるというのは「教室」と「日本」をつなぐぐらい異常なことなのだ。そんな感慨を窓辺の席で本庄ノゾミにうちあけてみた。

「実感、わかないよね」

本庄ノゾミはちいさなくちびるを噛みしめて、しずかに窓の外を見ていた。コンタクトがいたいのか、事件のことをおもってなのか、彼女の目は赤みをおびて、涙が今にもたまっていきそうだった。

「だいじょうぶ？」

心配になって声をかけた。

「そっちこそ。朝から、気分がわるそうだけど？」

「まあ、こんなことになっちゃったし」

ほんとうは、金属バットについていた赤黒い血と、人間の頭髪が、まばたきするたびに頭をよぎるせいだ。若槻ナオトにあったことは彼女にも話していなかった。まがったことがきらいな彼女のことだ。今すぐ警察に話せと言いだすにちがいない。若槻ナオトへの同情があったとしても。

僕は鞄《かばん》をつかんで立ちあがる。本庄ノゾミもいっしょにうごきだした。

下駄箱で靴を履きながら、僕は彼女に質問する。

「若槻くんのこと、先生に相談するとき、こわくなかった？」

教室でひどいめにあっている彼のことを見かねて、彼女は教師に報告したことがあった。一学期のおわりのことである。本庄ノゾミの話が学校側に聞き入れられたことは幸いだ。教師たちは金城アキラと高木ヨウスケの二人、さらにそれぞれの親を呼びだして注意した。しかし若槻ナオトの顔が明るくなる様子はなかった。話しかける友人もいないまま、その後も学校の外で金城アキラから呼びだされ、万引きを強要されたり、金をとられたりしていることは全員がしっていた。

「金城くんや高木さんに目をつけられるかもとか、かんがえなかったわけ?」

若槻ナオトをかばおうとすれば、金城アキラの視界に入ってしまう。正気の沙汰ではない。

「でも、それどころじゃなかったでしょう」

そうだ。それどころじゃなかった。限界はせまっていたのだ。だから、今、この状況になっている。

「本庄さんみたいなのがあと十人いて、あいつに話しかけてあげてたらな」

「あと一人いただけでも、こういうことにはならなかったかもよ」

彼女はあるきながら僕を横目で見る。僕は目をそらす。彼女ほどの正義感がだれにでもあるわけではないのである。自分は平凡で、なんの取り柄もない、ごく一般的な帰宅部少年なのだから。

校門を出たところにマスコミ関係者らしい人たちがいた。下校する生徒の何人かがリポーターにつかまってマイクをむけられていた。いつもニュース番組などで見かける例の場面だ。なんという既視感だろう。それでも現実的だとはおもえない。これが本当のことだと感じるのは、奇妙なことだけれど、テレビをながめてこの光景がうつしだされたときではないのか。

「じゃあ、また明日」

「うん」

　校門前で本庄ノゾミとわかれた。

　バスの車内で携帯電話をながめる。事件のことを聞きつけた母や姉からの着信履歴がのこっていた。心配しているという内容のメールも届いている。自宅近所のバス停でおりると、丘の上の家まであるいた。道すがら、姉に連絡してみるべきかまよった。姉の旦那は警察の関係者で、結構なエリートだという話だから、捜査状況のことをおしえてもらえるかもしれない。しかしまよっているうちに家は目の前だった。

　町の上空にある見えない風の通り道に、二階部分をつっこませている松田家は、どこにでもあるような一戸建てである。ベランダに奇妙なものがひっかかるという、例のファンタジー的な設定で、この現実的で息苦しい状況をどうにかしてもらえないものだろうか。閉塞感に風穴を開けてくれないものだろうか。ファンタジーって、こんな状況の人を救ってくれる薬のようなものだとおもっていた。でも今回ばかりは、無理そうだ。

　玄関を開けて、ただいま、と言ってみるが返事はない。両親はそれぞれはたらいている。つまりわが家は日中の間、無人になる。

　二階にあがり、自分の部屋にむかう。カーテンをしめきった部屋はうすぐらかった。押入をあけてみると、朝とまったくおなじ様子の若槻ナオトの姿があった。膝をかかえてうつむきながらアイポッドで音楽を聞いている。僕に気づくと、ゆっくりと顔をあげて、イヤホンをはずした。

若槻ナオトという少年は、顔のつくりや骨格のほそさが女の子そのものだ。たとえば母が家にいて、今この部屋のドアを急にあけたら、僕がショートカットの少女を部屋に連れこんでいるとかんちがいするかもしれない。指のほそさ、首をかしげるタイミング、唇や目元にうかぶ表情、全部が少女のようだ。しかもわるくない顔だちである。だからよけいに彼のことを薄気味悪いと感じる。

天敵をこわがる兎《うさぎ》が穴から出てくるような慎重さで若槻ナオトは押入から出てきた。押入には今朝方に僕が用意しておいた水のペットボトルとお菓子の袋があった。水は減っていたがお菓子に手はつけられていない。

「授業、なかったんだね」

壁の時計を見て彼は言った。

父母がねむったのを確認して、家のそばに待機させていた若槻ナオトをまねきいれたのは、十二時間ほど前のことだ。泥だらけの靴をぶらさげて、彼は物音をたてないよう階段をあがった。どうしてかくまってくれるのか、と不思議そうにしていた。当然の反応だろう。これまで教室で話をしたこともなかったのだから。

「かわったことは？」

「窓の方から、ときどき、なにかあたる音がするんだけど。カチ、カチ、って……」

「砂粒が窓ガラスにあたってるんだ。風にとばされてくるんだよ」

いつもとちがって閉め切ったままのカーテンをほそくあけてみる。朝のベランダ掃除をおこたったせいで落ち葉がひどい。ちなみに、落ち葉をよく観察してみると、世界中のありとあらゆる植物の葉であることがわかる。遠くの道路をパトカーらしき車の列が横切った。むこうからこちらが見えるわけでもないだろうに、あわててカーテンをしめる。

「そのパソコン、ネットにつながる?」

若槻ナオトは机の上のノートパソコンを指さした。

「つかっていい?　メールチェックしたいんだ」

パソコンを起動させながら、こんなときでも人はメールのチェックをするものなんだなとおもう。彼をパソコンの前にすわらせ、僕はベッドに腰かける。余計なフォルダを開いてしまわないかとそわそわした。

若槻ナオトはだれでもかんたんに取得できるフリーメールを使用していた。彼がホームページをひらいてIDとパスワードを入力する。ログインする直前、僕は声を出した。

「あ、ちょっとまって」

エンターキーを押そうとしていた彼の指がとまる。

「こういうの、まずいんじゃないかな。この場所にいることが、警察にばれるかも」

　おたがいにコンピューターの知識はとぼしかったが、警察をあなどってはいけない。若槻ナオトのメールアドレスをつきとめて、彼がメールをチェックするのを待っているのではないか。ログインした瞬間に潜伏場所までつきとめられるかもしれないぞ。

　ちなみに彼は携帯電話を所有していたが、昨晩、わが家へ案内する前に電源を切ってもらった。通話していなくても携帯電話は周辺の基地局に電波をとばしている、となにかで読んだことがある。三ヵ所の基地局にとどいた電波の強弱から距離を計算すればピンポイントで場所がわかってしまうのだ。いっそのことすてさせた方がいいのかもしれないが、電源を切ってもらうだけにしておいた。最近は電源を切っておいてもGPS機能のはたらく機種もあるが、彼の電話にその機能はついてないようだから、だいじょうぶだろう。

　若槻ナオトはメールをあきらめた。そのかわり、ニュースサイトで事件の記事を読みあさる。ポータルサイトのトップページを開いた状態で彼はため息をついた。トピックス欄の一番上に彼の事件記事へのリンクが表示されている。

「大勢の人が、これを見てるんだろうな……」

　今にも吐きそうな顔色だ。どの記事にも若槻ナオトの実名は掲載されていない。記事によると、犯行に使用されたとおもわれる金属バットが道路脇の茂みから発見されたらしい。できるだけ見つかりにくい場所にすてたつもりだったが、一日でさがしあてられてしまったようだ。

ネットをひとしきり巡回した後、若槻ナオトにシャワーをつかわせた。

彼がシャワーをあびているあいだ、僕は自分の部屋で一人になり、いろいろなことを、ぐるぐるかんがえた。やっぱり、とてもかなしいことだけれど、彼こそが、あの記事に書いてあった高校生にちがいない。机の引き出しから新聞の切れ端をとりだした。夏休みのある朝、ベランダにひっかかっていたものだ。

印刷されている日付は今年の十月二日。印刷ミスでなければ六日後の未来で発行されたことになる。若槻ナオトがまだしばらくもどってこないのをたしかめて、新聞のしわをのばし、すでに何度もながめて頭に入っている記事を読み返す。山羊の記事が書いてあるほうを表面とするなら、その記事が印刷されているのは裏面である。

記事に書いてある地名は僕の住んでいる地域だ。こんな身近な場所で事件なんておこるのかなとおもっていたら、そのとおりになった。昨晩、商店街の入り口で若槻ナオトにあったとき、僕がかんがえたことは、「この事件をおこしたのはきみだったのか」という感慨だった。

先月二十五日深夜に＊＊県＊＊市で発生した高一生死亡事件の参考人として事情聴取中の高校生（十五）が、昨晩、＊＊警察署のトイレで首吊り自殺した。同級生殺害の容疑を認めた直後だった。


「梢《こずえ》の旦那に聞いたら、くわしくおしえてくれるんじゃないか？」と父。

「だめよ。いそがしいにきまってるんだから」と母。

「若槻って子は、どこにかくれてるんだろうね」と父。

「別の県に逃げてるんじゃない？」と母。

「…………」と僕。

両親と僕の三人で食卓をかこんでいた。中央にコロッケのならんだ大皿がある。母がパート帰りに商店街で購入したものだ。テレビでバラエティ番組が流れているけれどだれも見ていない。話題は終始、事件のことだった。

「亡くなった子、いじめっ子だったたって、ほんとう？」

母が僕に聞いた。

返事をかんがえていたら、二階から物音が聞こえた。つみあげていた本にだれかがつまずいてたおしたような音だった。全員が食事の手をとめた。両親は不可解な顔をしている。二階にだれかがいるはずはないのだから。

「窓、ちゃんとしまってないのかも。いつもの風じゃない？」

僕がそう言うと、両親はなっとくした顔で次の話題にうつった。

深夜に両親が寝室へ引っこむと、夕飯でのこったコロッケを台所からくすねてきた。若槻ナオトはお礼を言ってそれにかぶりついたが、一個の半分を食べただけだった。彼はシャワーをあびたあと、僕の服に着がえていた。しかしサイズがあっておらず、肩や袖に布があまっている。彼の着ていた服はゴミ袋に入れて押入にかくしており、そのうちにこっそりと処分しなくてはいけない。シャワーをあびて以降、彼はほっとしたような表情で、漫画やゲームの話をするようになった。そうなると彼のほそい腕が、金城アキラをめった打ちにするためにつかわれたことなどわすれそうだった。

音量をちいさめにして、パソコンで動画をながめたり、おすすめのサイトをながめたりした。パソコンのテレビチューナーでニュース番組をつけると、「十六歳の犯罪」というテーマでコメンテーターが若槻ナオトの事件を語っていた。

「まだ十五歳なんだけどな。十二月生まれだから」

彼は画面を見つめて言った。高一だから十六歳ってことでまとめられたのにちがいない。

「十二月生まれってことは射手座《いてざ》？」

「山羊座。三十日が誕生日」

ニュースの続報が入った。アナウンサーが原稿を読み上げる。新たにわかったことはふたつ。被害者はバットで殴られた後、包丁で胸を刺されていたこと。重要参考人として行方を追っている高校生の部屋から、ホームセンターで包丁を買ったときの領収書が見つかったこと。若槻ナオトは床の上で膝をかかえ、前後に体をゆらした。そんな彼に話しかけてみる。

「包丁だってさ」

「うん」

「前から計画してたの？」

ゆれながら若槻ナオトは、膝のあいだに顔をうずめた。体がちいさいので、箱詰めできそうなほどコンパクトな状態になった。話しかけても反応がなくなったので、僕はノートパソコンで音楽をかけると、部屋の電気を消してベッドに入った。真っ暗な部屋にパソコンの明かりだけがついていた。そのうちに彼が、押入の寝床にもぐりこむ気配がして、『ドラえもん』みたいだなと、すこしおもった。あのロボットも押入を寝床にしていたたし。そんなことをかんがえていたせいで、『ドラえもん』の四次元ポケットがベランダにひっかかっているという夢を見た。

九月二十七日・土曜日

がたん、という音が聞こえて、僕はねむりからさめた。ベッドの上で身を起こし、目をこすりながら部屋を見回す。カーテンが朝日を透かして明るくなっていた。室内に異状はない。窓ガラスになにかがぶつかった音だ。

押入がひらいて若槻ナオトが顔をだした。さきほどの音で、彼もおきたらしい。心配そうに僕を見る。

「今のは？」

「漂流物だとおもう」

カーテンを開けてみると、ベランダに堆積した大量の落ち葉の上に、泥だらけの物体がころがっていた。

「風が強いけど、おどろかないように」

事前に忠告して窓のアルミサッシに指をかけた。ほそい隙間がひらくと笛のような高音を発して風がふきこんできた。若槻ナオトは風の奔流《ほんりゅう》にやっぱりおどろいてベッドにしがみついた。ベランダにおちていた物体を回収する。ねじれたトレーナーだった。水がしみこんでおもくなっている。窓をしめると、風の音も消えて部屋はしずかになった。

「洗濯物が風にとばされてきたらしい」

若槻ナオトはおそるおそる窓にちかづいて外を観察する。

「台風？」

「この家、風の強い場所に建ってるんだ」

若槻ナオトにトレーナーをわたした。

「風で飛んできた？　こんなにおもいのに？」

彼はトレーナーをひろげて首をかしげる。

「なんだこれ。袖が四つもあるよ？」

「不良品かな。それとも、腕が四本あるのが普通の世界からとばされてきたのかも」

「本気で言ってんの？」

「そういうことも、なくはない。だって、よく変なものが漂着するんだ」

「ほかにもある？」

さっきの風で若槻ナオトの足下に新聞の切れ端がおちていた。いや、それはだめだ。他の漂流物を見せよう。しかし僕の視線に気づいて彼が新聞をひろってしまう。若槻ナオトは新聞をながめてつぶやいた。

「ああ、これは、夢がありすぎるなあ……。日付が、未来になってるじゃないか」

さすがにまがいものを見るような顔だった。

「山羊だってさ」

ありがたいことに、目にしたのは表面の方だったらしい。彼は「山羊の行方」という記事を読みはじめる。

「自分の星座だから、他人とはおもえないんだよね、山羊って」

「僕は理科で天秤《てんびん》をつかったとき親近感があったけどね」

彼が裏面を読もうとする前に、新聞の切れ端をとりかえした。自分が死ぬ記事など読ませないほうがいいに決まっている。

階下で父母のあるいている気配がした。

「きみはここで待ってて。今から日常を演じてくるから」

若槻ナオトを部屋にのこして一階におりた。今日は土曜日なので、学校は休みだ。しかし父は出社しなくてはいけないらしく支度をととのえていた。

「あら、おはよう」

母がおどろいた顔をする。休日なのにこんな朝早くから顔を見せるなんてめずらしい、とのことだ。ご飯と目玉焼きを食べていたら、家の電話が鳴り、担任教師からの連絡があった。

「金城くんと若槻くんのことで、なにかしってることがあったら言うようにって」

電話を受けた母が担任教師の言葉をつたえる。父が会社に出かけると、母も身支度をはじめた。親戚の家に行く用事があるそうだ。両親が家にいるこの土日をどうやって乗り切るのかが問題だったので、二人ともいなくなるのは好都合だ。

「帰りはおそくなるけど、夕飯、平気？」

「うん。てきとうに何か食べるよ」

母を見送って、もどってこないことをたしかめると、若槻ナオトを一階につれてきた。朝食ののこりを食べさせて、リビングの大画面テレビでゲームをした。ナイフで敵とたたかうようなゲームをやると、包丁を金城アキラに刺したときのことをおもいだすかもしれないから、「バイオハザード」はやめておいた。やりかけの「ＦＦ」をプレイしていて、うっかりトンベリに遭遇したら、やっぱり包丁のことをおもいだすにちがいないからやめておこう。結局、昼過ぎまで僕たちは「桃鉄」をやった。昼食にパスタをつくった。若槻ナオトは恐縮しながら口にはこぶ。ずいぶん食欲がもどった印象である。それでも一人分を食べきれなかった。もともと食がほそいらしい。食事の後、彼は僕の部屋の押入に入り、細い足をおりたたんで、体育座りになって漫画を読みはじめた。わざわざそんなとこで、とおもうのだが、そこがおちつくらしい。

十五時をすぎたころ、問題がおきた。僕が姉と電話で話していたときのことだ。

「よかった、あなたが巻きこまれてなくて」

「義兄《にい》さんは、今回の事件を担当してるの？」

「ううん。でも、いろいろ話は聞いてるみたい」

「どんな？」

「ふかい恨みがあったんだろうなって。傷の具合から、それがわかるって。……若槻くんって子と、交流あった？」

「しゃべったこともなかったよ」

コードレスの受話器に、後悔をこめて言った。

「最近は、ベランダに変なもの、ひっかかってない？」

「うん。京子《きょうこ》さんは元気？　連絡とってる？」

京子さんというのは姉の友だちで、僕の誕生日にはいつもゲーム機のハードを買ってくれるという、すばらしい人だった。

「毎日、ぶらぶらしてるみたい。仕事もやめちゃったって。ちょっと今度、ぶん殴ってくるよ」

二階から若槻ナオトがおりてきて、リビングの入り口から顔を出す。僕はソファーからおきあがる。なにか心配事があるような表情だった。心配事だらけにちがいないけど。

「じゃあ、また連絡する」

通話をきって、彼にむきなおった。蒼白な顔で、若槻ナオトは言った。

「ごめん、近所の人に見られた、かも……」

彼の話を聞いてみる。いろいろなものが漂着するという不思議なベランダに興味がわいて、カーテンを開けて観察していたところ、いつのまにか近所の家の窓がひらいて、洗濯物をほしている主婦が若槻ナオトを見つめていたのだという。

「ちらっと見るくらい？」

「凝視された」

「どの家？」

「すぐ裏。丘の斜面の、ひとつ下の家」

「グレーの屋根？」

「うん」

「母さんの友だちだ」

家族構成も、僕の顔もしっている。殺人事件の重要参考人が、僕の同級生だということもわかっているはずだ。僕が犯人をかくまっていると、すぐに気づくだろうか？　場合によってはもう通報されているのではないか。そんなことをかんがえていたら、にぎったままのコードレスホンの受話器が鳴りだした。

「警察かな？」と若槻ナオト。

受話ボタンをおして、受話器を耳に当てる。

「もしもし」

聞きおぼえのある声は母のものだった。

「なんだよ、母さんか」

このタイミングで、まぎらわしい。

「昼ご飯、ちゃんと食べた？」

親戚の家から電話をかけているようだった。

「パスタ、作ったよ。ついさっき、姉さんとも電話でしゃべった」

「心配してたでしょう」

「昔から心配性なんだ。僕が転んで怪我《けが》するたびに、救急車を呼ぶって、おかしいよ」

「友だち、来てるの？」

「うん。どうして？」

「奥様ネットで連絡がきたから」

「なにそれ、ツイッターより情報伝播《でんぱ》能力高いんじゃないの？」

母の主婦友だちは、警察ではなく母に連絡をいれたらしい。

「友だちって、もしかしてつきあってんの？　女の子があなたの部屋にいるって、言われたんだけど」

一瞬の間をおいて理解する。

「まあ、その通りだね」

あえてそう言ってみた。

「あらあ、そう！」

隣で若槻ナオトが心配している様子だった。おまえのせいで！　と蹴りたくなる。彼の手に、いつのまにか、靴がぶらさがっていた。

「八時ごろに帰るから、夕飯、待てそうだったら何か買って帰ろうか？　お友だちもその時間までいるの？」

「いや、用事があるみたいだから」

若槻ナオトは廊下に出て、玄関のほうにあるいていく。

「じゃあ、そういうことで」

電話を切ると、廊下で若槻ナオトの肩をつかんで引き止めた。少女みたいに貧弱なうすい肩だったので、おどろいてすぐに手をはなす。

「どこ行くんだよ」

「わからない。けど、このままいると迷惑かけそうだし……」

「つかまっちゃうよ」

「いつかは逮捕してもらう予定だったんだ」

黒い瞳がゆらぎもせず、まっすぐに僕を見た。恐怖やとまどいといったものとは別の意思を感じる。そして、きれいだった。僕がたじろいでいるのを見て、彼は目をふせると、玄関で靴を履こうとする。

「もし逮捕されても、松田くんのことは警察に言わない。野宿してたことにする」

「その服、どこで手に入れたのか聞かれるだろ」

「風でとんできた、は無理かな。ここから一番ちかいネットカフェってどこ？　メールしておきたい人がいるんだ」

「駅前に行かないと無理だ。メール、送信するだけ？　じゃあ、うちのパソコンからメールしなよ」

フリーメールのアドレスを新しく入手して、僕のノートパソコンから送信するようにすすめた。新しいアドレスなら警察はマークしていないはずだ。でも完全に安心というわけではない。だれあてに送るメールなのかわからないが、その人が警察にメールを見せたら、僕の部屋から送信したことも判明するだろう。

「その点はだいじょうぶ」

「どうしてそう言いきれるわけ？」

「とにかく、だいじょうぶだから」

そう言いはる彼を二階へつれて行き、ノートパソコンの前にすわらせた。彼はネットで新規のアドレスを登録して、だれあてなのかわからないメールを作成しはじめる。

メールを終えた若槻ナオトがふりかえったとき、僕の準備はほとんどおわっていた。

リュックに着替えや預金通帳を入れて、十月二日の新聞紙もポケットのなかだった。若槻ナオトがつかいおわったノートパソコンもリュックにおしこむ。

「提案だけど、もうすこし暗くなってから出発しよう。僕もいっしょに行く」

どうして、と彼は問いかける表情をする。

あいまいにわらって、はっきりした返事はしなかったけれど、僕は心の中で決めていたのだ、こいつと友だちになろうと。

3

九月二十八日・日曜日

ねむったような、ねむらなかったような、そういうまどろみから覚めて、目の前のパソコンディスプレイを見る。右下に表示されているデジタル時計は朝の七時半だ。窓がないので、朝の実感がわかない。いつのまにか三時間もすぎているということは、たぶんねむっていたのだ。

リクライニングシート一個分の空間に僕はおさまっていた。目の前にはパソコン用のディスプレイと、テレビ視聴のためのディスプレイ、プレイステーション2と読書用ライト、表面のべたつくフードメニューがある。前方と左右には高さ一メートル七十センチほどの仕切り。後方にはかんたんなつくりの扉がある。禁煙のリクライニング席にも う六時間以上、滞在している。深夜から朝までのナイトパックコースを利用してネットカフェで夜をあかしたのははじめてだ。

一人用の空間を出てトイレで顔をあらった。ドリンクバーの冷たいウーロン茶をのみながらネットで情報収集する。ひとしきり満足すると、座席にそなえつけのヘッドホンをテレビにつないでニュース番組をながめた。

他に大きな事件がないらしく、高一生殺人事件のことがテレビで話題になっていた。高校の校舎や、被害者が発見されたヤガモ橋周辺の様子など、見覚えのある景色のVTRが流れる。若槻ナオトのことは実名こそ報道されないが、教室や学校の外で受けていたいじめが取材によって明らかになっていた。

若槻ナオトとおなじクラスの少年が昨夕から失踪、という情報はまだ報道されていない。部屋の押入に若槻ナオトの着ていた服が入れっぱなしになっている。警察がそれを見たら、僕が犯人と行動をともにしていることは、容易に想像がつくだろう。

人の気配を感じてふりかえる。かんたんなつくりの扉は、足下がひらいており、むこうに人が立っているとわかる。ヘッドホンをはずしてようやく、ひかえめなつよさでノックする音が聞こえた。

「おきてる？」

扉をほそく開けると、若槻ナオトが顔をのぞかせた。

「うん。ねむれた？」

「すこしね」

別々の席ですごしていたので、話をするのは数時間ぶりだ。

「あっ」

ディスプレイを見て彼が声をだす。うちの高校の校門前で取材している映像が画面にうつっていた。女子生徒の一人がリポーターにマイクをむけられている。その子の顔は画面にうつらないよう配慮された構図だ。しかし背景には校門やそこを通過する人々、洗濯廃水色の曇り空がうつりこんでいた。背景にぼかしが入っていないなんて、テレビ局に苦情を言ってやろうか。そして偶然にも、数秒ほどの時間だが、本庄ノゾミが横切ってあるくのが見えた。その横顔はたしかに数日前の教室で見たかなしげな表情だった。画面にうつりこんだクラスメイトの姿は、彼にある種の感慨を抱かせたようだ。

「本庄さんには、もうしわけないことしちゃったな」

若槻ナオトがつぶやく。

「僕をかばってくれたのに、こんな結果になっちゃって……」

二人分の料金をしはらってネットカフェを出る。太陽に目がくらんでよろけそうになった。駅前は人々であふれている。昨夕に家から二人乗りしてきた自転車は駐輪場に乗りすてた。またこの町にもどってきたとき、その場所にあればいいのだが期待できない。若槻ナオトを建物のかげに待機させて、警備員や監視カメラの視線を気にしながら、銀行のATMで預金の全額をおろした。お年玉をつかっていなかったので一万円札が五枚も出てくる。高速バス乗り場にむかうとき、前方から警官があるいてくるのが見えた。近くの店に入り、警官が通りすぎるのを待って、ふたたびあるきだす。

「どこに逃げる？　東京？　大阪？　北海道？」

「東京がいいな、なんとなく」

そんなわけで、僕たちは東京へ逃亡することになった。

東京行きの高速バスは最初のうち、信号にひっかかりながら町中を走行した。やがて高速道路に入ると、順調に速度を保ってすすむ。数時間の道のりの間、若槻ナオトと雑談する。二人とも人生ではじめて購入したCDが菅野《かんの》よう子さんのサントラだったことが判明した。僕がいつか読もうとおもっていた『竜の卵』というSF小説をすでに彼が読んでいることもわかった。窓の外を風景がすぎさった。猛スピードでうごいているはずの乗用車やトラックが、バスとおなじ方向にむかっているため、道路上をゆっくりとすべってうごいているように見える。

「本庄さん、心配してるだろうな」

併走するタンクローリーを見ながら若槻ナオトがつぶやいた。

「きみのこと、気にかけてたから」

「松田くんは、本庄さんとなかがいいよね？」

「席がちかいから、よく話をするだけで、そんなに親しいってわけじゃないんだけど。たまに、漂流物のことで相談してる」

「本庄さんもしってるんだね。あの家の、風のこと」

僕はうなずいて、本庄ノゾミとしりあったときのことをおもいだす。

「一学期の最初のころ、ベランダに犬がひっかかってたんだ」

「犬？」

「このくらいの子犬」

手でわっかをつくって説明する。その日、目が覚めたら、窓の外からなにかの気配がした。カーテンをあけてみると、ベランダに堆積した桜の花びらのうえに、子犬がうもれているではないか。風がいろいろなものをはこんでくるのは、いつものことだったが、さすがに生き物というのはめずらしかった。そいつは薄茶色の柴犬で、かわいらしい顔だちをしていた。

「引きとってくれる人をさがすのに、チラシをつくってたら、本庄さんが声をかけてくれたんだ」

この子、どこでひろったの？

ベランダにひっかかってたんだ。

ベランダ？

うん。風にとばされてきたらしい。

彼女とかわした言葉をはっきりとおぼえている。

「それ以来、なにかおかしなものがベランダにひっかかってたら、本庄さんにおしえる決まりになったってわけ」

「松田くんと本庄さん、恋人同士なのかとおもってたんだ」

「僕が？　本庄さんと？」

「いつも話してるから」

「ただの友だちだ」

「わかってる。本庄さんは、佐々木《ささき》くんとつきあってるし」

初耳だ。僕の反応を見て、若槻ナオトは意外そうな顔をした。

「これ、言ったらまずかったかな……」

「佐々木くんって？」

「三組の佐々木くん」

「サッカー部の？　佐々木カズキ？」

話したことはないが、そんな名前の男子生徒がいることはしっている。普段、話をしている女子の友人に彼氏がいるという事実をしるのは妙な気分だ。中学のとき、姉が結婚すると聞かされたときのおどろきといっしょだ。それにしても、本庄ノゾミと修学旅行の話をしたのが遠い昔のように感じられる。二年生たちは修学旅行先で事件のことをしったのだろうか。僕は来年、無事に修学旅行に行けるのだろうか。もしかすると、もうだめかもしれない。

高速バスは、昼過ぎに東京駅のバス発着所へ到着した。

「さあ、今度はどっちに行く？」

「そうだ、山手線に乗ってみない？　だって、ほら、有名だもの」

山手線に乗って、ひとまず渋谷に行ってみると、人の多さに圧倒された。テレビで見たことのあるビルが目の前にそびえていた。中はいったいどうなっているのかとのぞいてみたらTSUTAYAになっていておどろいた。ソリッド・スネークのように警官を避けながら街をあるいて、書店で立ち読みして時間をつぶし、夜になるとまたネットカフェに入った。シャワーもつかえて、歯磨きセットも購入できる店だった。よごれた服をリュックにおしこんで、家から持ってきた服に着替える。食事がわりにドリンクバーの無料のソフトクリームで糖分を摂取した。一人用フラット席は靴をぬいであがるタイプの座敷のような空間だ。あぐらをかいて財布の残金をしらべてみると、ネットカフェのナイトパックをつかえばまだしばらく二人でネットカフェ難民ができそうだった。深夜にまどろんでいたら若槻ナオトがいるはずの隣のブースから洟《はな》をすするような音が聞こえてきた。声をかけるべきかどうかまよったが、結局、聞こえないふりをつづけた。

九月二十九日・月曜日

明るい日ざしのなか、渋谷駅前の交差点で地面一杯に人があるいていた。井の頭《いのかしら》線に乗りこんで終点の吉祥寺《きちじようじ》駅まで行ってみることにする。吉祥寺という地名はしっている。僕たちのすきな漫画によくその街が登場した。あるコミックのおまけページには、その街でくらす漫画家の日常がえがかれている。それに、有名アニメスタジオの4℃がある街ではないか。

せまい空間で連泊したせいか体中の筋肉がこっており、ねむりがあさかったせいでけだるかった。僕たちは、何度もあくびしながら改札を通りぬけた。電車内には大勢がいた。会社員風の人から、音楽をやっていそうな人、演劇の台本らしきものを読んでいる人まで様々だった。全員、東京で生活している人たちなんだろうなと想像する。彼らにとって僕たちはどんなふうに見えるのだろう。僕のとなりにすわっている少年が、ニュースで報道されている高一生殺人事件の犯人だとしったらおどろくにちがいない。彼らにとっては、ディスプレイで語られている情報が、実体となって目の前にあらわれるわけだから、お化けでも見たような顔をするかもしれない。

「学校の窓から、テレビ局の車を見たとき、おもったんだ。あんまり、現実味がないなって」

「電車の窓から見えるこの風景も、全部、夢かもしれないっておもうよ」

「金城くんが、もうこの世にいないのは、本当のことなのかな」

「うん。さわって確認したから」

電車が植物の多い場所を通過する。空が青かった。まばゆい日ざしと、木立の影が、交互にあらわれる。寝不足の頭が、だんだん、しびれてくる。

「金城くんは、どうしてあんなこと、したんだろう」

若槻ナオトが言った。

「あんなこと？」

「ここじゃ言えないような話」

彼の横顔をのぞく。美術館にかざられている白い陶器みたいにととのった顔だちだ。少年としてでなく、少女として。金城アキラにまつわる気分のわるい噂話をおもいだした。教育実習にやってきた女子大生が、ある日、突然に来なくなったこと。隣町の女子中学生が自殺したこと。

「金城くんに命令されて、猫を、殺したことがあるんだ」

首輪のついている猫をつかまえて、たっぷりといたぶり、いじめぬいたという。若槻ナオトは金城アキラに鋏《はさみ》をわたされて、命令にしたがって猫を傷つけたそうだ。いっしょにいた二年生の高木ヨウスケは気持ち悪そうにしていたらしいが、金城アキラはまるで観察するみたいに猫から目をそらさなかったという。

「どのくらいのことをやれば動物が死ぬのか、っていう実験をしてるみたいだった。まじめな顔つきだったんだ。最後のほうは、猫がうつろな目で僕の方を見て、殺して、って言ってるみたいだった。いっそのこと、殺してもらうのが、その猫の、最後の願いだったんだとおもう。その日の朝まで、飼い主にかわいがられて、ふつうに生きてたはずなのに。猫はそのときがくるまで、自分が今日死ぬだなんてこと、かんがえてもいなかったんだ。どうして金城くんは、あんなことをしたのかな」

電車のすすむ音とゆれがここちよかった。おそろしい話とは裏腹に車内は光に満ちていた。目を閉じると、まぶたをすかして、木陰と日ざしが交互にすぎるのがわかる。光のなかでまぶたのほそい血管がうかびあがり、赤色のなかに植物の根みたいなものがうかんだかとおもうと、さっと暗くなる。こういうとき、自分の意識は肉体を通じて世界とふれているのだとおもう。肉体のこわれてしまった金城アキラは、もうこの世界にふれることはできないのだ。彼も感じていたのかもしれない、現実味がないってことを。何をしても実感がわかない。そんな日々のなかで、暮らしていたのかもしれない。

「そういえば、自首しようかな」

若槻ナオトがおもいついたように言った。電車は吉祥寺駅に到着する手前で、ゆるゆるとホームにすべりこんでいく。

「でもその前に、提案があるんだけど。山羊が逃げるの、明日だよね？」

山羊が動物園をぬけだして、駒込駅にまよいこみ、山手線に乗りこむのだ。

新聞の切れ端にそんな記事がのっていた。

「せっかく東京にいるんだから、本当にそうなるのかどうか、たしかめに行ってみよう」

「まあ、それはいいけど」

「うん、決めた。山羊を見てから自首する」

電車をおりて、人の流れにのって移動していたら、いつのまにか井の頭公園という場所に到着した。巨大な樹木のならんだ雰囲気のいい場所だ。ベンチに腰かけて、池の上をすすむスワン形のボートをながめた。井の頭公園という名前もやはり耳にしたことがある。テレビなのか、漫画なのか、どの媒体で最初にしったのかをおもいだそうとするけれどわからない。情報として認識していただけの有名な空間に自分の肉体があるというのは不思議なものだ。池の上をふいてくる風が腕にふれて通りすぎていく。靴の裏側に地面を感じる。ああ、なんで自分はこんなところにいるんだっけ、とおもえてくる。

「せめて十月二日まで、自首するのはやめない？」

「どうして？」

その日まで捕まらなければ新聞記事が現実になるのを回避できるかもしれないではないか。いや、そもそも、未来って変えられるのか？　だまっていると、彼が何かを言いたそうにしていた。

「なに？」

「おもいついたんだ。『十月二日ではおそすぎる』」

不安そうに彼が僕を見た。

「いや、おもしろいよ。いけてる。元ネタがわからないと、ちょっと、アレだけど」

しかし、いつのまに彼は出頭する気持ちをかためたのだろう。ネットカフェのパソコンでやりとりしていたメールは何か関係あるのだろうか？　彼がだれあてにメールを書いていたのかわからないけれど、なにかがひっかかる。

「いつまでも逃げられるわけがないんだ。警察に言わなくちゃ。僕が、どんなふうに金城くんを殺したのか」

ボートが池の上をすべる。たてた波が陽光をきらめかせた。若槻ナオトの顔にくだけた光の反射があたる。お互いの口数がすくなくなった。

事件のことを話題にするのはずっと避けてきた。でも、聞いてみるべきだと、なぜかそのとき、ふとおもった。さきほど感じたひっかかりが原因かもしれない。

「ほんとうに、きみ、人を殺したの？」

彼は自嘲気味の笑みをうかべる。

「なにを今さら……。ねえ、僕は金城くんのことが憎くてしかたなかったんだよ。殺すのも、一回だけじゃたりないくらいだよ。なんべんも、なんべんも、殺したいくらいさ」

「じゃあ、あの夜のことを聞いてもかまわない？」

「うん。いいよ」

九月二十五日の深夜、彼は、金城アキラを殺すために包丁を持って家を出た。

「金城くんに呼びだされたんだっけ？」

「家にいたら、メールがきたんだ」

若槻ナオトは携帯電話をとりだして電源をいれる。出頭を決意して、電波で位置がしられてもかまわない、という気持ちになっているのだろう。彼はメールの受信箱をひらいて僕に液晶画面を見せた。九月二十五日、二十三時十四分に受信されたメールが開いてある。金城アキラからとどいた最後のメールだ。

【12時に琴ノ葉橋の下にこい】

若槻ナオトは「わかった」という内容のメールを返信した。

「それで、この時間に行ってみたら、金城くん、橋の下にいたわけか……」

「早めに行くことにしたんだ。三十分くらい前に到着して、橋の下の茂みにかくれていようって。不意をつきたかったから」

若槻ナオトは自転車をとめて茂みのなかにかくし、土手に設置されたコンクリートの階段をおりた。

「土手にバットがころがってたんだ。ぼこぼこにへこんだやつ。それを見て、こっちのほうがいいかもしれないっておもって……」

武器を交換。橋の下の暗い陰に身を潜ませ金城アキラが来るのをまつ。

「金城くんは、煙草《たばこ》をすいながら土手をおりてきた。十二時ちょうどだった」

煙草の火が、ぽつんと、土手の上にあらわれる。ちいさな赤い点が、階段をおりてきて、川の手前で停止する。若槻ナオトが目をこらすと、金色の髪の毛が、頭上にかかった橋の街灯にてらされてぼんやりと見える。水が川縁《かわべり》の石をあらいながら流れていく。若槻ナオトは茂みを出ると、金城アキラの後頭部に、バットをふりおろした。全部で五回。たおれても殴りつけた。最後に、包丁を胸に刺した。

風がふいて、井の頭公園の樹木が枝をゆらす。ざわざわと音がふってくる。風の存在は自宅の部屋をおもいださせる。ここでふいた風は、いつか空の上をめぐって、僕の部屋の窓辺をかすめてとおりすぎるのだろうか。

若槻ナオトは携帯電話の電源を切ろうとする。彼にことわって、もう一度、金城アキラからのメールを読ませてもらう。なにか特別な興味があったわけではないけれど。短いメールをながめているうちに、ちょっとしたことが気になってきた。

「金城くんはヤガモ橋のことを、琴ノ葉橋って呼んでたの？」

彼の死体が発見された例の橋は、正式名称を琴ノ葉橋という。しかし矢のささった鴨が見つかって以来、ヤガモ橋と呼ばれるようになり、タクシーの運転手や役所の人間までもそちらの名前をつかうようになった。金城アキラのメールには琴ノ葉橋と入力されているが、彼はこちらの名前をつかい続けていたのだろうか。しかし携帯電話で文字の入力をするなら、ヤガモ橋のほうが短い手順で表示できるはずだ。【ことのはばし】と入力するより、【やがもばし】と入力するほうが数字キーを押す回数がすくない。なぜ面倒な方の名称をメールに打った？　予測変換ですぐ入力されるようになってたとか？　それとも、携帯電話の機種によるのかな？

「なんとなく、じゃないかな」と若槻ナオト。

「そうだね」

気にするほどのことではない。僕は携帯電話の電源を切って立ち上がる。

「さて、はやいところ、ここから逃げよう」

携帯電話から出ている微弱電波が、僕たちの居場所をしらせてしまったかもしれない。

若槻ナオトは背伸びをした。

「明日、山羊を見てから警察に行く。松田くんは、もう家に帰った方がいいよ。僕といっしょにいたってこと、みんなにだまっておいた方がいいとおもう。家出してたことにすればいいんじゃないかな」

公園を後にして、吉祥寺駅の近所にある大型電気店のビルに入った。その電気店は全国にチェーン展開しており、若槻ナオトはその店のポイントカードを数万円分ためこんでいた。明日、出頭したらしばらくまともな生活はできないはずだから、今のうちに全部つかいきってしまおうと決めたらしい。ゲーム売り場のある階に行き、彼はPSPと数本のソフトをポイントで購入した。エスカレーターで一階にむかっている途中、ずらりとならんだ大型テレビにニュース番組がうつしだされていて僕たちは足をとめた。

今月二十五日深夜におきた高一生殺人事件についてアナウンサーが話していた。重要参考人とおもわれる少年の他に、同級生の別の少年が家からいなくなっていること。彼らはいっしょに行動しているらしいこと。それらのニュースが読み上げられ、全国に伝えられた。

「だいじょうぶ。気にしてないよ。ほんとうだってば」

テレビの前から立ちさりながら、僕は若槻ナオトに言った。彼はすまなそうにしている。警察はいよいよ僕のことも捜しはじめた。ＡＴＭで預金を引き出したことも調査済みだろう。カメラの録画記録も見られたはずだ。その日に着ていた服を洗って、もう一度、着るのはやめておいた方が良さそうだ。駅前のATMを利用したということがわかっているのなら、その周辺を聞きこみ捜査したにちがいない。高速バス乗り場に立っていた二人の少年の目撃情報もつかんでいるかもしれない。もしそうなら、僕らが東京にむかったことも了解ずみだ。警備員や店員の視線がおそろしかった。自然と足がはやくなる。いつまでも逃げることはできない、という若槻ナオトの言葉はただしい。東京に逃げたとしても、あっという間に追いつかれる。気づくと、テレビの巨大な画面に、僕の顔がうつしだされていた。そこはビデオカメラ売り場で、テレビにつながった売り物のビデオカメラが僕にレンズをむけているだけだった。

エスカレーターで一階におりて出口にむかう。どこか人のいない場所に行きたかった。各社の携帯電話がならんでおり、赤や白やオレンジといった売り場スペースを通過する。展示されている様々な携帯電話が視界のすみをよぎっていく。最近はスマートフォンの種類もふえている。しかしうちのクラスのほとんどが持っているのは、いわゆるガラパゴスケータイだ。金城アキラが所持していたものもたしかそうだった。井の頭公園で見せてもらったメールをおもいだした。

ある想像が頭をよぎる。

無意識のうちに足がうごかなくなって、立ち止まる。

店内にかかっているにぎやかな曲が耳から遠ざかる。蛍光灯がまぶしかった。大勢の客が僕の両側をかすめてよこぎる。すこしはなれた場所で若槻ナオトが僕をふりかえっていた。貧血でたおれる一歩手前の感覚だ。周囲に視線をさまよわせた。自分の発想を保証してくれるものはないだろうか。あるいは、否定するものは。

「金城くんのつかってた電話の機種、おぼえてる？」

僕はそうたずねる。

若槻ナオトは不安そうに僕を見る。

「機種？」

「携帯電話の型、どんなのだった？」

彼は手近の棚にならんでいるストレートタイプの電話を指さした。

「よくおぼえてないけど、あんな感じの」

折りたたみ式でもなく、スライド式でもなく、板状の電話である。

「確認だけど、タッチパネル式じゃないよね？　ＱＷＥＲＴＹキーボードもついてない、どこにでもあるようなやつだよね？」

「うん。でも、それが、どうかした？」

僕は首を横にふった。

「なんか、立ちくらみが。あんなニュース、見たあとだから」

おなかもすいたし、なにかを食べて、すこしやすもう。僕たちはそう話しあって、近くにあったファミレスへ入ることにした。人目につきにくい奥のテーブルにむかいあってすわる。メニューをながめてそれぞれ料理を注文した。料理がはこばれてくる間、若槻ナオトはポイントで購入したゲームのパッケージを開けて説明書を読みはじめる。

「顔、洗ってくる」

そう言って僕は席を外す。男子トイレで個室に入り、携帯電話の電源をいれた。運良く圏外だ。これなら、アンテナに微弱電波をキャッチされ、こちらの場所を特定されないのではないか。素人《しろうと》かんがえだけど。

登録されていた姉の携帯電話番号をメモにとり、トイレを出た。店の入り口近くにあった公衆電話の前に立つ。若槻ナオトのいるテーブルは、煙草の自販機にさえぎられて見えない。公衆電話の硬貨投入口に百円玉を入れる。硬貨はすぐに取り出し口から出てきてしまい、あれ？　とおもう。どうやら受話器を先に持ち上げないと硬貨を受け付けてくれない仕組みらしい。そういえば公衆電話をつかうのは生まれてはじめてだ。科学が進歩して携帯電話が普及したせいだ。もしかしたらスマートフォンが今よりもあたりまえになったら、物理的な数字キーも見かけなくなるのだろうか。姉の携帯電話番号を押すと、ほとんど間をおかないで姉が電話に出た。

「もしもし？」

「姉さん？」

「あんた！」

「時間がないから、よく聞いて」

「ちょっ、今、どこに……」

姉は動揺して騒々しかった。

「僕はだいじょうぶ。おどされたわけじゃない。自分からついて行ったんだ。ねえ、おねがいがあるんだけど」

煙草の自販機の陰から顔をだして、テーブルに一人ですわっている若槻ナオトの方を確認した。まだPSPソフトの説明書に夢中である。

「義兄さんにたのんで、警察の資料、しらべてもらえないかな。たのみを聞いてくれたら、こっちの居場所をおしえる」

逡巡《しゅんじゅん》するような数秒間のあと姉が返事をした。

「なにをしりたいの？」

「金城くんの持ってた携帯電話のこと。メーカーや形状。それから、数字キーをしらべて。よごれてたり、壊れてたり、してないかどうかを」

「数字キー？」

「特に数字の【8】。もしも壊れてたら、いつごろからそうなってたのかをしりたい」

「わかった」

「若槻くんを逮捕するの？」

「重要参考人として、身柄を拘束されるでしょうね」

「金城くんの体の状況もしりたい。何時頃、死んだのかも」

「あんたがしるようなことじゃないよ」

「大事なことなんだ」

姉が電話のむこうでため息をつく。

「ねえ、若槻くんは、どんな様子？」

「ふつうだよ。さっき言ったこと、どれくらいで調べられる？」

「夜までには」

「夜にまた連絡する。僕を信じて、逆探知しないでよ。お願いだから。今、とても重要なことがわかりつつあるんだ」

姉に連絡するのは賭けだった。僕が連絡することを見込んで、警察が姉の電話をチェックしているかもしれないからだ。しかし、幸いなことに、警察が店内になだれこんでくる様子はない。

「心配しないで。またね」

僕は姉にみじかく別れを言って、公衆電話の受話器を置いた。

ファミレスを出て吉祥寺から中野《なかの》に移動した。中野ブロードウェイという場所を見てみたかった、という程度の理由だ。そこに漫画やアニメなどの、マニア向け、オタク向けの店舗がたくさんあるという知識があった。かつて東京に出かけた友人が「あそこは東京で一番、ディープな場所だ、魔の巣窟だ、長時間いられなかった。あれ以上、長居をしていたら、頭がどうにかなってしまい、外には出てこられなかっただろう」と語っていたのが印象にのこっていた。

中野ブロードウェイに到着したとき、すでに夕方で、学校帰りの中高生がたくさんひしめいていた。到着したと言っても、いつのまに中野ブロードウェイに入りこんだのかわからない。駅前の商店街をあるいているうちに、その建物の内部にいた。一階からエスカレーターに乗ると、なぜか三階に到着した。店舗をながめながらほそい通路をあるいていたら、おなじところをぐるぐるとまわっていた。古びたビルの壁や床、におい、すべてがあやしげな雰囲気をまとっている。なんとすさまじい建物が東京にはあるのだろう。【魔都・東京】という文字が頭にうかぶ。同人誌がならんでいる店を見ながら、あるいはコスプレをした店員とすれちがいながら、僕と若槻ナオトは、「なんとすさまじい建物が東京にはあるのだろう」とくりかえしつぶやいた。

四階には人がおらず、シャッターのしまっている店舗がおおい。入りくんだ通路の最奥部に、探偵事務所のようなおもむきの扉を見つけた。【事情により閉店しました】という貼り紙がでている。鍵が壊れているのか、かんたんに扉はひらいた。電気が消えて室内は暗いが、天井に明かりとりの窓があって、そこから月光がさしこんでいた。中野ブロードウェイ内部には、ほとんど窓がなかったから気付かなかったけど、外はすでに夜だった。

元々、喫茶店だったようだ。テーブルが数個と、奥に革張りのソファーと木のベンチがある。床にうすく埃がつもって、長いことだれも足を踏み入れていない様子だった。この部屋の持ち主が、今晩、ここにあらわれる確率はどれくらいだろうか？　テーブルの表面に指先をすべらせる。ざらっとした感触。積み上がっている段ボール箱のなかから膝掛けを見つけ出し、若槻ナオトはソファーに、僕はベンチに横たわった。ネットカフェで寝るのに飽きていたのだ。

深夜零時。若槻ナオトが寝息をたてはじめたのを確認しておきあがる。靴をはいて部屋の外に出た。公衆電話は三階の吹き抜けのそばにあった。受話器を持ち上げ、硬貨を入れて、姉の携帯電話番号を押した。姉の報告は、遺体の話からはじまった。

「司法解剖の結果、死亡推定時刻は二十二時半から零時半の間。でも二十三時すぎにメールを送信してるから、それ以降に殺されたことになる」

死亡推定時刻は、死体温、死後硬直、死斑《しはん》、角膜混濁《かくまくこんだく》といった現象から判断するが、正確な時刻を求めるのは不可能だという。そのため通常は死体の様子だけでなく、たとえばポケットに入っていた買い物のレシートといったものを参考にして殺害された時間をせばめる。今回は携帯電話にのこっていた送信メールの履歴が死亡推定時刻を決定する材料になっているようだ。

「若槻くんは、全部で五回、バットをふりおろしたって」

「うん、棒状のもので殴られた痕が五ヵ所。胸を包丁で刺されたとき、すでに絶命したあとだったみたい」

「携帯電話のことは？」

「感謝しなさいよね。聞き出すのに苦労したんだから」

金城アキラの携帯電話は、若槻ナオトの言ったとおりストレートタイプで、どこも壊れていなかったという。姉はメーカーと製品名を口にした。それをメモにとる。

「それから……」

「なに？」

「8のキーに、血がついてた」

金城アキラのものとおもわれる直径二ミリほどの血の飛沫《しぶき》が、数字の8のキーの中央部分に付着していたという。

「電話は遺体のそばにころがってたみたい。殴られたときに持ってたのかもしれないし、ポケットから落ちたのかもしれない」

僕は想像した。バットがふりおろされ、金城アキラの体をうつ。血の飛沫があたりにとぶ。その一滴が、地面にころがった携帯電話に付着する。

「その血は、つぶれてたり、かすれてたりしてないよね？」

「うん。８のキーに問題があるかもって、どうしてわかったの？」

「犯人は８のキーを押さずにメールを書いたんだよ。日本のケータイは、ヤ行を入力するとき、８のキーを押さなくちゃいけないからね」

「犯人って？　若槻くん？」

「ちがう。本当の犯人」

「あんた、なにを……」

「義兄さんから、他になにか、聞いてない？　事件の夜、現場のちかくで若槻くん以外の人間がいなかったかどうか」

血のついた金属バットをぶらさげてあるく少年なら、だれが見てもわすれないだろう。インパクト絶大だ。でも、それ以外の人物はどうだ？　たとえ目撃者がいたとしても、ただの通行人だったと判断されてしまうのではないか。

「そういえば、ひとつだけ、気になる報告があったっけ……」

「どんな？」

「バイクでピザの配達をしてた人が、夜の十時半くらいにヤガモ橋のそばを通ったらしいんだけど。傘を持った人とすれちがったって」

「傘?」

「うん」

「その日、雨が降る予報じゃなかったのに、おかしいでしょう。だから目撃者もおぼえてたみたい」

「……性別は?」

「女の子だったって」

「女の子みたいな少年?」

「ううん、正真正銘の女の子」

たしかに、その日、傘を持って出かけるなんて変だ。朝の天気予報で降水確率が0%だったのをおぼえている。しかし、夜に雨が降るとだれかに嘘をつかれたとしたら、外出するときに傘を持って出かけることもありうるのではないか。

その可能性がある人物を、一人、しっている。

でも、なぜ?

血の気がひく。吐き気もある。中野ブロードウェイの、異次元的な雰囲気も手伝って、めまいがする。姉が電話のむこうで、心配そうに僕の名前を呼んでいた。そろそろ、電話、切るよ、と僕は返事をした。

「そっちの居場所、おしえて。約束でしょ」

「東京だよ」

「東京の、どこ?」

「ごめん、つかれた。また今度……」

「こら、ちょっと!」

「だいじょうぶ、明日、出頭するらしいから」

それを引き止めるつもりだ、とはだまっていた。

どのようにあるいて喫茶店までもどってきたのかわからない。気づくと探偵事務所のような扉を開けて、冷え冷えとした部屋に立っていた。若槻ナオトをおこさないよう、音をたてずにベンチへねころがる。配管がむきだしの天井をながめていたら、声をかけられた。

「もどってこないのかとおもった」

背もたれの方に顔をむけて目をつむる。まっくらになってもめまいはおさまらない。体はうごいてないのに、ぐらぐらとゆれる船上にいるような気がした。

4

九月三十日・火曜日

僕が目を覚まして背伸びをしたとき、若槻ナオトはPSPであそんでいた。コンセントを借りて充電したらしく、すみっこの小さなテーブルに両肘をついてボタンを操作していた。天井の明かりとりから朝の白い光がさしこんでいる。トイレで顔をあらって、しばらくの間、部屋でぼんやりした。僕がため息ばかりついていると、若槻ナオトがときどき、こちらをふりかえった。お互いに口数がすくない。

正午がちかづいてきて出発の用意をする。埃のはらわれたソファーを見て、この部屋の持ち主は、だれかが入りこんだとおもうかもしれない。片づけがすんで僕はリュックを背負った。二人分のよごれた服でいっぱいだ。どこかで洗濯しなくてはとおもっていたのだが、その必要はなくなるかもしれない。若槻ナオトが出頭するのを、僕が引き止められなかったら、逃亡生活は今日で終わりになる。

中野ブロードウェイを出て小さな食堂に入った。僕たちは魚のフライにつられて日替わり定食を注文した。店内にブラウン管タイプの小さなテレビが設置してあり、お昼のニュース番組を流していた。

「山羊だ！」

　みそ汁をすすっていた若槻ナオトがテレビを見て声をだす。ヘリコプターから撮影したものらしい映像がうつしだされていた。ビルにはさまれたほそい路地を一瞬だけ真っ白な点が横切る。画面が切りかわって、都内にある動物園の入り口がうつる。

「新聞、なんて書いてあったっけ？」と若槻ナオト。

「ベランダにひっかかってたやつ？」

「うん」

　新聞の切れ端はおりたたんでポケットに入れていた。とりだしてしわをのばす。若槻ナオトが僕の手の中をのぞきこむ。

　テレビでは山羊のニュースがつづいていた。歩道橋に立ち止まって携帯電話で写真を撮っている見物人。青信号なのに停止している車。おどろいてあとずさりする人々。つかまえようと躍起になっている作業着の人たち。彼らは巨大な虫とり網のようなものを持っている。動物園の飼育員だろうか。カメラが人混みの間から、都会を駆け抜ける白い毛並みの姿をとらえる。

　そいつは、かぽ、かぽ、と音をたてながら蹄《ひづめ》でアスファルトの上をあるき、停車したタクシーのボンネットに前脚をひっかけて屋根にとび乗った。おどろいている運転手の頭の上で、がっつんがっつん車体をへこませながらあるき、ひとつ後ろの乗用車の上に軽々とジャンプして移動する。わずかにゆれる車体。岩場の頂上でそうするみたいに、角のある頭を周囲に悠然とめぐらせる。道路脇にずらりとならぶ野次馬や、ビルの窓からながめている人々を、なにをかんがえているのかわからない表情で見つめかえす。音をたてて上空を横切るヘリコプター。すこしずつちかづいて捕獲をもくろんでいる作業着の人々。しかし山羊は空でもとんでいるかのような驚異的な跳躍をする。巨大な虫とり網をとび越え、まさかこっちに来るとはおもってもいなかったという表情で逃げまどう野次馬の間を、高速でジグザグにぬけてビルの谷間に消えた。アナウンサーの説明によると、今朝、飼育員の一瞬の隙をついてそいつは逃げ出したという。

明後日の日付の新聞に、「山羊の行方」と題された記事が掲載されている。それによると、動物園から逃げ出した山羊は、やがて駒込駅にまよいこんで、十六時十七分発の山手線外回りの電車に乗りこみ、その直後に保護されたという。

「記事が現実になった！　この新聞、未来からとんできたんだ！　ファンタジーだよ！　僕、しってるよ、こういうの、ファンタジーって言うんだよ！」

「ファンタジーって、連呼しないでくれ、たのむから」

新聞をポケットにしまう。若槻ナオトは興奮していたが、僕はぞっとしていた。新聞が一歩、現実になったというのなら、若槻ナオトが自殺するという未来が、一歩、確実にちかづいたということではないのか。

僕たちは十六時までに駒込駅へむかうことにした。それまでは都内をあてもなくさまよってみる。ひとまず新宿《しんじゅく》駅で降りて都庁などを見物してみた。西新宿の超高層ビルは上の方がかすんでおり、神殿のような荘厳さでそびえていた。目の前にあるのに非現実的な風景だ。これはCGなのだと言われた方が説得力がある。まっすぐにどこまでものびている道路の脇で、超高層ビルを見上げながら、僕は若槻ナオトに言った。

「教室できみのこと、たすけたかったんだ。みんな、そうおもってた」

ビル風の強さによろけながら、彼はうなずいた。

「うん。わかってる」

「みんな心の中であやまってた。見て見ぬふりして、ごめんって」

新宿駅から移動するとき、切符売り場で券売機の列にならんだ。どちらかが二人分の乗車券をさっさとまとめて買えばよかったのに、律儀に自分の分は自分の財布から支払っていたせいで、ひどい目にあった。順番がきてお金を入れようとした若槻ナオトをおしのけ、背広のおじさんがわりこんできたのである。若槻ナオトはこわごわと声を出した。

「あの……」

おじさんは無視して券売機のタッチパネル式の画面を操作する。さらに若槻ナオトは呼びかける。おじさんはさっさと切符を購入し、方向転換して改札の方に走り出そうとした。運悪くそいつと肩がぶつかって、若槻ナオトは持っていた財布をおとした。小銭が切符売り場の床にちらばった。わりこんできたおじさんは一瞬、立ち止まってすまなそうな表情を見せたがすぐに逃げ出した。若槻ナオトは一枚ずつ、十円玉や百円玉をひろいあつめた。僕もそれを手伝った。券売機にならんでいた他の人たちは、僕たちを避けて列をつくり、乗車券を購入しはじめた。騒々しい音を聞きつけたのか、駅員がこちらにやって来ようとするのが見えた。半分ほどひろったところで僕は若槻ナオトを立ち上がらせてその場から逃げた。別の切符売り場の券売機で乗車券を購入して構内に入る。山手線のホームにあがるとき、若槻ナオトが階段の途中で立ち止まった。

「いつもこうなんだ」

壁によりかかって若槻ナオトは言った。僕はすこし上の段から、乗降客の邪魔にならないよう、やはり壁によりかかった。

「外に出ると、わるいことがおきるような気がする。郵便局でも、おなじことがあったんだ。僕がならんでると、ほかの人がわりこんでくる。声を出しても、聞こえないふりされる」

「だれでも、一生のうちに、そういうことってあるんだよ。僕もある。今日は、たまたま、そんな日だったんだ」

僕たちを邪魔そうによけながら、大勢の人が行き交っていた。駅のアナウンスや、人々の会話、足音などで騒々しかった。

「こいつだったらだいじょうぶ、そうおもって、さっきの人もわりこんできたんだよ。僕のことを見て、こいつなら弱そうだからって。金城くんに目をつけられたのも……」

電車が到着したのか、ホームからおりてくる人が急にふえた。階段に隙間なく人がおしよせる。僕は若槻ナオトの声に耳をすませた。

「金城くんを殺して、もう教室でズボンをおろされることはなくなった。お金もとられなくなった。でも、なんにもかわらないんだ」

「あいつを殺しても、ってきみは言うけど……」

「包丁で刺した」

「でも、そのときもうバットで殴り殺されてた。包丁は、地面にたおれてる金城くんの胸に刺しただけ。きみは殺してない。そうなんだろ？」

階段を通る驚異的な数の人々におし流されまいとしながら、若槻ナオトは僕の顔を見る。眉間に小さなたてじわをうかべて、泣きそうな顔をしていた。

「アザゼルの山羊って、しってる？」

若槻ナオトが聞いた。

「アザゼル？」

窓の外を、都市の風景がゆっくりと流れている。

「神話の話。アザゼルは、堕天使《だてんし》でもあり、荒野の悪霊でもある。大昔のユダヤの習慣でね、アザゼルの山羊っていうのがあるんだよ。僕は山羊座だから、山羊のことにはちょっとくわしいよ。これは実際におこなわれていた儀式なんだ」

年に一度、祭司が二匹の雄山羊をえらんで、一匹を神に、もう一匹をアザゼルに捧げる。神に捧げられる山羊は、血を贖罪《しょくざい》に用いるために殺される。もう一方の、アザゼルに捧げられる山羊は、祭司が民衆全員の罪を告白した後、罪を背負わされて荒野に放たれる。

「人々のすべての罪を背負って、生きたまま荒野にすてられる。それがアザゼルの山羊。贖罪山羊、とも言われてる」

新宿駅から乗車した山手線外回りの車両は混んでいた。僕たちは扉のそばに立ってガラス越しに外をながめていた。電車の扉上部にそなえつけてある液晶ディスプレイにデジタル時計の表示がある。駒込駅に到着するころには十六時の予定だ。問題の山羊はあいかわらず都内を逃亡中で、まだビルの間を駆け回っているらしい。女子中学生らしき集団が、ワンセグ機能つきの携帯電話をのぞきこんで、興奮気味に「山羊、逃げろ！」と盛り上がっている。山羊を追いかけて各局のカメラが右往左往しているようだ。

「山羊がかわりに罪をかぶって、人間の罪は帳消しになるってこと？」

「うん。山羊が背中にのせて、全部、荒野に持って行ってくれるから。そうしなくちゃ、人間は、罪の重さにたえられなかったんだ」

外を流れるビル群は、神話の世界の荘厳さを感じさせ、さらに荒涼として見える。電車にゆられていると、この都市をさまよっているようにおもえてきた。

僕は、事件のことを聞いてみた。

「二十五日の深夜、ヤガモ橋には、きみと金城アキラ以外にも、人がいたはずだ。その人に会ったの？」

数秒の沈黙をはさんで、若槻ナオトはうなずいた。

「ほんとうは、僕がそうするつもりだったのに、金城くんはもう殺されてたんだ。だから、せめて、僕がやったことにさせてくれって、二人にたのみこんだ」

「二人？」

「本庄さんと、佐々木くん」

名前を聞くのは、やはりショックだった。本庄ノゾミのことは予想していたが、彼女とつきあっているという佐々木カズキのことまではかんがえていなかった。

「僕は佐々木くんから金属バットを受けとった。二人には逃げてもらうことにしたんだ。わかれぎわに佐々木くんが言った。警察につかまらなかったら、メールしろって。メールアドレスはブログに書いてあるからって」

現場から本庄ノゾミと佐々木カズキが立ち去る。若槻ナオトは持参した包丁で金城アキラを刺し、バットをぶらさげて町をあるいた。やがて彼は商店街の入り口で僕に会う。

「どこを、何回殴ったのか、佐々木くんにメールでおしえてもらったんだ。警察に聞かれたとき、できるだけ本当らしいことを言えるように」

すぐに出頭せず、数日間の潜伏をこころみたのは、情報を共有するためだったらしい。若槻ナオトの証言が状況証拠とくいちがわないように。二十五日深夜の段階では、口裏をあわせる余裕がなかったということだろう。若槻ナオトがメールしていた相手は、佐々木カズキだったのだ。

「でも、どうしてわかったの。僕がやってないって……」

昨日までは彼が殺したとおもっていた。動機も十分だ。胸に刺さっていた包丁も、彼が自分で購入したものだったようだし。

「ニュース映像に本庄さんがうつったとき、きみは彼女に気づいたよね」

ネットカフェでのことだ。校門前でリポーターが生徒に話を聞いているという映像が、テレビで放映されていた。その背景を本庄ノゾミが横切った。あるいて下校する最中の彼女だ。

「あれが本庄さんだって、よく気づいたね。だってあの日、はじめて彼女は、メガネじゃなくコンタクトにしたんだ。印象はがらっと変わってた。でも、きみは彼女に気づいた。きみはどこかでメガネをかけてないときの本庄さんを見ていたんじゃないのか？それは二十五日の深夜しかありえない。だってきみ、二十六日は一日中、僕の部屋の押入にいただろう？」

若槻ナオトは、はじめのうち感心するような表情をしていたが、やがてため息をついて首を横にふった。

「たしかに、あの晩、本庄さんはメガネをしてなかった」

「どうして？」

「金城くんが乱暴しようとして、抵抗してるうちに落ちたみたい……」

若槻ナオトがさりげなくつかった、乱暴、という言葉に胸がもやっとする。

「そのとき、踏み壊した？」

「うん」

二十六日の学校で、本庄ノゾミ自身が言っていた。昨晩、メガネを踏み壊してしまったと。あれは律儀にも本当のことだったのか。

「でも、かんがえすぎだよ。メガネをしてなくても、本庄さんのこと、わかるって……」

「え、ほんとう？　僕はあいつのこと、メガネで認識してたけどな」

「わかるよ」

やけに自信をもって若槻ナオトはこたえた。もしかすると彼は本庄ノゾミのことをいつも見ていたのかもしれない。メガネの有無などでわからなくなるようなことはないのだ。だから彼女の罪を背負うことにためらいがないのだろうか。

僕の部屋の押入で、あるいはネットカフェの個室で、うずくまってすすり泣いている若槻ナオトのことをおもいだす。特別に強い人間ではない。その彼に、死んでも真実を言わない決意があることを僕はしっている。明後日の新聞記事にそう書かれてある。犯行を自供したあとに首を吊って死んでしまえば、たとえ彼の発言に矛盾があったとしてもそれを追及されることはない。本庄ノゾミと佐々木カズキは、自分たちの罪があばかれることにおびえることもなくなる。若槻ナオトは彼らの罪を帳消しにしようとしている。金属バットを受けとったとき、それが自分にできる唯一のことだとおもったのにちがいない。教室で声をかけてくれた唯一のクラスメイトへの恩返しとして。

やがて電車は駒込駅に到着した。

山羊が駅のホームにまよいこんで、つかまるまでの時間は三分程度だった。しかし僕たちには、時間がゆっくりとすすみ、すべてが静寂のなかで進行したように感じられた。

十六時十六分。

東京方面行き外回りの山手線電車がホームにちかづいてきた。

ヘリコプターの音が駅の上空を通過する。

同時に悲鳴が聞こえた。

周囲の人が何事かとふりかえる。

東口の改札を抜けて階段をあがってこようとしていた人たちがおどろいて壁際にぺたりとくっついている。

階段の下から、カチャ、カチャ、と蹄の音が聞こえてきて、前から見るとV字形に角のはえた頭部があらわれる。白い体毛は想像していたよりもきれいで、降ったばかりの雪みたいだった。肩幅はほっそりしているが、町で見かけるような犬よりもはるかにおおきい。力強さはないが、女性的な顔だちや体つきから、神聖なたたずまいを感じさせた。人々が息をのんで見つめるなか、しずかに、無目的に移動する。

山手線の電車がホームに到着して扉を開けた。電車から最初に降りてきた人が純白の生物を見て立ち止まる。後ろの人がつっかえて文句を言いたそうな顔をするが、視界に山羊の姿をいれてぽかんとした顔になる。

山羊は角のある頭をめぐらせ、目の前で開かれた電車の扉をすこしの間、見つめていたかとおもうと、後ろ脚ではねるようにぴょんととびこんだ。車両に乗っていた乗客がおどろいて山羊から距離をおく。窓ガラス越しにそれが見えた。

運転士や車掌も異変に気づいたらしく、電車のドアはしまることなく、発車もしなかった。だれもが話すのを中断してなりゆきを見守っていた。携帯電話でメールを打っている途中の人も、親指のうごきがとまっていた。アナウンスも聞こえない。普段は騒々しいはずの駅のホームがしんとしずまりかえっていた。

ヘリコプターの音が、再度、上空を通過する。

僕と若槻ナオトは視線を交わし、山羊のあとを追っておなじ車両にとび乗った。

山羊は車両内を自由に闊歩《かっぽ》していた。あるくたびに蹄の音がひびく。車両内には二十人ほどの人がいて、立ち上がって山羊を警戒している人もいれば、すわったまま硬直している人もいた。山羊が通路を移動すると、人々はあとずさりしたり、両側によって道をあけたりする。

背広姿のおじさんが、新聞をひろげたまま、山羊に見入っていた。ちいさな子が山羊にむかって手をのばそうとすると、母親にとめられた。白い体毛につつまれた体が、中年のおばさんのおおきなお尻をかすめてとおりすぎる。おばさんは目をつむってちいさく悲鳴をあげた。座席でねむりこけている大学生くらいの男性がいて、彼は車両に人間以外の動物がまよいこんでいることに気づいていない。山羊が彼の手のにおいをかいで、紫色の舌でぺろりとなめた。彼はようやくねむりから覚めて、まわりの人々が自分を見ていることに気づき、それから正面の生物と目があう。

人々が金縛り状態になっている車両内を若槻ナオトはあるいていった。僕もすこしおくれておいかける。山羊は女子高生の持っている携帯電話のストラップに興味をしめしている最中だった。

若槻ナオトは山羊の一歩手前で立ち止まる。右腕をのばし、少女みたいにほっそりした指を、その生物の頭部にはえている角にちかづけた。断面が平たい三角形の角は、ゆるいカーブをえがいている。若槻ナオトの指先の爪が山羊の角にふれた瞬間、こつん、と音がする。洞窟に水滴が落ちたときのように、すみきった反響が聞こえたような気がした。

山羊がふりかえり、若槻ナオトに鼻先をむける。

横長の異様な瞳だ。

若槻ナオトと、その山羊は、完全に目があっていた。

「やあ……」

彼が、声をかける。

「外の世界は、たのしかった？」

山羊は返事をせずに、じっと目の前の少年を見ている。

次の瞬間、車両の入り口から、作業着を着た大人たちがなだれこんできた。気づくとホームには、駅員や警備員、飼育員らしい人々がつめかけていた。山羊の頭に巨大な虫とり網がかぶせられる。山羊はすこしだけあばれたが、抵抗はつづかなかった。僕たちは、山羊が大人たちに連れて行かれるのを無言でながめた。

車両の点検がすんだころ、駅構内はいつもの騒々しさをとりもどしていた。手をなめられた大学生は、ハンカチでしきりに手をぬぐっている。出発のアナウンスがあり、電車の扉がしまった。僕たちはそのまま山手線に乗車する。

「あの山羊もわかってたんだ。どこにも行けないってことは」

若槻ナオトが言った。車両内の人々はまだ興奮気味の顔をしている。

「あえてよかった」

「きみ、ほんとうに出頭するの？」

「警察にはだまってて。僕が犯人ってことにしてほしい」

「あの夜、きみを呼びだしたメールは……」

「しってる。それでも、いい」

電車が走行する間、ポケットから新聞の切れ端を出してながめた。裏面に印刷してある記事を見せて、出頭するのをあと二日だけでものばしてもらうよう彼に話してみようか。

電車が秋葉原《あきはばら》駅に到着する。扉が開いて、乗客が乗り降りして、ふたたび扉がしまろうとする直前、若槻ナオトが立ち上がってホームに出た。僕は新聞の切れ端を見ていて反応がおくれた。あとをおいかけようとしたら、鼻先で扉がしまる。

電車が動き出す。ホームがすこしずつとおざかる。扉の隙間に指をひっかけて力ずくで開けようかとおもったが、電車の加速の方がはやかった。ちいさくなるホームに、彼がこちらを見て立っていた。

「馬鹿！　アホ！」

もう手遅れだと気づいて、くやしくなり、扉を拳でたたいたり、蹴ったりする。

交番に行くつもりだろう。はじめから、それが彼の目的だったのだ。本庄ノゾミと佐々木カズキの罪を背負うため、最終的には、逮捕されなければならない。この数日間は、佐々木カズキとメールして、犯行時のくわしい状況を聞くための時間だったにすぎない。真相を大人たちの目からかくすための準備期間だ。

結局、僕は東京駅で降りた。これからなにをするべきかわからず、駅の構内をさまよった。若槻ナオトとおなじように、交番をたずねて保護してもらおうか。警察は僕のこともさがしているはずだ。話をすればすぐにつかまえてくれるにちがいない。迷ったあげく、交番には行かなかった。のこっているお金をつかって新幹線の切符を購入し、町へもどることにした。僕と若槻ナオトの通っていた高校があり、空に風の通り道がある、故郷の町だ。そこで僕は、本庄ノゾミに会うことにしたのである。

十月一日・水曜日

東京から新幹線と私鉄をのりついで町にもどったとき、すでに夜中だった。人目を気にしながらネットカフェで一晩をすごした。駐輪場におきっぱなしにしていた自転車は撤去されたらしく、見あたらなかった。個室にそなえつけられたテレビでニュース番組をチェックした。駒込駅で保護された山羊の方が、警察に出頭したという山羊座の友人よりもあつかいがおおきかった。僕はチャンネルを切り替え、さらにパソコンでネットを閲覧し、若槻ナオトに関することで世間に出回っている情報をあつめた。金城アキラの携帯電話のこともネットでしらべる。メーカーと製品名で検索すると、様々な情報が手に入った。睡眠をとり、気づくと夜が明けていた。

正午前に出発した。外に出ると、青空に雲がうすくのびていた。重いリュックを駅前のロッカーにあずけ、身軽になって高校を目指す。町は普段通りだ。見なれている建物、看板、歩道橋。それでもどこかよそよそしい。自分が人の視線におびえながらあるいているせいだろう。東京の街並みを見てきたから、空の広さと、緑の多さにあらためて感動する。

高校の門が見えた。若槻ナオトが警察に出頭したというニュースは報道されていたが、マスコミの車両があつまっている様子はない。世間の興味は他のことにそれたのだ。生徒たちのにぎやかな声が運動場の方から聞こえてくる。裏手の雑木林で昼休みになるのを待ち、学校の敷地に入りこんだ。

校舎のなかを教室にむかってあるく。すれちがった何人かの生徒が、私服姿の僕をふりかえる。目立ってしまうので、自宅に立ちよって制服に着替えたかったが、だれかに見つかるといけないのであきらめたのだ。廊下で先生に呼びとめられることなく、教室までたどりつけたのは、運がよかったと言うしかない。

教室にいたのは十数人ほどだった。それ以外は食堂か別の場所で昼食をとっているのだろう。僕が入ると、クラスメイトたちは会話を中断して、しずまりかえった。いっせいに視線があつまる。朝から若槻ナオト逮捕のニュースでもちきりだったにちがいない。同時に、まだ僕が保護されておらず、行方不明のままだという情報もとび交っていたかもしれない。

「松田、おまえ……」

わりとなかのいいクラスメイトの少年が、ちかづいて話しかけようとした。

「ひさしぶり」

返事をして彼の前をとおりすぎる。窓際の自分の席にむかった。すぐ後ろが本庄ノゾミの席である。彼女は今日も、購買で総菜パンと牛乳を購入して自分の席で食べていたらしい。すでにパンは見あたらないが、ストローのささった紙パックがある。まじめそうな額のシルエット、背筋をのばしたすわり方。メガネではなく、コンタクトレンズだ。

僕を見ると、本庄ノゾミは、おどろいて唇をちいさくひらいた。

椅子へ横向きにすわると、窓辺に背中をあずけられて楽だった。後ろの席の本庄ノゾミとも話しやすい。クラスメイトは僕たちを遠巻きに見ていた。だれかが教室を出ていく。先生を呼びに行ったのかもしれない。

「松田くん、みんなが、さがしてたよ」

蚊の鳴くような、ちいさな声で彼女は言った。

「若槻くん、東京で、つかまったって……」

「僕だけ、もどってきたんだ」

緊張で、なかなか声が出てこない。

「逃げる手助けをしてたの？」

「まあ、そんなところ」

「どうして相談してくれなかったの？」

「委員長は、まじめだから」

深呼吸して、肺のなかを空気で満たす。

教室を見回して、なつかしさを感じることにおどろいた。すこし前まで、当然のようにあった風景なのに。自分は場違いなところにいる。

「時間がない。本題にうつろう。話したいことがある。若槻くんのやったことについて」

本庄ノゾミは首をかしげた。

「彼の携帯電話に、二十五日の深夜、金城くんから連絡がきた。それで彼はヤガモ橋に呼びだされたんだ。自宅を出るとき、買っておいた包丁をかくし持った。それで金城くんを刺すつもりだったらしい。でも、彼を呼びだしたのは金城くんじゃなかった」

「どういうこと？」

「吉祥寺の井の頭公園でね、若槻くんが携帯電話を僕に見せてくれた。そのときのことをくわしく聞いたんだ」

「吉祥寺？　そんなとこ行ってたの？」

「うん。それで、おかしなことに気づいた。金城くんからのメールに、【琴ノ葉橋】に来い、って書いてあったんだ。【ヤガモ橋】ではなく、今はあまりつかわれていない正式名称の方だ。気になってしらべてみたら、金城くんの携帯電話の８のキーに、小さな血の飛沫がついてたらしい。彼の電話は、殴られたとき地面に落ちたみたい。そこに血が一滴、とんできて付着したってわけ」

「それで？」

「これらのことから、二通りの想像ができる。ひとつめは、金城くんが【ヤガモ橋】という呼び名をつかわずに、今もかならず【琴ノ葉橋】という名前をつかっていた可能性。これならおかしな点はない。金城くんが呼びだしメールを書いて、その後で殺されたってことで話はつながる」

「もうひとつは？」

「メールの作成者が8のキーを押すことをためらった可能性だ」

「メールの作成者？」

「その人物が8のキーを押せなかったのは、もちろん、血が付着していたからだ。ということは、メールが作成されたのは、金城くんが殴られた後ってことになる。殴られて、血まみれになった状態で、あんなメールを打ったはずがないからね。だから、その場合、メールを送信したのは金城くんではあり得ない。かといって若槻くんでもない」

「どうして？」

「若槻くんが自分あてにメールをする理由がない。それよりも、若槻くんを呼びだすためにメールは送信されたとかんがえる方が自然だ。つまり、金城くんでも、若槻くんでもない人物が、あの晩、橋の下にいたんだよ。メールを作成した人物は、自分がそこにいたという証拠をのこしたくなかった。それが最優先事項だ。だから8のキーを押すことができなかった。血のついたキーを押してしまったら、血のよごれがひろがってしまう。そうなったら、メールの作成が犯行後だとばれてしまう。かといってふきとるのも危険だ。キーと本体の隙間によごれがのこるかもしれないし、本来ならあるはずの金城くんの指紋もいっしょに消えてしまう。結果的に、ふれないことが一番の安全策だとかんがえたのだろう。その人物は、指紋がのこらないような方法で、たとえばキャップをはめたボールペンの先かなんかで、8のキーを避けてメールの文章をつくった。でも、【ヤガモ橋】と入力するには8のキーを押して【ヤ】を表示しなくちゃいけない。だから正式名称の方をつかった。【ことのはばし】。それなら8のキーを押す必要がない」

彼女は、すこしかんがえてから言った。

「たとえば、スロット入力とか、他の入力方式なら、【ヤガモ橋】って打てたはずじゃない？」

携帯電話の機種によっては、いくつかの文字入力方法がえらべる。スロット入力とは、上下左右キーと決定キーだけで文字を入力する方法だ。

「金城くんのつかってた携帯電話は、スロット入力に対応していない」

「じゃあ、金城くんと、若槻くんの他に、だれかがいたってこと？」

「二通りの想像のうち、後者が真実だったらね。僕は、そうだとおもっている。裏付ける情報をいくつかあつめた。若槻くんが駆けつけたとき、すでに金城くんは、本当の犯人たちの手で殺されていた」

「犯人たち？」

「きみと佐々木くんのことだ」

窓から気持ちのいい日ざしがさしこんできて机のうえにふりそそいでいる。運動場の方でバレーをしている一群がいて、ボールの転々とはねる音が聞こえてきた。教室にいるほかのクラスメイトは、遠巻きにこちらを見ている。ちかづいてくる気配はない。僕たちの会話が聞こえていないことをいのる。本庄ノゾミは、ゆっくりと目をふせた。理知的な形の額に、前髪の細々した影ができた。

「きみたちの計画は、もっと単純だったんじゃないか？　若槻くんを呼びだして、どこか別の場所から警察に通報する。警察が来たとき、橋の下には金城くんの死体と、若槻くんだけがいる。彼には動機があった。彼は犯人として逮捕され、だれもきみたちに疑いの目はむけない。でも、予想外のことがおこった。たとえば、メガネが落ちて、踏み壊してしまったこと。レンズがくだけて、その破片をひろいあつめなくてはいけなかった。暗いなかでその作業に時間がかかり、きみたちの逃亡がすこしおくれた。次に、メールで指定した時間より三十分も前に若槻くんがやってきたこと。これが決定的だった。彼もまた偶然に、きみたちとおなじ日に金城くんの殺害をもくろんだ。早めに到着してまちぶせしようとおもってね。おかげで、きみたちが立ちさる前に、彼が来てしまい、はちあわせしてしまった」

本庄ノゾミは、首を横にふった。

「あのねえ、いろいろ、言いたいことあるけど、まあいいよ。ひとまずね。どうして、そこで私と佐々木くんが出てくるのかしらないけどさ。それに、おなじ日に金城くんの殺害をもくろんだ？　そんな偶然ってある？　だって、人殺しだよ？」

「確かにそうだ。とんでもない偶然だよ。だけどすこしだけ理由がある。おそらく、きみと佐々木くんが二十五日の夜をえらんだのも、若槻くんがその日に殺そうと決心して包丁を持って家を出たのも、おなじことをかんがえていたからだ。その夜なら、金城くんはかならず一人きりで行動している。それが理由だ。いつも彼といっしょにいる二年生の高木さんは、修学旅行でいなかった。きみたちにとって、目的を遂行するのに都合がいい夜だったんだ。他の日だったら、金城くんを呼びだしたとしても、彼が一人きりで来るという保証はない。二人を相手にする可能性が出てくる」

「でも、全部、想像でしょう？　たとえば、金城くんが【ヤガモ橋】のことを、いつも【琴ノ葉橋】って名前で呼んでたってこともありうるよ」

「警察にしらべてもらえばいい。高木さんなら、しってるかもしれない。すぐにわかるはずだ」

「ねえ、私と佐々木くんは、なにも関係ないよ。それどころか、いじめられてる若槻くんを、たすけようとしたんだよ。私たちが、若槻くんに罪をなすりつけるなんて、ありえない」

懇願するような顔だった。まるで、許しをもとめるような。

自分はどうして彼女を追及しているのだろう。友だちのはずなのに。

「でも、僕は、きみたちがやったことをしっている。しっているんだよ。若槻くんからも、直接、聞いた。それをしらないふりして、これまで通りの日常がおくれるとおもえないんだよ」

クラスメイトだけでなく、他の教室からも人があつまってくる。教室の入り口から、何事かと、大勢の生徒が顔をのぞかせる。

本庄ノゾミの全身から、力のぬけるような気配があった。

肩がわずかにさがって、はりつめていたものが落ちる。

あきらめたように彼女は息をはきだした。

「……じゃあ、もう無理か」

「若槻くんは、大人たちに本当のことを言わないつもりだ。僕も、警察に話すつもりはない。あいつがそれをのぞんでる。警察に話すのは、きみと佐々木くんからにしてほしい。それならたぶん、あいつも、僕をゆるしてくれる。それから若槻くんは、あのメールが金城くんからのものではないってことをしってるよ。本庄さんたちが送ったものだってことを……」

罪をきせられるために呼びだされた。

それなのに、真実を口にすることなく死ぬ決意が彼にはあるのだ。

「若槻くんは、僕にもずっと、本当のことを言わなかった。本庄さんがあの現場にいたことは、別のルートでたまたま判明したんだ」

「どうやって？」

「あの晩、現場近くに傘を持った女の子がいたっていう目撃情報があった。それ、きみのことだろ」

「あの日、雨、降らなかったよ」

「しってるよ。朝に天気予報を見て、降らないことはわかってた」

二十五日の昼休み、今とおなじように窓辺に背中をもたせかけて彼女と会話した。そのとき、今晩、大雨が降ると嘘をついた。だから彼女は傘を持って行ったのだ。

「あの夜、この町で殺人事件がおきるかもしれないってことを、僕はあらかじめしっていた」

「しってた？　どうやって？」

「犯人と被害者が、どちらも自分と同じ学年だってこともわかってた。だから、本庄さんが家から出ないようにとおもって嘘をついたんだ。大雨になるから今晩は家にいた方がいいって。そうすれば、本庄さんが被害者になることもないだろうって……。ずっと家から出なければ、まちがって殺されることもないだろ。でも、本庄さんは傘を持って出かけた」

目撃者は、その傘が印象にのこり、女の子が現場付近にいたことを記憶した。その夜、大雨になるという嘘は、彼女にしかついてない。

「たすけようとしたのに、そのせいで。皮肉だろう。僕は本庄さんに死んでほしくなかった。尊敬してたんだ。友だちだったし。席もちかいから。あの晩、だれかに罪をかぶせるんじゃなく、三人で逃げて犯人はわからないってことにすればよかったのに。金城くんにはわるいけど」

「こわかったんだよ」

彼女はちいさな声で、しぼりだすように言った。

「あの夜、若槻くんが来て、計画がめちゃくちゃになって、もうだめだとおもった。でもそのとき、若槻くんが言ってくれたんだ。私たちは逃げていいって、自分がやったことにするからって。松田くん、私、そんなに強いわけじゃないよ。かいかぶりすぎなんだよ」

「でも、わかんないな。動機はなに？」

本庄ノゾミと佐々木カズキには、金城アキラを殺したいほどの、どういった過去があるというのだろう？

彼女は僕から視線をはずして、うつむいた。目や鼻が、泣きはらしたときみたいに赤くなった。そのとき、教室の入り口に教師があらわれる。体格のいい、生活指導の男性体育教師だ。

「もう行かないと……」

そう言って立ち上がる。彼女の手がうごいて、僕の手首をつかもうとした。でも、空中でとまり、結局、彼女の手は、自分の膝の上におかれた。

「もっと早くに気づいて、相談できてたらな」

「本当だよ、馬鹿。でも、だまってた私もわるい」

体育教師は、僕に抵抗する意志がないのを見て、ほっとした様子だった。クラスメイトたちの見守るなか、教師につきそわれて教室を出た。廊下から本庄ノゾミをふりかえる。彼女は購買で買ったちいさな紙パックの牛乳を持っていた。ストローを唇にはさんで、窓の外を見つめている。いつも昼休みに見ていた光景だ。喧噪《けんそう》が運動場からさざめきのように聞こえてきた。明るい光が教室にさしこんで、机のひとつひとつをかがやかせていた。

epilogue

今でもはっきりとおぼえている。

あれは高校に入学して間もないころのことだ。

季節は春。四月。

めざまし時計が鳴る前に、夢から覚めたのは、ベランダの方から聞こえてくる犬の鳴き声のせいだった。

窓を開けると、ベランダに堆積した桜の花びらのうえに、子犬がころがっていた。

どうやら風にはこばれて、どこかからとばされてきたらしい。

薄茶色の毛はやわらかく、顔だちもいい。

人差し指をちかづけると、うすい舌でぺろぺろとなめてくすぐったい。

わが家でペットを飼うのは禁止だ。

高校のパソコン室で、子犬のもらいてを募集するためのチラシを作成した。

チラシ作成の作業は難航をきわめた。

たまに一休みして、パソコン室の窓から外をながめると、満開の桜の木が見えた。

子犬の写真を入れたりして、なんとか体裁《ていさい》がととのってきたころ、後ろから声をかけられた。

「オスなのか、メスなのか、書かなきゃだめだよ」

メガネの女子が立っていた。

おなじクラスの、本庄ノゾミだった。

「この子、どこでひろったの？」

ベランダにひっかかっていたことをおしえる。

彼女は最初のうち、しんじなかった。

「風の通り道？」

「本当にあるんだって」

放課後に、彼女を、僕の家の近所まで案内した。

丘の下の公園で、僕は空を指さした。

彼女がまぶしそうに、メガネのむこうで、目をほそめた。

町の上空にうすい桃色の線があった。

水をたっぷりふくんだ、淡い水彩絵の具で、空にひいたような線だった。

大量の桜の花びらが、風の通り道にのって、とんでいるのだ。

風は丘の上のわが家をかすめて、空のかなたにつづいていた。

教室で本庄ノゾミと話をしたあと、僕は教師の車で警察署につれていかれ、そこで父母や姉と再会した。姉は僕の顔を見るなり、本気の平手打ちをしてくれた。大人たちから事情を聞かれたが、若槻ナオトと行動をともにした数日間のことだけを話し、本庄ノゾミと佐々木カズキが事件に関わっていることはだまっていた。若槻ナオトのことをたずねたが、現在、取り調べ中としかおしえてもらえなかった。犯人逃亡の手助けをしたことはいけないが、事件そのものには関与しておらず、未成年だということも考慮されて、両親と帰宅することができた。ただし厳重注意をうけており、しばらくは何度も警察署に足をはこんで事情聴取をうけなくてはいけないとのことだった。

僕が丘の上の家にもどったとき、すでに町は赤い夕焼けにつつまれていた。何日も掃除をおこたったせいで、ベランダには大量の木の葉がひっかかっていた。僕がいなかった間も、風は吹きつづけていたようだ。

同日十七時、本庄ノゾミが学校のそばの交番に出頭した。

彼女は昼休みが終わる直前、教室を出て、それきり学校にはもどってこなかったのだという。

　僕はそのことを深夜にかかってきた姉からの電話でしらされた。姉が旦那から聞いた話によると、本庄ノゾミは、すべてを自供したという。

　姉はそして、もうひとつ悲しい情報をもたらした。

　おちついて聞いて、と前置きして、姉は言った。


「本庄さんがなぜ、漂流物のことを、いつも聞きたがったのか、僕にはわかるような気がするんだ。だって、部屋のベランダに、朝になったら、いろんなものがひっかかってるなんて、素敵だよ」

　若槻ナオトに再会したとき、僕は誕生日をむかえていた。秋はすでに過ぎ去り、町をあるく人々はさむそうにコートを着こんでいた。

「非現実的なことも、この世にはおこりえるんだ。松田くんといっしょにいると、そうおもえて、救われるような気持ちになるんだ。松田くんから風の話を聞いてると、その瞬間だけでも、つらいことをわすれられる。小説や漫画を読んだときみたいに。だから、本庄さんは、松田くんと漂流物の話をするのが好きだったんだ」

　はじめのうち、おたがいに、ぎこちない表情しかできなかった。ファーストフード店二階の禁煙席で、低価格のホットコーヒーを飲んだ。むかいあっても、なかなかお互いに目をあわせることができないでいた。僕は一方的におこられて、絶縁されることを想像していたが、それはなかった。ぽつり、ぽつり、と切れ切れになる会話で近況を報告しあい、それから、本庄ノゾミの話をした。

若槻ナオトはあいかわらず女の子みたいな顔だちで、九月末の逃亡生活のときよりもやせていた。たまに目をふせて、無言になり、ホットコーヒーの入った容器を見つめることがあった。長いまつげが顔に影をおとし、コーヒーの湯気がため息のせいで渦をまく。もしかしたらそんなとき、彼女のことをおもいだしていたのかもしれない。

「そういえば、これ……」

僕は佐々木カズキからの手紙を取りだして彼に見せた。警察の保護下にいる佐々木カズキと、一度だけ手紙のやりとりをしていた。若槻ナオトがどのような気持ちで便箋を読んだのか想像がおよばない。

手紙には、佐々木サヤカさん、本庄カツミさんのことも書かれていた。

金城アキラにまつわる悪い噂に、教育実習にやってきた女子大生と、自殺した女子中学生の話がある。それは噂ではなく事実だった。被害者の女性たちはそれぞれ、佐々木サヤカ、本庄カツミ、という名前だった。彼女たちの人生は金城アキラによって壊され、破綻させられた。事件として世間に公表されてはいないが、彼女たちの家族は、金城アキラのやったことをしっていた。

手紙によると、本庄ノゾミと佐々木カズキは、中学時代に、おなじ目的で接触し、交流をもったという。二人があの高校を選んで入学したのも、金城アキラにちかづくためだったようだ。もっと上のランクの学校へ行けたはずなのに、本庄ノゾミがあの高校を受験したのは、そういう理由があったのだ。彼女は、僕と友だちになるよりずっと前から、金城アキラのことをしっていたのである。

若槻ナオトは長い沈黙のあとで、手紙をおりたたむ。僕たちは無言になり、窓の外を見た。駅前にバス停がある。東京へ行くときに利用した高速バスの停留所ではなく、毎朝、日常的につかっていた路線バスの停留所だ。下校途中とおもわれる大勢の高校生の姿があった。肩をたたきあったり、ふざけてローキックしたり、たのしそうだ。すこし前まで通っていた高校の制服である。

僕と若槻ナオトは、それぞれの鞄から通信制高校の願書と筆記具を取りだした。まずは名前と年齢を記入する。

松田ユウヤ。十六歳。

「つきあってたわけじゃなかったんだね、あの二人……」

むかいの席で筆記具をはしらせながら若槻ナオトが言った。

「うん。そうらしい」

佐々木カズキの手紙にもそのようなことが書いてあった。

「じゃあ、やっぱり、本庄さんは、松田くんのことが好きだったんじゃないかな」

「まさか」

「松田くんとしゃべってるとき、たのしそうだったよ」

「それは、あれだろ。ベランダが、エンターテインメント発生装置だったからだろ。そんなこと、あるわけがない。はじめて聞いた」

停留所にバスがきて、高校生たちを乗せて、いなくなる。

後にはただしずかな駅前の風景がのこされる。

若槻ナオトは、手をとめて、コーヒーをひとくち飲んだ。

僕は願書に顔をちかづけて、空欄の項目を埋めながら、洟をすすった。

それは僕が教室で本庄ノゾミと話をした日の翌日のことだった。

十月二日。木曜日。

夜が明ける前に、坂道を自転車で走りおりた。いつものコンビニに到着すると、すべての新聞を購入し、駐車場で例の記事をさがした。見覚えのあるレイアウトがすぐに見つかった。ベランダにひっかかっていた新聞の切れ端とまったくおなじだった。

いつのまにか僕の足は学校へむかっていた。東の空がようやく明るくなりはじめたような時間で、校舎の空気は冷たく澄んでいた。

廊下をぬけて、階段をあがり、教室に入ると、窓際の席に、牛乳のちいさな紙パックが、ぽつんと置かれていた。

昨日の昼休みに彼女が飲んでいたものだ。

午後の授業中も、だれかにすてられず、ほうっておかれたのだろう。

彼女が警察にむかったこともしらずに、教師と生徒たちは、午後の授業をおこなったのだ。

牛乳の紙パックは、息をふきこまれて、ぱんぱんにふくらんでいる。

若槻ナオトと逃亡したように、彼女の手をとって教師や警察から逃げればよかったのだろうか？

彼女は、学校にも、自宅にも、もどってこなかった。

取り調べを終えたあと、警察署のトイレに行き、そこから出てこなかったのだ。

目の前の紙パックに、彼女のはきだした息が今も充満している。

生きていた最後の日の、いなくなる数時間前の、彼女の呼吸が。

宗像くんと万年筆事件

中田永一

解説

中田永一は恋愛小説家として作家デビューした人物である。彼の書く小説は、少年漫画誌に掲載されているラブコメ漫画をおもわせる。男女の恋愛の微妙な心理よりも、そのシチュエーションから生じるおかしみに興味があるようだ。本作品は、学級裁判を通じてボーイミーツガールを描くつもりが、予想外にミステリ部分の比重がおおきくなったという。宗像くんを主人公としたシリーズが企画されているものの、続きが書かれたという報告は今のところない。

（初出「小説すばる」二〇一二年二月号）

1

私の通っていた小学校では、昼休みの後で掃除の時間というものがあり、児童たちは班ごとに割り当てられた場所を掃除しなくてはいけない。わたり廊下を拭き掃除して教室にもどろうとしていたら、階段のあたりで夏川《なつかわ》さんと井上《いのうえ》さんに遭遇した。夏川さんの手に、見覚えのあるものがぶらさがっていた。

「教室でひろったんだ。雑巾がなかったから、ちょうどいいかなって……。ごめん！ほんとうにごめん！」

それは私のタオルだった。受け取ると、水気をふくんでべちゃっとした重みが手にかかる。私は彼女から、たまに嫌がらせを受けていた。背中にシールをはられたり、すれちがいざまに足を引っかけられたりという行為だ。

五時間目と六時間目は理科室で実験をおこなう予定だった。このまま階段で口論していたら遅刻してしまう。いそいで教室にもどると、大半のクラスメイトたちはすでに理科室へ移動していた。タオルはひとまず椅子にかけて、机から教科書とノートと筆箱を取り出し、理科室にいそいだ。夏川さんと井上さんの二人組がすこしおくれて教室から出てくる。理科室は校舎の一階にあった。階段を降りて移動する途中、理科室そばのトイレの前に【点検のため使用不可】という掲示がなされているのを見かけた。男子トイレ、女子トイレ、ともにつかえないらしく、他のトイレを利用するようにと注意書きがそえてあった。

その日の実験内容は、細長いお札みたいなリトマス紙に様々な水溶液をたらして色の変化を見るというものだった。赤色のリトマス紙はアルカリ性溶液によって青くなり、青色のリトマス紙は酸性溶液によって赤くなる。班ごとにわかれて実験がはじまり、ほどなくして、高山《たかやま》くんの声がした。

「あれ？　なんで⁉　なんで⁉」

彼は筆箱をさかさにして中身を机の上にひろげていた。

「どうかした？」

国分寺《こくぶんじ》先生が事情を聞く。国分寺先生は三十代の女性である。

「僕の万年筆が、どこにもないんです」

その万年筆は、彼が誕生日に父親からもらったという大切なもので、海外製の何万円もする品物だった。私もそれを間近で見せてもらったことがある。丸みのある本体はつるりとした黒色で、ところどころに金色の輪っかがはまっていた。ネジのように回転させてキャップを外すと、ペン先も金色で、その裏側には溝が入っていた。本体内部のインクが、外側にむきだしの溝をつたってペン先にはこばれてくるという構造は、ボールペンに慣れた私たちにとって不思議に満ちていた。

結局、実験中に万年筆が見つかることはなかった。そのほかに起きたおかしな出来事と言えば、友だちがおらずクラスで孤立している宗像《むなかた》くんが、実験につかう食塩水やレモン汁などをなめて先生におこられたことくらいだろうか。国分寺先生はデジカメで各班の写真を撮りまくった。色が変化したリトマス紙を、班長に指でつまませてシャッターを切る。後にこの実験をまとめて、写真付きで教室の後ろにはる予定だったのだ。五時間目と六時間目を通して実験はおこなわれたが、途中で十分間の休憩がとられた。何人かがトイレに立ったけれど、私はおなじ班の子たちとおしゃべりをつづけた。

六時間目のおわりのチャイムが鳴ると、一日の授業がすべて終了だった。私たちは理科室を出て教室にむかった。帰りの会と呼ばれるホームルームをおえたら学校から解放される。家に帰ったら、炊飯器のスイッチを入れて、母が総菜を買って仕事からもどるまで本でも読もうか。ちなみに我が家は離婚して父がいない。窓の外を見ると、雨の降り出しそうな黒い雲が空にひろがっていた。午前中は晴れていたのになあ、とおもいながら二人の親友と廊下をあるいた。

教室に入ると、私の顔を見て、先に理科室からもどっていたクラスメイトたちが会話を中断した。無言の教室に、はりつめたような空気がたちこめていた。事情のわからない私と親友二人が戸惑っていると、丸刈りで活発な榎本《えのもと》くんが声をかけてくる。

「山本《やまもと》、おまえのランドセル、見せてもらうぞ」。自分にむけられる敵意のようなものを感じ取った。「返事しろよ。ランドセル、見ちまうぞ。なかに万年筆入ってんだろ？」

後に判明したことによると、実験がおわって教室にもどってきた高山くんと、彼の友人たちは、なくなってしまった万年筆を探し回っていたらしい。机の中、床、教卓の下、廊下などをしらべているうちに、榎本くんが教室後方の棚にのこされたインクの汚れを発見したのだという。黒板とは反対側の壁に、ランドセルを収納するための棚が設置されていた。縦に三段、横に十二列の棚は、それぞれにランドセルがすっぽりと入るようなサイズである。インクの汚れは、私のランドセルのそばにのこっていた。万年筆につかわれていた黒色のインクだ。それを見てクラスメイトたちは次のようにかんがえた。

万年筆は高山くんがなくしたのではなく、だれかが盗んだのではないか？　棚にのこっていたインクの汚れは、ランドセルの中にかくすとき、ふたがはずれてしまい、ペン先があたって付着したものではないか？

「ち、ちがう……。私、やってない……」

「ランドセル見せろよ。勝手に見ても良かったんだけどさ、おまえがもどってくるまで待っててやったんだからな」

うなずいて自分の赤いランドセルを棚からひっぱりだす。棚のインク汚れをそのときはじめて自分の目で確認した。棚板の右端、手前の縁ぎりぎりのところにある。拭ってきれいにしようとしたが、完全にはインクが落ちなかったという印象の汚れだ。

ランドセルをかかえたとき、なかでちいさなものがころがるような気配があり、いやな予感がした。ランドセルをあけると、榎本くんがのぞきこむ。彼はランドセルのなかのものをつまんで高山くんにさしだした。

「ほら、あったぜ」

私のランドセルから取りだされたのは、黒色の本体に金色の装飾がところどころほどこされた万年筆だった。

帰りの会をするために国分寺先生がやってきて、教室がさわがしいことにおどろいていた。

「高山くんのことがうらやましかったの？」

先生は誤解していた。私の家は父親のいない母子家庭だ。だから、父親から高価な贈り物をされた高山くんに嫉妬して、こんなことをしたのだと、おもいこんでいるようだった。

帰りの会がおわって、職員室に連れて行かれた。いつまでも自分のやったことを認めないので、先生は業を煮やし、母の職場に電話をすると言いはじめた。首を横にふりつづけていたら、あきらめたような顔で母の職場に電話をかける。母は税理士事務所ではたらいているのだが、ちょうど一日の業務を済ませて帰り支度をしていたところだったらしい。タクシーをつかって蒼白な顔で職員室に駆けつけた。

先生の話がおわると、母が私の頭をおさえつけて「ほら、真琴《まこと》、あんたも謝りなさい！」としかった。

「わ……、私……、やってない……」

涙と鼻水まじりに、ようやく私は、それだけを言えた。先生は「まだしらをきるの？」という表情をする。私は絶望した。私のことを信じてくれる人なんて、きっとどこにもいないのだ。しかし母は、そんな私の言葉を聞いて、何かを感じ取ってくれたらしい。おそるおそる先生に問いかける。

「うちの子、やってないって……。どういうことでしょう……？」

「でも、お母さん、万年筆は真琴さんのランドセルに入っていたわけですし」

「でも、うちの子にかぎって……」

職員室を出るとき、私の母にむける先生方の視線はよそよそしかった。学校を出たところで雨にふられ、コンビニで弁当とビニール傘を買った。逃げこむように家に帰り、レンジで弁当をあたためて二人で食べているとき、私たちの髪の毛は濡れて波うっていた。

翌日から私へのいじめがはじまった。最初は陰口だけだったけれど、すぐに持ち物をかくされるようになり、机や椅子が教室の外に出されていたり、黒板におおきな字で「ドロボウ山本死ね！」と書かれたりするようになった。

「片親だから泥棒に育ったんだよ、きっとね」「聞いた？　高山くんの家に、謝りにも行ってないってさ」みんなの声が聞こえてくる。いや、わざと聞こえるようなおおきさの声で話していたのだ。

国分寺先生までも私を目の敵《かたき》のようにあつかった。授業中、集中的に私を当てて問題を解かせたり、質問にこたえさせたりする。先生の質問にこたえられず、顔を真っ赤にしていると、クラスメイトたちが、くすくすとわらった。親友も私をさけるようになり、休み時間や下校時間に私は一人きりで過ごさなくてはいけなかった。

母も元気がなくなった。母はママ友から叱責にちかいメールをもらったようだ。私が心配していると、母は私を抱きよせ、「だいじょうぶだから」と言った。「それより、みんなと仲直りできてよかったね」とも言われた。私は学校でいじめがはじまったことを母には内緒にしていた。

万年筆盗難未遂事件から三日が経過した朝、学校に行こうとしたら、途中で気分がわるくなって足がうごかなくなった。教室やクラスメイトや先生のことをおもいだすと、足や手や指先がふるえだして頭のなかが混乱した。通学路の途中でうずくまっていると、校舎の方角からチャイムが聞こえてくる。朝の会と呼ばれるホームルームのはじまる時間だ。完全に遅刻だったけれど、どうしても足がうごかない。ああ、こうやって不登校ってはじまるんだなあ、などとかんがえていたら声をかけられた。

「あれ？　山本さん？」

ふりかえるとクラスメイトの男子が黒いランドセルを背負って立ち止まっていた。理科の実験中、リトマス紙にたらすはずだった食塩水やレモン汁をなめて先生にしかられていた宗像くんだった。

2

宗像くんは小学五年生のときにうちの学校に転入してきて、それ以来ずっと友だちがいない。彼の嫌われている理由はあきらかで、ちかくによると、ぷんとにおうのだ。何日もお風呂に入っていないらしく、髪の毛は脂でてかっており、爪の間には真っ黒な垢《あか》がたまっていた。服は黄ばんでおり、あきらかに何日も、もしかしたら何週間も洗濯されていなかった。席替えの際、彼のとなりになってしまった女子児童は泣きだしてしまい、彼がおろおろと困惑していた。

「おまえ、くせーよ！　風呂ぐらい入ってこいよ！」

クラスの男子が宗像くんに言ったことがある。

「うち、貧乏だから、家にお風呂がないんだ……」

彼がそう言ってぼさぼさの頭をかいたら、白いフケが落ちてきて、周囲にいたクラスメイトたちがわっと逃げだした。

私が宗像くんと最初に話したのは、小学五年生のある冬の日だった。冷たい風のふきすさぶなか、コンビニにむかっていると、地面に腹ばいになっている彼と遭遇したのである。最初は倒れているのかとおもったけれど、よく見ると木の棒で自販機の下の隙間をさぐっているだけだった。彼は私に気づくと、ぱっとおきあがり、はずかしそうにうつむいた。のびた前髪が、顔を完全にかくしてしまう。

「何してたの？」

「お、お金を、さがしてたんだ。落ちてないかなって」

彼はふるえていた。上着がひつような寒さだったけれど、穴のあいたいつものトレーナーを着ているだけだ。それ一枚しか着るものを持っていないのかもしれない。袖のあたりが、てかっていた。

「あの、山本さん」。両手の指をもじもじとさせながら宗像くんは言った。「いきなり、こんなことを言うのは、面目ないんだけど、十円を貸してくれないかな……」

「……いいよ」

「え⁉　ほんとうに⁉」

「うん、まあ、十円くらいなら……」

その場で財布から十円玉を取りだして彼にわたした。

「この恩は絶対にわすれないから。ちょうど、あと十円、足りなかったんだよ」

ポケットから何枚かの硬貨を取りだし、手垢で真っ黒になった五円玉や十円玉を数えて、彼は満面の笑みをうかべた。それであたたかい飲み物か、甘いお菓子でも買うのだろうと、私は勝手に想像していた。しかし、私に同行してコンビニへ行き、宗像くんが購入したものは、一枚の切手だった。店を出てポケットから茶封筒を出すと、彼は切手をなめてはりつけた。

「それ、なに？」

「手紙。姉ちゃんあての。うちの親、ケチだから、切手代もくれないんだ」

彼の姉は別の町でひとり暮らしをしており、たまに仕送りをしてくれるのだという。お礼の手紙を送りたかったのだが、切手代がなかなか工面できなかったそうだ。ちらっと見えた茶封筒の裏面に彼の家の住所が書いてあった。あまり私が近づいたことのない地域だ。郵便ポストがコンビニの前にあったので、彼はお姉さんあての封筒を大事そうに両手で投函した。

「この十円は、いつか絶対に返すからね」

彼は感謝しながら帰っていった。

それ以来、彼との親交がふかまったかというと決してそんなことはなかった。「このまえはありがとう」と教室で話しかけられたけれど、私は親友とのおしゃべりに夢中だったし、教室で彼と親しくしていたら私まで鼻つまみ者としてあつかわれるかもしれないというおそれから、よそよそしく聞き流してしまったのである。それ以上、彼と話すことのないまま春になり、夏になり、そして万年筆の事件がおきた。


通学路でうずくまっている私の顔を、宗像くんがのぞきこむ。

「学校、はじまっちゃうよ？」

私のおかれている状況は、宗像くんもしらないわけがない。

「あんなところ、行きたくない」

「そ、そう……。わかった」

彼は学校にむかってあるきだす。

しかし途中で方向転換すると私のそばにもどってきた。

「僕もさぼっちゃおうかなあ。給食までに行けばいいや」

彼はいつも給食をがっついて食べていた。可能なかぎりおかわりもしていた。家ではあまりご飯が食べられなかったせいだろう。後に聞いた話だが、給食費を滞納しているくせにおかわりをするので国分寺先生から嫌われていたようだ。

「ここでうずくまってると車にひかれちゃうよ」

彼は手招きして私を川のそばに連れて行った。住宅地を縫うように流れている幅のせまい川だ。コンクリート製の階段をつかって、川面に近いところまでおりられる。しばらく川面をながめてから、宗像くんが聞いた。

「気になってたんだけど、高山くんの万年筆、山本さんが盗んだの？」

「ちがうよ」

「ほんとうに？　だれにも言わないから」

「とってない！　私、絶対に、とってないから！」

「わかった、信じることにする。十円玉を借りっぱなしだから、十円分くらい信じる」

「安っ！」

と言いながら、彼も冬の日のことをおぼえていたのだなとかんがえる。宗像くんは、ぼろぼろのランドセルからちびた鉛筆としわくちゃのノートを取りだした。

「あの日におきた出来事を書きだしておこう。記憶がはっきりしているうちに」

「なんで？」

「疑いをはらすためだよ。山本さんが盗んでないって証明すれば、問題解決だもの」

「でも、どうやって?」

「それはね」。顔にかかった前髪のすきまから彼の目がのぞく。真剣な目の光に私はごくりとつばを飲んだ。「今から、二人でかんがえよう」

ため息を連発している私に、宗像くんは、事件があった日の出来事をしきりにたずねてくる。おもいだせる範囲のことを彼に話した。そういえば、理科の実験中に彼は食塩水やレモン汁をなめてしかられていたけれど、なぜあんなことをしたのかとたずねたら、「おいしそうだったから」と彼は、はずかしそうに言った。

・12：15～13：00　給食（このときはまだあった）
・13：00～13：45　ひるやすみ
・13：45～14：00　そうじ
・14：00～15：50　じっけん（ないことにきづく）
・15：50～　かえりのかい（みつかる！）

宗像くんがノートにあの日の午後のスケジュールを走り書きした。かっこ内に書いてある一言メモは、万年筆の状態をあらわしているのだろう。

「ひらがなばっかりだね」と私は感想をもらす。

「メモみたいなものだから、スピードを優先したんだよ」

「どうして【給食】だけ漢字なの？」

「僕、その言葉、大好きなんだよねえ」

「でも、給食のとき、万年筆がまだあったって、どうしてわかるの？」

「その日、国分寺先生が、高山くんのいる班といっしょに食べてたんだ」

うちの学校では班ごとに机をかためて給食を食べる。その際、担任の先生はどこかの班といっしょに食事をすることになっていた。先生用に椅子をひとつ運んできて、机の上の食器をすこしだけよせて、先生の配膳スペースを確保する。

「食べてるとき、先生が班のみんなに質問したんだ。【みんなの宝物をおしえて】って。僕は席が近かったから会話が聞こえてきたんだよ。高山くんは万年筆を取りだして先生に見せてた。だから、給食のとき、万年筆はまだ高山くんの手元にあったんだ。消えたのはそれ以降ってことだね」

「万年筆は、どうして消えたのかな？　高山くんがなくしたの？　それとも、だれかが盗んだの？」

「高山くんがなくしただけだったとしたら、どうして山本さんのランドセルに入ってたの？」

「落ちてるのを、だれかがひろって、私のランドセルに入れちゃったんじゃないかな？」

「悪意もなくそれをやった人がいたのだとしたら、山本さんが犯人あつかいされてるとき、名乗り出るはずじゃないかな。それをしなかったということは、悪意があったんだ。でも、僕はなんとなく、盗まれたんだろうなっておもう。だって高山くんは、万年筆をとっても大事にしてたもの。そうかんたんになくすかな？」

万年筆は高山くんの筆箱にしまいこまれて、その筆箱は彼の机のなかにあったのだ。万年筆を盗むとしたら、まずは彼の机に腕を突っこまなくてはいけない。そんなことをしていたら他の人に不審がられるはずだ。私は質問してみる。

「実験のときにはもうなかったんだから、消えたのは昼休みか掃除の時間ってこと？掃除の時間はきっと無理だよ。だって、大勢、人がいたもん」

ふたつの班が教室掃除を受け持つので、十二人前後が室内にいたはずだ。だれにも見られないで万年筆を盗むなんて不可能だ。

「そうだね。盗めたのは昼休みだけだ。その日の昼休み、山本さんは何してた？」

「私と鈴井《すずい》さんと福田《ふくだ》さんの三人でおしゃべりしてたとおもう。場所はたしか校舎の裏あたりだったよ」

私は親友の名前を口にする。

「鈴井さんと福田さんが、昼休みの間中いっしょだったたって、みんなの前で言ってくれたなら、山本さんの容疑もはれるかもしれない」

「そうだけど……」

あの一件以来、二人とは言葉を交わしていなかった。私を助けるためにみんなの前で話してくれるだろうか。私の仲間だと見なされて、いっしょにいじめられる可能性だってある。正午すこしまえに宗像くんが立ち上がった。

「もうすぐ給食だから、僕は学校に行くね。だって今日は待ちに待った三色そぼろ丼の日なんだもの」

「よくおぼえてるね」

「一ケ月分の献立表が頭に入ってるよ」

宗像くんは頭をかいてフケをちらしながら学校にむかってあるきはじめた。だれもいないしずかな昼下がりの町に、私はひとりでのこされる。行き場がないため、しかたなく来た道をもどり家に帰った。夕方ごろに母が帰宅して「今日、学校ずる休みした？　職場のほうに先生から電話があったよ？」と私にたずねた。学校の近所までは行ったけれど気持ち悪くなって帰ってきたことを説明する。母はすこしやせていた。自分は母を心配させている。そのことがつらかった。「ごめんね」と私が言ったら、母はなんだか泣きそうな顔で首を横にふった。翌日も、そのまた翌日も、私は学校に行けなかった。

3

翌週のある日、玄関先で物音がしたので外に出てみると、郵便受けにぐしゃっとまるめられた紙がねじこまれていた。ひろげてみるとそれは学級新聞と宿題のプリントで、クラスメイトのだれかが届けてくれたのだろうとわかった。いや、届けてくれたというよりも、これは嫌がらせに近い。

万年筆を盗み、私のランドセルにかくした犯人が憎かった。そいつのせいで私は誤解され、クラスメイトから冷たい視線をあびているのだ。でも、どうして犯人はそんなことをしたのだろう？　万年筆を自分のものにしたいのであれば、自分のランドセルにかくしておくはずだ。

もしかしたら犯人の狙いは、私をクラスで孤立させることにあったのかもしれない。私を泥棒に仕立て、みんなに嫌われるよう仕向けたのだ。そうだとしたら、夏川さんが犯人にちがいない。親友の二人がこんなことを言っていた。

「夏川さんは海野《うみの》くんのことが好きなんだよ」

「海野くんは、山本さんのことが好きだっていう噂があるからねえ。きっと、嫉妬してるんだ」

そんな噂が広まった原因は、海野くんがときおり私のほうを見ているからだ。海野くんは身だしなみも良くて、清潔な印象のある男の子だ。意識しなかったと言えば嘘になる。

玄関先でため息をついて、家のなかにもどろうとしたら声がした。

「山本さん」

ふりかえると、ランドセルを背負った宗像くんが立っていた。

私の家は古い一軒家で、母の生家でもある。宗像くんはずたぼろの靴をぬいで、恐縮そうにしながら家にあがった。私の鼻先を彼が通過したとき、野良犬のようなこうばしいにおいがただよってきて、脂でてかった髪の毛が視界に入る。腕に鳥肌がたち、ついにがまんならなくなった。

「宗像くん！　お願いがあるんだけど！」

私は給湯スイッチを入れると、彼を脱衣所に押しこんだ。

「石鹸とか好きにつかっていいからシャワー浴びてくれない⁉　話はそれからにしよう！」

戸惑っている宗像くんにシャワーの使い方をおしえてやり脱衣所の扉をしめた。ほんとうは彼の着ていた服も洗濯したかったけれど、かわりに貸せるような男の子の服がない。父の衣類がのこっていたら、サイズがおおきいけれど彼に着せられただろう。しかし、父が会社の事務員の若い子と浮気して離婚して逃げるように遠くへ引っ越したとき服はすべて母が捨てたらしくシャツの一枚ものこってはいないのだ。

さっぱりした様子で脱衣所から出てきた宗像くんは、服こそいつもの穴あきシャツと汚れた半ズボンだったが、全身にまとわりついていた不潔なオーラが消えていた。私はようやく彼を歓迎するモードになる。

「ここにすわって」

ダイニングの椅子にすわらせてお菓子を出す。コンビニやスーパーで売られているような、目新しくもないスナック菓子やチョコレート菓子だ。

「食べながら話を聞かせて」

しかし彼はなかなかお菓子に手をのばさない。恐縮しているらしい。私がスナック菓子の袋を開けてひとくちつまむのを見て、彼もようやく、おそるおそるスナック菓子を口にはこんだ。

下校途中に宗像くんが我が家をたずねたのは、学校でしらべたことを報告するためだった。うちの住所を彼はしらなかったが、プリントを届けるクラスメイトにこっそりついていくことで私の家までたどりつけたらしい。私あてのプリントがまるめられ、郵便受けにねじこまれる場面まで彼は目撃していた。だれがやったのかとたずねると、家の方向がおなじで何度かいっしょに帰ったこともある女子の名前を彼は口にする。

「あの、ところで、これ……」

スナック菓子を口いっぱいにほおばって恍惚《こうこつ》とした表情をしながら、彼はぼろぼろのノートを、ぼろぼろのランドセルからひっぱりだした。ぼろぼろのページをひろげてみると、鉛筆でこまかい文字がならんでいる。

「あの日のこと、みんなに聞いてみたんだ。ちゃんと話してくれないまま、何人か逃げ出しちゃったから、全員には聞けなかったけど……」

私は彼のノートに目を通した。

【給食のときの出来事】

高山くんがペンをとりだしたのをみんなが見ている。給食がおわると、イスがつくえの上にさかさにのせられて、教室のうしろのほうにさげられた。

【昼休みの出来事】

教室にはほとんど人がいなかった。みんなは外であそんでいたけれど、たまに何人か教室にもどっていた？　だれがいつもどったのかは、わからない（ボクは図書室で本を読んでいました）。山本さんは校舎のうらで、鈴井さん、福田さんといっしょにいた。

【そうじのときの出来事】

教室にはおよそ十二人がいた。高山くんも教室そうじのひとり。だれにも気づかれずに高山くんの机からペンをぬすむことはできないはず（高山くんが犯人の場合は別？）。

山本さんのタオルが、夏川さんの手により、ぞうきんにされる。夏川さん「おちていたタオルをひろった」。しかし、教室そうじの竹中《たけなか》さんと牧野《まきの》さんが、山本さんの棚からタオルをひきぬいてもっていく夏川さんを見る。

【理科の実験中の出来事】

五時間目、六時間目、理科室で実験。はじまって十分後、高山くんはペンが見あたらないことに気づく。ボクが食塩水とレモン汁をなめてしかられる。

【帰りの会の直前におきた出来事】

理科室からもどって、高山くん、榎本くん、来栖《くるす》くん、佐藤《さとう》くんが、ペンをさがす。榎本くんが、棚にのこっていたインクのよごれに気づく。山本さんのランドセルに入ってるんじゃないかと言う。山本さんがもどってきて、なかを見る。ペンが見つかる。

クラスメイトたちに敬遠されている宗像くんが、これほどの情報を得るのは大変だっただろうなと察する。掃除時間の項目に興味をひかれた。

「やっぱり、そうだとおもった。あのタオル、ひろったなんて、嘘だったんだ。夏川さんが、私の棚からとったんだね」

スナック菓子の次は煎餅をほおばっている宗像くんに、万年筆は夏川さんが盗んだのではないかと話してみる。彼女が私を嫌っていることや、その理由、これまでにも何度か嫌がらせをうけていたことをおしえた。そういえば飲み物を出していなかったと気づいて麦茶を持ってくる。宗像くんは自分のノートをのぞきこんで、たった今、気づいたような顔で聞いた。

「雑巾にされちゃったタオルは、棚に置いてたの？　ランドセルの棚？」

「そうだよ。ランドセルの下にしいてたんだ。横幅が棚のサイズにぴったりだったんだよ」

宗像くんがおどろいたような顔をする。もっとくわしくおしえてほしいと言われたので、持ち帰っていた実物のタオルを取り出して見せてやる。「こんな風に折って、棚に置いといたんだ」。タオルを三つ折りにした。「これでちょうど、幅が棚とおなじサイズになるんだよ」。タオルを宗像くんにわたす。

彼はかんがえこむようにだまりこんだ。でも、お菓子にはきちんと手をのばす。窓の外が夕陽で赤く染まりはじめたころ、ようやく彼が口を開いた。

「ねえ、山本さん、理科の実験中のこと、なにかおぼえてない？　たとえば、だれかが理科室を抜け出したとか」

「休み時間のときなら、みんな自由に出入りしてたよ」

実験には午後の二枠が費やされたのだが、途中に十分間の休み時間がはさまれた。

「休み時間以外には、理科室を出入りした人はいなかったっけ？」

「トイレに行き損ねた人が何人か、先生に許可をもらって出てったけど……」

宗像くんは口数がすくなくなった。私がお米を研いで炊飯ジャーのスイッチを入れていたら、彼は立ち上がり「そろそろ帰るね」と言った。

彼の背中を見送ってしばらくすると、母が総菜を買って家にもどってくる。いっしょに夕飯を食べている最中、「お菓子の食べ過ぎはふとるよ」と言われた。ゴミ箱に大量のお菓子の空き袋が押しこまれていたからだ。

翌日も私は学校に行かず、一日中家にいた。夕方ごろに玄関のチャイムが鳴ったので、また宗像くんが来たのかなとおもい出てみると、海野くんが玄関先に立っていておどろいた。

「あの、これ」

彼はきれいに折ったプリントを差しだす。欠席者へのプリント配達は、おなじ方向に帰る児童が交代でおこなうことになり、今日は海野くんの番なのだそうだ。彼は宗像くんとちがってきれいな服を身につけていた。頭をかいてもフケを落とさないだろうし、むしろシャンプーのいいにおいがするんだろうなとかんがえる。

「ありがとう」

プリントを受け取って、なんとなく、はずかしくてうつむいた。

「じゃあ、僕は、これで……。今から、塾に行かなくちゃ。そういえば、宗像くんが、みんなにいろいろ聞き回ってたけど、何かあったの？」

「相談にのってもらってたんだ」

「気をつけてね、宗像くん、前の学校にいたとき、万引きでつかまったことがあるって。国分寺先生に聞いたんだ。あんまり、近づいちゃいけない気がする」

海野くんは玄関先をはなれて、家の前の路地を足早にあるいていった。私は家に一人でのこされる。

読書をはじめてみても、海野くんの言ったことがだんだん気になってきて、落ち着かなくなってきた。万引きでつかまったことがあるだなんて初耳だった。近づいちゃいけない、だなんて言われると、心配になってくる。

私は身支度をととのえて外に出た。宗像くんを問いつめてやろうとおもった。彼の住んでいる地域にむかってあるきだす。その前の年の冬、宗像くんに十円玉を貸した日、彼の持っていた茶封筒に住所が書いてあった。番地まではおぼえていなかったが、住んでいる地区は記憶していた。

しばらくあるくと風景がさみしくなる。彼の住んでいる地域に入ると、ダンプカーが土埃《つちぼこり》をたてながら通りすぎるようになった。工場の煙突から立ち上る煙が空にうずまいていた。今にもこわれそうな共同住宅が、西にかたむいた太陽によって赤色に染められる。郵便ボックスにはられてる表札をチェックしながらあるいていたら、上半身が裸のいかにもヤクザという男の人が道ばたに立って、煙草《たばこ》を吸いながらねめつけるように私を見ていた。こわくなって、あるく速度がはやくなる。

「にいちゃあああああん！　これでもくらええええええ！」という子どもの声が聞こえて、うらぶれたせまい路地をのぞきこむと、ちいさな男の子や女の子たちといっしょにあそんでいる宗像くんを発見した。彼はちいさな子どもたちの攻撃を四方八方から受けながら「いたいいたいいたいやめてやめてやめて」と地面をころげまわっている。いじめられているわけではなく、じゃれつかれているだけのようだ。近づいて、声をかけてみる。

「宗像くん？」

「あれ？　山本さん？　なんでここに？」

不思議そうな顔をする彼は泥まみれである。彼とあそんでいたのは、近所に住んでいる子どもたちだった。私が宗像くんとならんで立ち話をはじめると、彼らは勝手に追いかけっこをはじめてどこかに消えた。

「さっき、海野くんがプリントを持ってきてくれたんだけど」

「海野くんが？」

「聞いたよ、万引きのこと。宗像くん、前の学校にいたとき、万引きでつかまったって。それってほんとうのこと？　だんだん、不安になってきたんだけど、ねえ、もしかして、万年筆を盗んだのって、宗像くんじゃないよね？」

彼はうなだれ、前髪ですっかり顔をかくした。

「万引きのこと、ほんとうだよ。あまりにおなかがすいてたから。商店街で、店先にならんでいたお菓子が、いつのまにか服の中にはいってたんだ。でもね、万年筆は、僕じゃない」

「信じていいんだよね？」

「僕じゃない」

「わかった、宗像くんが私を信じてくれたように、私は宗像くんを信じる」

ほっとして、あらためて周囲の建物を見る。我が家も相当、老朽化しているけれど、この地域の建物にくらべたらマシである。目の前の二階建てのプレハブアパートに、錆《さ》びた金属製の階段がくっついており、その二階の一室が彼の自宅だと説明をうけた。

「今はお父さんが酔って寝てるから、部屋に案内できないけどね。おこすとうるさいんだ」

「お姉さんは元気？」

「うん。仕事がんばってるみたい」

彼のお姉さんはソープランドという場所ではたらいているそうだが、そこがどういう場所なのか当時の私はしらなかった。

「いきなり、やって来て、ごめんね」

「いいよ、ちょうどよかった。話したいことがあるんだ」

「なに？」

「鈴井さんと福田さんは、僕と話してくれなかったよ。なんだか、山本さんのことを話したくなさそうだった」

「そう、しょうがないよね」

今、私に関わると、仲間だとおもわれてひどいあつかいをうけるかもしれない。距離を置きたい気持ちは理解できた。

「だけど、ねえ、山本さん、明日、学校に来てくれないかなあ」

「学校⁉」

「無実を証明できそうな気がするんだ。でも、山本さんが来なくちゃ、話にならない」

宗像くんの足もとにはランドセルがころがっていた。家にもどらないまま近所の子たちとあそんでいたらしい。ランドセルからノートを取りだし、ページを一枚やぶって私に差しだす。

「これ、今日わかったこと、書き出しておいたから」

受け取って夕陽の赤色のなかですばやく目を通す。


【理科の実験中の出来事・追加メモ】

先生に許可をもらってトイレに行った子が五人いた。

榎本くん（A）、高山くん（C）、海野くん（B）、夏川さん（A）、井上さん（A）。

海野くんはトイレのついでに保健室に立ちよっていた（ひみつにし

ていたみたいだけどしらべてみてわかった）。保健の先生にバンソウコウをもらっている。「指にケガをしたのでバンソウコウをください」と言ったらしいけど先生は指のケガを見ていない。

私は首をひねる。なんだこれ？　実験中にトイレへ行った子のことがそんなに大事だろうか？

「ねえ、このアルファベットはなに？　名前の後ろについてる（A）とか（B）とか（C）とかって」

「あ、説明書いとくのわすれてた。それは利用したトイレの場所だよ。（A）は二階の階段付近にあるトイレ、（B）は一階の理科室付近のトイレ、（C）は一階の職員室付近にあるトイレ」

「ふうん。じゃあ、海野くんが保健室に立ちよったことは？　なんでここに書いてるの？」

「重要なことだからね」

「どうして？」

「だって海野くんが犯人なんだもの」

追いかけっこをしている子どもたちが、わらいとも、さけびともつかない声をあげながら、私たちの前を通りすぎていった。聞き違いかとおもって、何度か確認してみた。夕陽がしずみ、空が暗くなり、あたりが薄闇につつまれた。

4

母と朝食を食べ、ランドセルと手提げ袋をもって家を出たら、宗像くんが玄関先に立っていておどろいた。

「勇気の出るおまじないをしてあげる」

彼はポケットから黒色の絵の具のチューブを取りだした。私の背後にまわってランドセルをいじる。ほんの十秒程度で、おまじないとやらはおわった。

「変なことしてないよね？」

「してない、してない。タオルは？」

「これに入ってる」

手提げ袋を見せる。昨日、別れ際に言われていたのだ。学校に来るとき、雑巾にされたタオルをもってくるようにと。

「よし。僕は先に行ってるから」

宗像くんは学校にむかって走り出した。

重たい足をひきずるようにして私も出発する。何度もくじけそうになりながら、私はすこしずつ学校に近づいた。途中で川縁《かわべり》にすわったり、うずくまったり、家の前までもどってきたりしているうちに何時間もかかってしまった。おまじないは、結局、効いたのか効いてないのかよくわからない。

こうまでして学校に行こうとおもったのは、昨日の宗像くんの言葉が気になっていたからだ。彼は、海野くんが犯人だと主張する。しかしその理由まではおしえてくれなかった。明日、学校に行けばすべておしえてあげると、彼は言ったきり、だまってしまったのである。

やがて前方に白い校舎が見えてくる。過呼吸になりながら校門を抜けたとき、すでに十一時をすぎていた。廊下を進み、階段をあがり、吐き気とたたかいながら、教室への扉を開けた。

四時間目の授業がおこなわれている最中だった。クラスメイトの視線がいっせいにむけられる。黒板に算数の計算式を書いていた国分寺先生が手を止めて「あら、来たの」と言った。足がすくみそうになりながら自分の席にむかう。みんながちらちらと私のほうを見て、何事かをささやきあった。親友の鈴井さんと福田さんの顔がある。万年筆の持ち主である高山くんはおどろいている。夏川さん、榎本くん、その他の一部の児童は眉間にしわを寄せてにらんでいた。宗像くんと目があう。ランドセルを机にかけて、自

分の席にすわった

海野くんが、みんなとおなじようにこちらをふりかえり、私の行動のひとつひとつを観察するように見つめていた。

「山本さん、勇気を出して来てくれてありがとう。みんな、授業を再開しましょう」

国分寺先生はにこやかな顔をしている。

私の机に、鉛筆で落書きされたような跡がのこっていた。すでに消されて、消しゴムのカスがいくつかちらばっている。ピンク色と水色の二種類のカスだ。親友の二人がそれぞれ、そんな色の消しゴムをつかっていたような気がする。

教室を見わたして、後ろの壁の掲示物が変わっていることに気づいた。事件があった日の理科の実験をまとめた紙が班ごとにはられていた。先生が撮影した写真入りである。リトマス紙をつまんでいる各班の班長の手元が写っていた。そういえば海野くんも班長だから、彼の班の写真に写っているのは彼の手にちがいない。

教科書を取りだそうと、ランドセルを開けようとしたとき、頭になにかがあたった。まるめた紙が床にころがる。紙をひろって、ひらいてみたら、【どろぼう死ね】と書いてあった。

「あのう、先生……」

声がして、顔をあげると、宗像くんが立っていた。全員が彼に注目する。

「先生、話したいことがあるんですけど」

「なんですか？」

「万年筆が盗まれた日のことです。僕、ちょっとしらべてみたんです」

胃がきゅっとしぼりあげられるような気がした。やっぱり、もう、やめて。波風を立てないで、と懇願したくなる。しかし、彼はつづけた。

「山本さんが犯人だというのは、やっぱり誤解だとおもうんです」

国分寺先生の眉がつりあがる。

「授業に関係のないことですよ、すわりなさい」

「でも……」

「すわりなさい！」

国分寺先生の語気があらくなった。宗像くんは困惑するように頭をかく。まわりの席の児童たちが机をすこしだけうごかして彼から距離をとった。おちてくるフケから逃げるためだろうか。

「すわりなさい、宗像くん！」

教員用の教科書を教卓にたたきつけて、国分寺先生が、おおきな音をだした。何人かが音におどろいて肩をふるわせる。しかし宗像くんは微動だにしない。まっすぐに先生の目を見返し、突然、自分の椅子を踏み台にして机の上に乗った。全員、啞然《あぜん》とした顔で彼を見上げる。二本足で机の上に立ち、高いところから宗像くんは私たちを見まわした。

「山本さんは盗んでない！　僕は、そのことを説明できるんだ！　だから、話を聞いて！」

国分寺先生が彼の席までやってきて力ずくで机の上から引きずり下ろそうとした。彼はそれに抵抗しようと、ぼろぼろの上履きで先生の服に足跡をつけたりするものだから、よけいに先生を怒らせた。周辺の女子児童が悲鳴をあげて逃げだし、乱闘から距離をとった。遠い席の児童は立ち上がり、事態がよく見える位置に移動する。騒然とした雰囲気は、となりの教室につたわってしまったらしい。国分寺先生が宗像くんをはがいじめにして床におろしたとき、「だいじょうぶですか？」と心配そうにしながらとなりのクラスの先生が様子を見に来た。「ええ、平気です。なんでもありません」。国分寺先生は返事をして追い返す。

「みんな、すわりなさい」

ほとんどの児童は着席したが、宗像くんは立ったままだった。

教室の時計は十一時四十五分を指していた。あと三十分で給食の時間だ。国分寺先生がしぶしぶながら宗像くんの話を許可してくれたのは、このままでは授業をつづけられすわる。

ないという判断だろうか。先生はやれやれという様子で教室前方の窓際に置いた椅子に

　宗像くんは教壇にあがって、事件があった日の午後のスケジュールを黒板に書きこんだ。彼は高山くんに質問し、給食の時間に先生と交わした会話のことや、そのときはまだ手元に万年筆があったことなどを確認した。不潔で、フケをとばし、においのする彼のことを、それまで全員が避けていた。どんな性格なのか、どんなかんがえかたをする人なのか、だれもしらなかったのである。彼の言葉に耳をかたむけるのは、ほとんどの児童にとってはじめてのことだったにちがいない。

「掃除の時間には、教室に大勢がいた。だから、高山くんの机の筆箱から万年筆が盗まれたのは、昼休みの、教室が無人になった瞬間だとおもう。でも、山本さんは昼休みの間、教室に近づいてないんだ」

「証拠はあるんですか？」

　国分寺先生が質問すると、宗像くんは視線を下にむけた。

「山本さんは、教室に入らなかったって」

「本人がそう主張してるだけでは証拠になりません」

　宗像くんがこまったように頭をかいた。私は不安になる。

「昼休みのことなんかどうだっていい」。言葉を発したのは、私のランドセルから万年

筆を取り出した榎本くんだった。「重要なのは、万年筆が山本のランドセルに入ってたってことだ」

「そういえば、山本さんの棚にインクの汚れを見つけたのは、榎本くんだったっけ？」

宗像くんが質問する。

「俺が見つけた。それがどうかしたか？」

「山本さんの棚にインクの汚れがあった。だから変なんだ。だって昼休みには、山本さんの棚にタオルがしかれていたんだもの。そうだよね夏川さん？」

全員が夏川さんのほうをふりかえる。

「え？　なに？　なんで私？」

夏川さんは、おどろいた顔をしていた。

「掃除の時間に、山本さんのタオルを棚から持ちだしたよね？　それを雑巾につかったよね？」

宗像くんは、私がいつもランドセルの棚にタオルをしいていたことや、掃除の時間にタオルが夏川さんの手によって雑巾にされたことなどを、クラス全員に説明した。夏川さんは、みんなを見まわして取り繕おうとする。

「あ、あれは、教室に落ちてたのをひろったんだから……！」

「でも、山本さんの棚から持っていくのを、見た人がいるんだ」

「だれよ！」

夏川さんが教室中の顔をにらみつける。おそるおそる竹中さんと牧野さんが手をあげた。夏川さんがその二人を責めはじめたけれど、教室中の人々が冷ややかな目で彼女を見ている。もう言い逃れできないと覚《さと》ったのか、彼女は私や宗像くんをにらみはじめた。

「タオルのことが、これに何の関係があるのよ！」と食ってかかる。

「山本さんに、そのタオルを持ってきてもらったから、再現してもらおう」

宗像くんの指示で、私は手提げ袋からタオルを取り出した。みんなの視線がこわかったけれど、立ち上がり、三つ折りにしてランドセルの棚にしいた。横幅がぴったりおなじだったから、棚板にタオルがきれいにかさなる。机にひっかけていたランドセルを持ってきて、いつもそうしていたように棚の中へ収めた。ランドセルのふたの曲面が手前側である。犯人はふたと側面のすきまから万年筆を差しこんだのではないかと想像していた。

宗像くんが私の横にやってきてのぞきこむ。教室にいた大勢は、椅子から腰をうかせてこちらをうかがっていた。

「あの日も、こんな感じだった？」と宗像くんは夏川さんに聞いた。

「しらない！」と、ふてくされた様子で夏川さんは返事をする。

「ちゃんとこたえろよ！」と、榎本くんが喧嘩腰《けんかごし》で言った。

「わかったよ、もう！　……たしかに、そんな感じだった。ランドセルの下から抜き取って、持ってったよ！　これでいいんでしょう！」

「おまえ、最低だな……」

「山本さんが無実だという理由はこれです」

宗像くんが国分寺先生をふりかえる。

「どういうこと？」

「インクの汚れは、この位置についていました」

宗像くんが指さしたのは、ランドセルを載せた棚板の、右端手前の箇所である。しかし今、彼が指さすところはタオルにおおわれている。

「この状態でペン先があたったり、インクの滴が落ちたりしても、タオルが汚れるだけで、棚板にインクなんてつかなかったはずです。インクの汚れがついたのは、タオルが抜き取られた掃除の時間以降ってことになります」

宗像くんは教室前方にもどって、黒板に書いたスケジュールをつかって説明する。

「つまり、犯人が万年筆をランドセルにかくしたのは掃除の時間以降。ところで山本さんは、掃除がおわって教室にもどろうとしたとき、夏川さんと井上さんに会っています。自分のタオルが雑巾にされたことを、そのときにしったんです」

宗像くんは、だれかをさがすように視線をさまよわせた。井上さんの顔に目をとめて声をかける。

「井上さんは、そのとき、山本さんや夏川さんといっしょにいたよね？」

戸惑いながら彼女はうなずく。

「う、うん。教室にもどって、教科書の用意をして、先に山本さんが理科室にむかったんだ」

「そのとき山本さんが万年筆をランドセルにかくすような時間はあったかな？　かくすまえに万年筆のキャップを開けて、棚板にインクの汚れをのこさなくちゃいけないんだけど。ちなみにそのキャップはネジ式で、開け閉めするのに五秒ずつくらいかかったはずだし、インクの汚れを拭ったりした時間もかんがえてほしいんだけど」

「そんな時間はなかったとおもう。机から教科書を抜いて、すぐに出て行ったから。私と夏川さんも、その後を追いかけるように教室を出たよ」

宗像くんはうなずいて、みんなを見回す。

「山本さんは実験中、一度も理科室を出なかった。それはおなじ班の子が何人も証言してる。休憩中もずっとおしゃべりしてたって。だけど実験がおわって教室にもどってみたら、彼女のランドセルのなかに、なぜか万年筆が入っていた。棚にインクの汚れもあった。そんなことをするタイミングが、山本さんにはなかったはずなのに」

宗像くんの言葉が力強く教室に広がった。全員がおどろきとともに彼のかんがえを受け止めていたとおもう。しかし、教室の静寂が、やぶられた。

「……だれか、ほかの人が手伝ったのかも」

声のした方をふりかえる。海野くんだ。彼は自分の席に肘をついてじっと教壇の宗像くんを見ている。これまで他のクラスメイト同様に無言で話を聞いていた彼が、ついに口を開いて言葉を発したのだ。

「盗んだのと、かくしたのは、別の人だったんじゃないかな？」

「共犯者がいたってこと？」

「かくすのを手伝ってくれる仲間がいたのなら、山本さんが盗んでないとは言い切れないんじゃないの？」

「その仲間は、山本さんひとりが責められてるとき、どうして助けてくれなかったんだろう。もしも僕が山本さんだったら、助けてくれない仲間に対して怒っただろうし、どうして自分だけ責められなくちゃいけないんだっておもうよ」

「まるっきりきみの想像じゃないか。ところでもうひとつ言っておきたいことがある。それはインクの汚れのこと。棚にインクがついたのは掃除の時間以降だってきみは言うけれど、はたしてそうかな。たとえば、こんなのはどうだろう。昼休みのうちに山本さんは万年筆を盗んで、そしてランドセルにかくそうとしたんだ。かくすとき、ランドセルを棚から引っ張り出して、タオルが引きずられて落ちちゃったんだよ。インクの汚れはそのときについたんだ。山本さんはそれに気づいて拭ったけれど、完全には落ちなくて、また元通りその上にタオルをかぶせて、ランドセルをもどしたってわけ。それなら、昼休みの間にインクの汚れがつくし、状況と矛盾しないよね」

教室のそこら中から感心するような声がもれた。国分寺先生もうなずいている。たしかにそうだ。そのようなことがおこったのだと仮定すれば、【昼休みの間に私が万年筆をかくさなかった】ということが否定される。

「万年筆を入れるだけなら、ふたの横のすきまから入るはずだよ。わざわざランドセルを棚から引っ張り出すひつようないじゃないか……」

あがくように漏らした宗像くんの言葉に対し、海野くんが首を横にふる。

「そんなこと、僕はしらない。きみの話に欠点があるってことを、言いたかっただけだ」

宗像くんはだまりこんでしまう。私は胸がくるしくなった。これまで宗像くんは一生懸命に私を無実の方向へ引っ張ってくれていた。決定的なものが無い状況で、すこしずつ、すこしずつ、教室のみんなを納得させようとしてくれた。でも、海野くんの発想で、すべてはふりだしにもどってしまったのだ。

宗像くんの目が私にむけられる。弱々しい目だった。しょうがないよ、と私は胸のなかでつぶやく。あなたは、できるかぎりのことをやってくれたのだから。そのとき、椅子の引かれる音が教室にひびいた。

「……私、昼休み、山本さんと、ずっといっしょにいました」

鈴井さんが立ち上がり、国分寺先生にむかって言った。椅子の音がもうひとつ聞こえる。福田さんだった。

「私も、いっしょでした。だから、山本さんは、やっていません……」

おびえるような、おずおずとした口調で福田さんが言った。

鈴井さんと福田さんが、みんなに私の無実を訴えかけた。

「昼休みに、三人で校舎裏にいたの……」

「教室にも近づかなかったし……。だから、山本さんが、万年筆を盗めるはずない！」

彼女たちの主張が通れば、宗像くんの推測も、海野くんの発想も、何も関係ない。私は無実だと納得してもらえるはずだ。しかし……。

「証拠はあるの？」。海野くんが二人にたずねる。「友だちをかばって、嘘をついてるってこともかんがえられるんだけど」

「どうしてそんなこと言うの⁉」

鈴井さんが悲鳴のような声をだす。私たちが三人で校舎裏にいたことを証明するものはない。そういうものがあったら宗像くんがとっくに話しているはずだ。

騒々しくなった教室で、国分寺先生が手をたたいた。

「わかりました、もういいです。もう、おしまいにしましょう。みんな、しずかにして。鈴井さんと福田さんも、すわりなさい」

「でも！　私たち、あの日、昼休みにずっと三人でいました！　だから、山本さんが盗んだはずありません！」

鈴井さんが言った。

「それはわかりました。そういうことでいいでしょう。あなたたちは三人でいた。もう、それでいいです。だから、みんな、おちつきなさい。こんなこと、もうやめましょう」

「先生！　先生は、なにもわかってません！」。福田さんが叫ぶ。教室が水を打ったようにしずまりかえった。「だって、ほんとうに、三人でいっしょだったんです……。こわくて、ずっと、だまってたんです……。先生、ほんとうなんです……。だから、信じてください……」。ぼろぼろと涙をこぼしながら彼女は言った。

しかし国分寺先生は、面倒そうに顔をしかめている。

「だから、信じますと、言ってるじゃない。山本さんは、万年筆を盗んだ犯人ではない、そういうことでしょう？　先生はそれを認めます。ですから、もう、この話はおしまいです。すこしはやいけど、授業はおわりにします」

先生は話を切り上げた。教室にざわめきがおこる。

私の容疑は、ほんとうに晴れたのだろうか？　いや、先生は、この場をおさめるためにそう言っているだけだ。大半のクラスメイトがちょっとした興奮状態だった。近くの席の親しい人とのおしゃべりがなかなかおさまらない。鈴井さんと福田さんが、ゆっくりと椅子にすわった。私たちは三人とも涙目だった。視線があって、不安そうな表情を見せる。そのとき、みんなの声が、しだいにちいさくなって、やがてだれもが口を閉ざす。全員が気づいたのだ。まだ、宗像くんが教壇からおりていない。

「宗像くんも席にもどりなさい」

国分寺先生が眉間にしわをよせる。

「先生、さっき、山本さんは犯人じゃないっておっしゃいましたが、それは本心ですか?」

「そうです」

海野くんは不服そうな顔をしていたけれど抗議はしなかった。

宗像くんが先生に言った。

「もうすこしだけ時間をください。先生は、山本さんが犯人ではないと理解してくださった。でも、それなら、ほんとうの犯人がどこかにいるってことです。犯人がだれなのかわかったら、みんなの心にわだかまっている山本さんへの疑いも、きれいに消え去るはずでしょう?」

時計の針が正午をすぎていた。結局、宗像くんは教壇からうごかなかった。

「山本さんが犯人じゃないとするなら、犯人はどうして自分のランドセルじゃなく、山本さんのランドセルに万年筆をかくしたんだろう？　たぶん、盗むことが目的じゃなかったんだ。だから、わざとインクの汚れを棚板にのこしていったんだ」

教室は水を打ったようにしずまりかえっている。緊張のせいではやくなった自分の心臓の音が、周囲の人に聞こえているんじゃないかと心配になる。国分寺先生は窓際の椅子に腰かけていた。授業時間がおわるまでという条件付きで、彼が話すのを許可してくれたのである。最後まで彼に話をさせなければ、また机にあがってわめきだすのではないかと危惧したのだろう。

「たぶん、あのインクの汚れは、だれかに万年筆を見つけてもらうための、【ここにありますよ！】っていう目印だったんだ。そうしておかないと、だれも気づかないまま、ただ高山くんが万年筆をなくしただけでおわっちゃう可能性があった。つまり犯人の意図は、山本さんのランドセルから万年筆が見つかって泥棒あつかいされることだったんだ」

「……ちょっと待って」。言葉をはさんだのは海野くんだ。「山本さんが犯人じゃないとしても、インクの汚れは偶然にできたのかもしれないよね」

「高山くんの万年筆はネジ式のキャップだった。どこかにひっかけてキャップが外れることなんてありえないよ。犯人の不注意で、棚にペン先があたったり、インクの滴が落ちたりということはないんじゃないかな？　だから、インクの汚れは、犯人の意図的なものだったとおもう」

「偶然じゃない、としても、さっき僕が言ったみたいに、ランドセルを引っ張りだすときにタオルが落ちたことだってかんがえられる。インクの汚れは、昼休みにつけられたのかもしれない」

「わかった。でも、今はひとまず、そんなことはおきなかったと仮定して話をさせて」

海野くんは、国分寺先生やみんなの顔を見まわしてうなずいた。

「わかった……」

「そもそも、犯人はどうやってランドセルのなかに万年筆を入れたんだろう？　僕は、ふたと側面のすきまから差しこんだんじゃないかっておもってる。山本さんは、ふたを手前にむけてランドセルをしまってたみたいだから、そういうことができたはずだ。ランドセルを引っ張りだすよりも、そのほうがかんたんだしね。その場合、タオルが落ちることはなかったはずだから、インクの染みは掃除の時間以降にできたってことになる。今から僕がする話は、そうした場合のことだよ」

彼は海野くんのほうをちらりと見る。反論がないのを確認したのだ。

「……その場合、犯人が昼休み中に山本さんのランドセルにかくさなかったのはどうしてだろう？　もしかしたら、教室にだれかがやってきたんじゃないかな？　そんな作業を見られるわけにはいかないからね。万年筆はひとまず持ち歩くか、どこかに保管するかして、教室で一人きりになれるチャンスを待ったんじゃないかな。そしてついに、その機会は、掃除の時間よりもあとに訪れたんだ」

宗像くんは、黒板に書いたその日のスケジュールを指さす。【掃除の時間】の次に書いてある項目は【理科の実験】だ。

「万年筆が見あたらないことに高山くんが気づいた実験中に、犯人はランドセルに万年筆をかくした。つまりそういうことになる。実験は二枠をつかっておこなわれて、合間に十分間の休憩があったよね。でもこのときは、大勢が理科室を出入りして、教室にもどった人も何人かいた。他人のランドセルの棚にインクの汚れをつけるといった作業を、だれにも見られずにできるとはおもえない。だから犯人は休憩時間にうごくことはしなかったはずだ。となると、それ以外の時間ってことになる」

宗像くんは、みんなを見回して、話をつづける。

「十分休憩以外の、実験をしている最中、理科室を出て行く方法があったんだ。実はこの日、先生に許可をもらって実験の最中にトイレへ行った人が何人かいた。休憩時間にトイレに行き損なった人たちがね。そのなかに犯人がいるんじゃないかって僕はかんがえてる。みんなが理科室で実験している間、その人物はトイレに行くふりをして教室にむかい、だれも見ていないところでゆっくりと作業をしていたんだ。そうだよね、海野くん？」

話を聞いていた全員が、怪訝《けげん》そうな顔をする。

「海野くん、きみが万年筆を盗んで、山本さんのランドセルに入れたんじゃないの？」

彼の話す言葉を、教室中のだれもが理解できていない様子だった。何を言ってるんだこいつ、という目で彼を見ている。髪も服装も清潔な海野くんは勉強もよくできたし、みんなの推薦で学級委員にもなったことがある。一方の宗像くんは不潔で悪臭をまきちらす。まったく正反対の二人である。私は宗像くんを信じているけれど、彼と交流のないクラスメイトたちはどちらを信用するだろう。

当然だけど海野くんはおどろいていた。自分の席から立ち上がり、国分寺先生にうったえかける。

「せ、先生！　僕、そんなことやっていません！」

先生は宗像くんをにらむ。

「いい加減にしなさい！　どんな根拠があってそんなこと言ってるの！」

海野くんのことは国分寺先生も信頼していた。彼の味方をするのは当然だ。しかし宗像くんは先生の言葉を無視する。

「理科の実験中、先生に許可をもらってトイレにむかったのは、聞きこみしてわかった範囲で五人いる。みんながわすれてるだけで、もしかしたら、もっといたのかもしれない。でも、この五人のなかにあやしい行動をした人がいる。それがきみだ」

海野くんは立ったまま教壇の宗像くんと対峙《たいじ》している。

「たしかに僕は、その時間、トイレに行った。でも、だからなに？」

「昨日、僕はきみに質問したよね。【どこのトイレに行ったのか？】って。きみは、なんて答えたかおぼえてる？」

「理科室のそばのトイレだよ。当然じゃないか」

その通りだ。理科室でおこなわれている実験を抜け出してトイレにむかったのならそこを利用する。わざわざ遠く離れたトイレに行くだろうか？

「そう、当然だよね。だけど、ほかの四人は、そんな回答をしなかったよ？」

「え？」

海野くんは意表をつかれたような顔になる。

「五人のうち三人は、二階の階段付近のトイレに行ったみたいだし、のこりの一人は一階の職員室付近にあるトイレだ。どちらも理科室からはなれてる。でも、十分休憩の間にトイレへ行った人たちも、たぶんおなじような回答をするとおもうよ。あの日、理科室のそばのトイレをつかったのは、たぶん、学校できみだけだとおもう」

海野くんが困惑したような顔をする。クラスメイトの何人かが、宗像くんの言いたいことに気づいたらしく、息を飲むような気配がそこらじゅうにあった。私もようやく、その日のことをおもいだす。

「あの日、理科室に近いところにあるトイレはつかえなかった。それなのにきみは、そこを利用したと言った。入り口にはられていた【点検のため使用不可】っていう掲示を、きみが読まなかったのは、トイレに行かないで教室にむかったからじゃないの？」

「……言い間違えしたんだ」。海野くんは顔をこわばらせて口を開く。「そうだ、僕もほかのトイレをつかったよ。きみに聞かれたとき、とっさにそう答えちゃったんだ。でも、よくおもいだしたら、あそこは点検中だった」

「あやしかったから、きみのことを調べさせてもらった。たとえば、ほら、あれのこと」

宗像くんは教室後方の掲示物を指さす。あの日の実験を班ごとにまとめたものだ。実験の経過や結果などを色とりどりのマジックと写真入りでまとめていた。

「きみの班の写真、リトマス紙をつまんでるのはきみだよね？　手元しか写ってないけど、班長が代表であういう写真を撮られてたから、あれはきみの手のはずだよ。指に絆《ばん》創膏《そうこう》がはってあるよね」

全員が写真に目をこらした。特におかしなところはない。アルカリ性の溶液をたらした青色のリトマス紙がすこしだけ赤色になっているけど、実験に失敗したのだろうか？

気になる点はそれくらいだ。

「保健室の先生にたずねてみたんだ。きみ、理科室を抜け出したとき、保健室に行ってあの絆創膏をもらったらしいね。指を怪我したって、保健の先生には言ったそうじゃないか」

海野くんは、ほんの一瞬、くちびるを嚙みしめた。

「……トイレに行くとき、指を怪我しちゃったんだ。馬鹿みたいな話だけど、ころんで、切っちゃったんだよ。だから、トイレのついでに、絆創膏をもらってきたんだ」

「そのときの傷跡はのこってる？　見せてくれないかな？」

「もうすっかりなおってるよ」

「ほんとうに怪我してたのかな？　僕はそうじゃないとおもってる。きみは指先を隠すひつようがあったんだ。あんなふうに写真を撮られちゃうわけだからね、指先がすっかり記録されてみんなに見られちゃう。そうなったら、自分が犯人だとばれてしまうようなものが、指先にのこってたんだ。洗い流そうとしたけど、完全には消えなかったのかな？　インクの汚れが、きみの意図した通りの機能をはたしたたじゃないか。【ここに犯人がいますよ！】って」

宗像くんは、ぼさぼさの前髪をかきわけた。目がいやみったらしくわらっている。その様子に私は違和感を抱いた。彼がそんな表情するところをはじめて見た。なんだか海野くんを嘲っているようだ。

「もう、白状しなよ。きみは、実験を抜け出して、一人で教室に行った。山本さんのランドセルに万年筆をかくす前に、棚にインクの汚れをのこしたんだ。でもそのとき、予想外のアクシデントが起きた。ひとさし指の先端にインクがついちゃったんだ。洗い流そうとしたけれど、なかなかインクは落ちなかった。爪の隙間にも入りこんだのかもしれない。実験にもどれば、自分の手元が写真にのこされる可能性がある。そうなったら自分が万年筆を盗んだ犯人だと主張しているようなもんだ。だからきみは、絆創膏をもらってかくすことにしたんだね」

「嘘だっ！」

海野くんが叫んで宗像くんをにらみつける。

「ふうん、どこらへんが嘘なの？」

「みんな、だまされないで！　だって、こいつが言ってることは、全部、推測じゃないか！　ひとつも証拠がないよ！　僕は、ほんとうに指を怪我してたんだ！」

「すぐになおるような切り傷で、わざわざ絆創膏をはるんだね。海野くん、ちょっと繊細すぎるんじゃないの？」

「うるさい！　だまれ！　だまれよ貧乏人！」

海野くんの声が教室中にひびく。全員が戸惑いをかくせなかった。海野くんがそんな言葉づかいをするところは見たことがない。国分寺先生もおどろいている。

「それがきみの本性？」

海野くんは彼に指を突きつけて、みんなをふりかえった。

「こいつはきっと、自分の罪を僕になすりつけようとしてるんだ！　きっとそうだよ！　犯人はこいつなんだ！　だってこいつ、前の学校で万引きしてるんだよ⁉　万年筆を盗もうとしたのも、きっとこいつなんだよ！　売ってお小遣いをかせごうとしたんだよ！　先生、僕を信じてくれるでしょう？」

なんとこたえたらいいのかわからない様子で国分寺先生は硬直している。

海野くんが、なにかに気づいた顔をする。「そ、そうだ！　みんな、わすれたの⁉　インクの汚れが昼休みにできた可能性はのこってるんだ！　ランドセルに引っ張られてタオルが落ちたんだよ！　犯人は昼休みにかくした！　実験の最中に僕がかくしたなんて、あいつの言いがかりだ！　夏川さん、それを証明してよ！」。海野くんが夏川さんのほうを見る。彼女は肩をふるわせた。「きみ、山本さんのタオルを雑巾にしたとき、棚についたインクの汚れを見ただろ⁉　ねえ、そうだろう⁉　きみがそう言ってくれれば、昼休み中に万年筆がかくされたってことになるんだ！　こんな犯人扱いされることもなくなるんだよ！　おねがいだから、そう言ってよ！」。しかし夏川さんは、おびえるような目で彼を見るだけだ。

「みんなを仲間につけようったってだめだ。きみの相手はこっちだろ。それにね、きみがやったっていう証拠なら、ほかにもあるんだよ。決定的なやつがね」

宗像くんの顔には他人を貶《おとし》めるような笑みがはりついており、それが癪《しゃく》にさわったのか海野くんはさらに激昂《げきこう》する。

「証拠⁉　なんだよ！　見せてみろよ！」

「先に言っておくけど、ねつ造なんかじゃないからね。今回のことで山本さんのランドセルをよーくしらべさせてもらったんだけど、そのときに見つけちゃったんだ」。宗像くんは教室後方の棚にむかった。さきほど収めた私のランドセルを取り出す。「山本さん、借りるね」

海野くんも自分の席をはなれて彼に近づく。私のランドセルを抱えた宗像くんと海野くんが教室後方で向き合う。

「きみはもっとはなれてて。証拠隠滅のおそれがあるからね」

「証拠ってなんだよ？」

「きみ、気づいてなかったんだね。ひとさし指の先をインクで汚したまま、ランドセルの、ある部分をさわっちゃってたんだ。そう、インクのついた指の跡がのこってたんだよ。指紋も判別できるようなはっきりしたやつがね。きみのひとさし指の指紋と照らし合わせれば、もう言い逃れできないぞ」

「嘘だ！」

「ほんとうだよ。きみ、間が抜けてるところがあるからなあ……」

海野くんが宗像くんにつかみかかった。教室が騒然とする。もみあった後、彼は宗像くんの手からランドセルをうばって、むさぼるように外側をながめた。証拠らしいものは見あたらなかったようだ。今度はなかを確認しようと留め金を外す。さかさに持っていたせいで、私の教科書や筆箱が彼の足もとに散らばった。

「どこだよ⁉」

「ほら、そこだよ。インクの汚れがあるでしょう？」

宗像くんが指さしたのは、ランドセルのふたの裏側だった。端っこのほうに黒色の汚れがある。たしかにそれはインクのついた指先でふれたような形だった。そんな汚れがあったことに今まで気づかなかった。いや、いくらなんでも気づかなかったのはおかしい。

朝、宗像くんが玄関先で、私のランドセルに何かしていたことをおもいだす。彼はおまじないと言っていたけれど。たしかそのとき、彼は黒色の絵の具のチューブを持っていた。

宗像くんのしでかしたことをさとる。彼は証拠をねつ造してしまったのだ。

「は、はは……」。海野くんが私のランドセルを抱えたまま乾いた笑い声をもらしはじめる。「ははは……」。おかしそうに肩をふるわせた。クラス全員、不気味なものを見るような目で彼に視線をむける。「これ、ちがうじゃないか、はははは、はははは、これ、はは、インクじゃないし、はは、はははは、絵の具じゃないか……」。宗像くんの表情が青ざめた。「え、ち、ちがうよ、それは、インクの汚れじゃないか……」「ははは、僕を、ひっかけようとしたのかい、ははは、この汚れ、ははは、僕のじゃないよ……」「う、う、嘘だ、きみがさわった跡じゃないか！　きみは、あのとき、ここをさわったんだ！」「ははは、あのとき僕、こんなとこ、さわってないし、幼稚な嘘だな、ははは、ははははは……」。

宗像くんが、ほっとしたような顔をする。他人を嘲るような表情もすっかり消えている。彼はクラスのみんなをふりかえった。

「海野くんはこう言ったよ。【あのとき僕、こんなとこ、さわってない】って」

海野くんは笑うのをやめなかった。自分が何を言ったのかわかっていない様子だ。宗像くんの言葉の意味が、ゆっくりと教室に浸透する。そのうちに、海野くんの声がちいさくなってきて、ついには完全に消えてしまった。彼もまた、自分が口にしたことの意味に気づいたようだ。

「ま、待ってよ。今のは、こいつが……。幼稚なひっかけだよ！」

宗像くんは教室後方の壁を指さす。理科の実験結果についてはりだされた掲示物だ。

海野くんの班の写真をにらみつけている。

「きみがつまんでいる青色のリトマス紙、指の触れているところが赤くなってるでしょう。指についていたインクを洗い流そうとしたあと、すぐに絆創膏をはったから、あんな風になったんじゃないかな。インクの成分が溶けた水を、絆創膏がすっていたんだ。万年筆に入っていたインクのメーカーもしらべてある。外国製のインクで強い酸性だったよ。つまり、きみはあの日、インクを指につけていたってこと。リトマス紙の色の変化が、それをおしえてくれている」

チャイムが鳴り響き、四時間目の授業がおわった。十二時十五分。廊下を行き交う児童のおしゃべりが聞こえてくる。しかし教室内は無音だった。国分寺先生もだまっている。そのなかでひとり、宗像くんだけがうごいて、棒立ちになっている海野くんの足もとから、私の教科書をひろいあつめてくれた。彼はもうすっかりいつもの顔つきだ。他人を嘲るような顔をしていたのは、海野くんをおこらせるための演技だったのだろう。宗像くんがランドセル一式を私の席までもってきてくれた。そのとき私の視界に入った彼の腕や、指や、肩や、足が、ふるえている。ああ、海野くんが口をすべらせていなかったら、今ごろあなたはどうなっていたの、とかんがえる。証拠をねつ造したことで、あなたは私以上に責められていたかもしれないのに。

「もう、おわったよ……」

私は声をかける。彼は目に涙をためていた。彼も不安だったのだろう。緊張や重圧と戦っていたのだ。みんなにさとられないように、がまんしていたけれど、たぶん、彼も、こわかったのだ。

5

結局のところ、海野くんの動機はなんだったのか？　どうして私をうらんでいたのか？　そもそも、海野くんは私のことが好きだったはずではないのか？　しかし、そういう噂が広まったのは、彼が私のほうをときおり見ているという目撃情報があったせいだ。みんなはそれを好意によるものだととらえたけれど、実は、そうじゃなかったのではないか。彼は私に憎しみを抱いており、機会があれば罠《わな》にはめようと、時機をうかがっていたのではないのか？　真相はよくわからない。彼はすべての理由を説明する前に転校してしまった。私に対する憎しみの原因について、はっきりとわからないままだったが、もしかしたら、私の父のことが関係していたのではないかと今ではおもっている。

彼が転校した後に判明した事実がある。父が浮気した事務員の若い女の子というのが、どうやら海野くんの従姉《いとこ》だったらしいのだ。父は母とわかれて、その人を連れて遠くに引っ越してしまった。まだいっしょに住んでいるらしいが、母への慰謝料と、私への養育費で、生活は大変だという噂だ。海野くんが従姉に対してどのような感情を抱いていたのかわからないが、もしかしたら彼にとって大切な人だったのではないか。そうだとしたら、その人を奪った私の父や、その娘である私に対し、良い印象はもっていなかっただろう。

宗像くんが無実を証明してくれて、私はいじめられなくなり、親友ともわらいあえるようになった。何人かのクラスメイトからは謝られて、元通りの日々がもどった。母のところにも、ママ友からの謝罪メールが届いたらしく、以前のように学校のことを素直に話せるようになった。

でも、たまに、みんなから責められる夢を見て、夜中に目が覚めることがある。あれはもう、おわったことなのだと自分に言い聞かせ、ベッドの上で呼吸を整える。それから、宗像くんのことを、かんがえるのだ。

最後に宗像くんと話をしたのは、ある冬の日の夜だった。夕飯の後で母とテレビを見ながら談笑していたら玄関チャイムが鳴らされた。母が出たけれどすぐに私が呼ばれ、行ってみると、宗像くんがどこかでひろったようないつものトレーナー一枚で寒そうにしながら玄関先に立っていた。母は彼を家の中にあげようとした。彼が私たちの恩人であることは母もしっていたし、夕飯に何度も招いてご馳走していた。しかしその日の宗像くんは様子が変だった。

「すぐ、もどらなくちゃいけないから」

彼は私の母にそう言って私にむきなおる。言葉を選んでいるような沈黙がはさまれた。寒さでふるえているせいもあるだろうが落ちつかないみたいだった。ようやくひらかれた口から言葉が出てきた。

「さようならを、言いに来たんだ。実は引っ越すことになっちゃって……」

母を家の中にのこして、私は靴を履き、外に出る。宗像くんと二人で、家の前で話をした。吐き出す息が白くなって、冷たい風のなかに消えた。薄着のまま出てきてしまったから、私も彼とおなじくらい寒さでふるえていた。

引っ越すことになった、と彼は言ったけれど、実際は夜逃げだった。彼のお父さんが借金しており、それがどうにも返せなくて、逃げ出すことになったという。

「今晩中に、この町を出なくちゃいけなくなったんだ。だから最後に、山本さんに挨拶しておこうとおもって」

話を聞きながら、胸がつらくなってきて、足もとばかり見ていた。彼は、ぼさぼさの髪で、お風呂に入っていないからにおいもひどいし、垢にまみれていたけれど、私のヒーローだった。どん底の窮地から救い出してくれた。だから、いなくなるのが悲しかった。

「ずいぶん、急なんだね」

「さっき、お父さんから、聞かされたんだもの」

あの一件以来、彼に話しかけるクラスメイトがふえた。友だちができて、毎日がたのしそうだったのに、ざんねんだなとおもう。

「ところで、これ」

彼がポケットから何かを取り出す。

「自販機の下をさがして見つけたんだよ」

彼の手のなかにあったのは薄汚れた十円玉だった。

それを受けとり、ながめているうちに、涙があふれてきた。

「ありがとう、宗像くん、ほんとうに、ありがとう……」

涙と鼻水まじりに、私は言葉をくりかえした。


彼が学校に来なくなって、何ヶ月たっても、クラスメイトたちは彼のことをわすれなかった。小学校を卒業し、中学生になっても、それから高校生になっても、当時のクラスメイトと顔をあわせれば、彼が教壇に立って事件を解決した日の話で盛り上がった。みんなで彼のことを語った後、私はいつも、すこしだけさびしくなった。大人になった今でも、彼のくれた十円玉は私の手元にある。へこんだときに、それをじっとながめて、彼のことをおもいだし、今はどこで何をしてるのかなとかんがえるのだ。

メアリー・スーを殺して

中田永一

解説
メアリー・スーという言葉は実在するようだ。しかし日常生活において耳にしたことがないため、中田永一もメアリー・スーの実在性にはまだ半信半疑のようである。

（初出「ダ・ヴィンチ」二〇一三年四月号）
（角川文庫『本をめぐる物語　一冊の扉』所収）

1

メアリー・スーを殺すに至った動機と、その後の数年間について書こうとおもう。

私という人間は、好きな作品ができると、どこまでも没入してしまう癖があった。作品のジャンルは、アニメ、コミック、ゲーム、ライトノベルなどである。退屈な授業のとき、私の愛するキャラクターを頭のなかにおもいうかべ、ノートの端にイラストなどを描いた。おこづかいで関連グッズを買い集め、資料集を読みあさり、ポスターを壁にはってイラストの少年と見つめ合って夜をすごした。すでに完結している作品の、さらにつづきを想像したり、キャラクターたちのサイドストーリーをあれこれと夢想したり、作中のセリフを読み上げ、それを録音したものをくりかえし聴いたりもした。

自分はさえない人生をおくっていた。食べることが大好きな性分だったせいか、大福饅頭《まんじゅう》のような体つきだった。引っ込み思案で、口下手で、鈍重で、何をするにも自信がなく、話しかけられたら赤面し、笑い声は醜く、野暮ったいメガネをかけており、異性からも同性からも無視され、クラスのなかでは暗くて気持ちわるい女として認識されていたはずだ。生きていても、何もいいことがなく、なぜ自分が生きているのか、不思議におもうほどだった。そのような自分でも、創作物の世界にのめりこんでいるときだけは自由でいられた。

中学生の私がお気に入りだったキャラクターは、いわゆるドラクエのようなタイプのファンタジー世界を旅するRPGの主人公だった。言葉を話す大剣とともに冒険する金髪の少年である。メーカーが公式に発売しているその子のポスターを見つめながら、私は夜な夜な話しかけた。すると不思議なもので、いつしか少年の声も聞こえるようになってくる。もちろんポスターがしゃべるわけもなく、私が脳内で少年の言葉を補完していたのだ。

「へえ、そうなんだ……。ふふふ、そうそう……」

夜中に私の部屋の前で耳をすませたら、うすきみわるいひとりごとが聞こえていただろう。私は少年との会話を後からいくらでもおもいだせるように、一字一句ノートに書き留めておくようになった。妄想会話ノートは冊数をかさねたが、私の気持ちの高ぶりはそれでおさまらず、中学二年のとき、ついに二次創作小説を書きはじめてしまう。

二次創作とは、原作となる作品のストーリー、世界観、それに登場するキャラクターなどの各種設定を元に、二次的に作品を創作することである。私が書いた二次創作小説は、もちろん、お気に入りの少年のキャラクターが大活躍するお話だった。また、原作に出てこないオリジナルのキャラクターも登場させた。名前はルカ。十四歳の少女だ。私は彼女に感情移入しながら文章を書いた。少年のキャラクターとルカが、手を取り合いながら冒険する様を想像し、私はうっとりした。執筆中、私はルカになりきっていたのである。

高校一年の春。鈍重で大福饅頭のような自分は、とある部活への入部を決意した。アニメ・コミック・ゲーム研究部。スペルの頭文字をとって、通称、ACG部と呼ばれているところだ。部室をはじめてたずねたときは緊張した。扉の前に行っては引き返し、というのをくりかえしていると、私とおなじ新入生らしい女子生徒に声をかけられた。

「入部希望の人？」

丸いメガネをかけた背の低い女子生徒だった。髪の毛はもじゃもじゃで、鳥の巣を連想させた。

「私もそうなんだけど、いっしょに入らない？」

「あ、うん……」

「よかった！　一人で入るの、こわかったんだ！」

「あ、私も……、そう……」

学校ではだまっていることがおおいため、声がなかなか出て来なかった。私は彼女に背中をおされるようにして部室の扉をくぐりぬけた。

部室は古書店とおなじにおいがした。壁の一面を棚が占拠しており、SF小説やライトノベル、そして先輩方が必読書として後輩たちに読ませるための漫画がならんでいた。

鳥の巣頭の少女とともに、私は入部届へ名前を書いた。

「おねがい、次の『千の扉』に寄稿してよ」

半年後、先輩からそのような依頼をうける。『千の扉』というのは、毎月、ＡＣＧ部が発行している小冊子の名前である。ＡＣＧ部には同人活動をしている者がおおぜいいて、彼らの漫画や小説を掲載していた。いっしょに入部した鳥の巣頭の少女は、斉藤《さいとう》ロビンソンというペンネームでゲーム批評のエッセイを定期的に寄稿し、原稿の慢性的な枯渇になやまされていた先輩を救っていた。

「いいじゃん、やりなよ。あんた、文章うまいんだから」

斉藤ロビンソンのすすめもあり、私は二次創作小説の原稿を先輩にわたした。最初は一度かぎりとおもっていたが、その後、調子にのって連載となった。如月《きさらぎ》ルカというペンネームで作品を発表していたせいか、部員たちは私のことをルカと呼ぶようになった。

小冊子は印刷した紙を十数枚、重ねて綴《と》じただけのものである。学校掲示板の片隅に簡易的な紙製のポケットをはり、そこに数冊をさしておいた。自分の小説が、斉藤ロビンソンのゲーム批評や、西園寺《さいおんじ》丸子《まるこ》先輩の漫画や、新堂慎之介《しんどうしんのすけ》先輩のＳＦ考証エッセイといっしょに小冊子を構成していることが、ほこらしかった。

「『千の扉』ってタイトルは、どなたが、どういう意味でつけたんですか？」

最新号をホチキスで留めながら、斉藤ロビンソンが西園寺先輩に聞いた。

「だれだろうね。『はてしない物語』って小説に、そんな名前の建物が出てくるって、新堂くんが言ってたよ」

西園寺丸子先輩の漫画は絵が稚拙で、話も支離滅裂だったが、部員たちにあたたかく迎えられていた。私の小説もひどいものだったけれど、そのことを指摘されたことは、高校一年の三学期まではなかった。

雪のちらつく、寒い日だった。むかいあわせにならべられた六つの机の上に、完成したばかりの冊子『千の扉』の最新号が積んであった。私たちは、石油ストーブを囲みながら、完成したばかりのそれをながめていた。

扉がノックされ、神経質そうな顔立ちの男子生徒がおとずれた。ミステリ小説研究会の三年生だ。

「部長いる？」

「まだ来てませんねえ。そのうち来るとおもいますが」

新堂慎之介先輩がそう言うと、彼は机の小冊子に目をむけた。

「それ、最新号？　もらっていい？」

「どうぞどうぞ」

彼はページをめくりはじめた。自分は『千の扉』の読者であり、毎号たのしみにしていると彼は言った。私たちが照れていると、彼は掲載作品ごとに感想を述べはじめる。

斉藤ロビンソンのゲーム批評はひとりよがりだ。西園寺丸子の漫画は絵がきたない。新堂慎之介のSF考証エッセイは文章が読みにくい。彼の言葉は胸に突き刺さり、私たちはすっかり泣きそうになる。そしてついに私の二次創作小説が掲載されたページを彼は指さした。

「これを書いた如月ルカってのは？」

「……私です」

「へえ、そうなんだ、ふうん。きみがねえ。毎号、読ませてもらってる。文章はいいとおもうんだけど」

手厳しいことを言われるにちがいないと覚悟していた。しかし彼は意外なことを言う。

「きみの小説、メアリー・スーが出てくるよね。そいつをどうにかしてくれないと、正直、気持ちわるいんだよな」

全員が目を見合わせて困惑した。メアリー・スーなどという名前をだれもしらなかった。私の作品にそのようなキャラクターは登場しないのに。

ちょうどそのとき、部長が部室にあらわれた。ミステリ小説研究会の彼は立ち上がる。小冊子を鞄《かばん》にしまって、部長と親しげに話をしながら、いっしょにどこかへ行ってしまい、真意を問いただすことはできなかった。

2

メアリー・スー。

帰宅して私はその名前をネットで検索してみた。いくつものホームページがヒットする。それはたしかにひと昔前から存在する言葉だった。メアリー・スーとは、二次創作における用語のひとつであり、作者の願望が不快なほどに投影されたオリジナルキャラクターを指すという。

その言葉の出生には、海外の古いSFテレビドラマ『スター・トレック』が深く関係しているようだ。『スター・トレック』に関しては題名くらいなら私もしっている。おおぜいの熱狂的なファンがいることも。

『スター・トレック』放映当時、その世界に憧れを抱いた者たちによって無数の二次創作小説が書かれた。その際、彼らは自分の願望を投影したオリジナルキャラクターを作中に登場させたという。たとえば、艦隊のなかでも最年少で、非常に優秀で、特別な能力を持っていたり、原作に登場するキャラクターたちから尊敬や愛をよせられ、ピンチに陥ったときは大活躍をしてみんなを救ったりするような人物だ。一様に非現実的で、思春期の少年少女の願望を具現化したような、自己愛の塊のようなオリジナルキャラクターたちは、しかし批判の対象となった。あるとき、それらを揶揄《やゆ》するヒロインが生まれる。

1973年、同人雑誌『Menagerie』2号に、『スター・トレック』の二次創作小説『A Trekkie's Tale』が掲載された。その小説に登場するオリジナルキャラクターのヒロインが、艦隊で最年少の大尉であり、年はまだ15歳と半年というメアリー・スー大尉であった。この少女には、当時のファンたちが書いていた二次創作小説のオリジナルキャラクターにありそうな設定が意図的に盛りこまれていたという。それ以降、書き手が自己を投影し、理想化されたキャラクターのことをメアリー・スーと呼ぶようになったそうだ。

たしかに、私の小説にはいつもメアリー・スーがいた。たとえばルカという少女には、自分を投影し、お気に入りの少年のキャラクターとともに冒険をさせているという自覚があった。現実の私が鈍重な大福饅頭であるのに対し、ルカは非の打ち所のない美少女という設定だった。つややかな長い黒髪に、透き通るような肌。無条件にだれからも好かれ、愛される顔立ち。右目の虹彩《こうさい》は黒色だが、左目の虹彩は赤色という、いわゆるオッドアイと呼ばれる属性。そうか。いわゆる中二病だ。メアリー・スーという言葉になじみがないのは、日本にはすでに中二病という言葉があり、輸入されるひつようがなかったせいかもしれない。

執筆中の原稿を読み返してみる。そこにもメアリー・スーがいた。次号の『千の扉』に掲載するつもりでいたのは、とある学園SF漫画の二次創作小説だったのだが、そこに登場させたオリジナルキャラクターの少女がまさにそうだった。

その少女は超能力を持ち、天才的な頭脳と天然の性格でだれからも愛され、原作に登場する主人公の少年とは前世で恋人だったという設定である。おまけにオッドアイ。どれだけこの属性が好きなんだ。私は彼女に自己投影しながら執筆をしていた。少年との夫婦《めおと》漫才のようなセリフの応酬を書いているときはしあわせだった。私自身が作中に入りこんで少年と親しくしているかのような気分になれたからだ。それらの会話がストーリーに関係してこないのは、たしかに問題だったけれど……。

これまでは作品の完成度なんて気にしなかった。しかしメアリー・スーの存在をしると、このままで良いのかという不安に陥る。自分には二次創作小説の執筆しか趣味と呼べるものがない。その唯一の趣味が否定されたような気がした。私の文章は小説などではなく、願望が詰まった、たんなる妄想のたれながしでしかなかったのだと。

いやだ！　小説を、うまくなりたい！

二次創作小説は、自分にとって、人とのつながりそのものだ。斉藤ロビンソンや西園寺先輩や新堂先輩など、『千の扉』の執筆者と話題を共有し、生まれてはじめて自分の所属していい居場所を見つけられたのだ。だから、メアリー・スーを追い出さなくてはいけない。私の文章から。私の小説から。メアリー・スーと呼ばれる少女、その概念的存在を殺して消し去らなくては、私はおそらく成長できないのだ。

手始めに、途中まで書いていた二次創作小説からオリジナルのキャラクターを削除した。少女の名前や彼女にまつわるエピソードをデリートキーで消し去る。改変によって生じたずれや矛盾をひとつずつ補正した。作中で少年と夫婦漫才めいたセリフのやりとりをしていたのは、私がつくったキャラクターではなく、原作にも登場する女の子ということにして書き直す。しかし問題の解決には至らなかった。

役割をバトンタッチされた原作にも登場する女の子に、今度はメアリー・スーがやどりはじめたのである。その子が少年とセリフのやりとりをするとき、私自身を投影していることに気づく。私が主人公の少年に対して話しかけたい内容を、今度は彼女の口を借りてしゃべっていた。そのうちに女の子のキャラクターの軸がぶれはじめて、原作では決して言わないようなセリフが飛び出したりする。ウィキペディアによれば、これは【原作改変メアリー】と呼ばれるタイプのメアリー・スーだ。このままではいけない。

時間をおいて、他の作品を書きはじめることにした。しかし気づかないうちにやはりメアリー・スーが作中にしのびこむ。はじめのうちはまともだった原作キャラクターの言動や行動が崩壊しはじめ、私の言いたいこと、言われたいことが彼らの口をついて出てくる。物語は都合よくすすみ、私のお気に入りのキャラクターばかりが不自然に活躍しはじめる。原作の登場人物たちの内面を、いつのまにかメアリー・スーがうばってしまった。小説執筆の手綱を彼女に横取りされ、私の願望を充足させる方へと物語は導かれていく。

どうやら、自分をきびしく律しなければ、メアリー・スーに作品をのっとられてしまうらしい。余計にたちがわるいのは、書いている私自身、彼女に手綱をとられるのが心地よいということだ。自分の願望のおもむくままに執筆するのはたのしい。書くことの苦しみは存在せず、快楽だけがあるからだ。

コーヒーを飲みながら、私は過去の作品を読み返し、対策をかんがえる。そもそもメアリー・スーがなぜ私の小説に顔を出してしまうのか？　きっと、私が鈍重な大福饅頭のような人間だからにちがいない。おなかの贅肉《ぜいにく》はたっぷりつかめるし、顔もぱんぱんにはれている。髪もぼさぼさだし、野暮ったいメガネと服装の女なのである。なにごとにも自信がなく、いつもおどおどしている私のような者に話しかけるのはACG部の仲間以外にいなかった。斉藤ロビンソンとはクラスもちがうので、私は教室でいつもひとりだ。現実世界におけるさみしさから逃れるため、せめて小説のなかでだけは、お気に入りの登場人物たちと妄想の会話をたのしんでいたいとおもったのだ。現実の生活で足りないものを埋めるため、私は二次創作小説を書いている。だからどうしても、願望を充足させる方向へとキャラクターたちをうごかしてしまうのだ。自分の快楽のままに物語の舵《かじ》をきってしまうのだ。私のさえない人生が、小説内にメアリー・スーを生じさせている。じゃあ、どうすればいい？　メアリー・スー化したキャラクターをデリートキーで削除するだけでは根本的な解決にはならない。また別のキャラクターがメアリー・スー化するだけだ。彼女を殺すには、私という人間の内面をどうにかするひつようがあった。

一ヶ月ほどなやんで、ある解決策におもいあたる。

高校二年の春、私は決意し、それを実行にうつした。目覚まし時計のアラームにおこされて、まだ夜明け前にベッドを抜けだす。トレーニングウェアに着替えて玄関先でスニーカーを履いていると、母があくびをしながらおきてきた。

「どこ行くの？　コンビニ？　肉まんなら冷蔵庫に入ってるよ？　あっためてあげようか？」

「ちがうよ、今日はいらない。走ってくるんだ」

「走る？」

「そう。いってきます」

玄関扉を開けて外に出ると、ひんやりとした朝の空気が全身をつつみこんだ。春といってもまだ肌寒く、息が街灯に照らされて白かった。私は母に見送られて走りだした。地面をふむたびに、おなかの脂肪がゆれるのを感じた。

願望を充足させるためにメアリー・スーは作品世界へあらわれる。だから、もう私自身が望まなくなればいい。現実の世界で足りないと感じることを、執筆によって埋めるのではなく、おなじく現実の世界で埋めてやるのだ。それが成功すれば、私はもっと純粋な執筆ができるはずだ。メアリー・スーを根本から消し去り、殺すための方法。それは鈍重で大福饅頭のような私という人間を消し去ることだった。

3

私の作品にはひとつのパターンがあった。物語の解決にメアリー・スーの超人的な能力を利用していたのだ。たとえばルカの場合、どんなピンチに陥ろうと、結局はルカの潜在的な能力が発揮されて敵は一網打尽になりめでたしめでたしとなる。ルカには伝説の魔法使いの血がまじっているという設定だったのだ。しかしそれは都合のいい展開だ。メアリー・スーと決別するとしたら、もうその手はつかえない。

高校二年の夏、私は少年漫画雑誌に連載中の熱血料理漫画にはまっていた。主人公の少年たちがトーナメント形式の料理コンテストに参加するという内容で、料理漫画でありながらスポ根的な要素もあった。作者にファンレターを出し、アニメ化希望の投書を出版社に送り、そして当然のなりゆきとして二次創作小説を書くことにした。

まずはじめに私がしたことは料理教室に通うことだった。自分なりのメアリー・スー対策である。小説世界のリアリティラインを高めることにより、自然とキャラクターも地に足のついた存在感を見せるのではないか。私個人の願望など入りこむ余地はなくなり、メアリー・スーがしめだされるというわけだ。だから当時の私は、二次創作小説を書くにあたり綿密な取材をするようになっていたのである。

それまでほとんど料理というものをしたことがなかった。現実味のある描写をするため、包丁で野菜を切る感触をしり、下ごしらえの基本や、各種スパイスの名前や使い方などをマスターした。料理教室の先生に話を聞き、小説の筋立てを相談した。先生の言葉には、メアリー・スーの超人的能力をひつようとせずに物語を着地させる方法について、ヒントがたくさんかくされていた。

人見知りの自分が行動的になれたのは、原作漫画への愛の高ぶりと、メアリー・スーが作品内にしのびこむことへの恐怖心があったからだろう。人と話すことへのリハビリにもなり、家族にフルコースを作ってあげられるほどに料理の腕が上達した。二次創作小説が無事に完成した後も、料理教室には顔をだし、せっかく身につけた技術がおとろえないように気をつけた。

「すごいよ！　とってもいい感じ！　感動しちゃった！」

プリントアウトした原稿を斉藤ロビンソンに読んでもらった。興奮気味の反応を、どこまで信じてよいのかわからない。もしかしたら、身内だからほめてくれているのかもしれない。

「でも、読んでておなかがすいてきたなあ、帰りにどっか食べにいかない？」

「うーん、ダイエットしてるからなあ」

「まだつづけてるの？　なんで？　もう十分じゃない？」

「いやあ、まだ全然だよ」

よりよい二次創作小説を書くためにはなんでもした。原作がゲームであれば、何度もプレイし、設定資料を読んだ。舞台となった国の文化や歴史、建築、ファッションや風習についても学んだ。敵モンスターの名前や造形が神話の世界からヒントを得たものだったなら神話から勉強し、鎧《よろい》や武器の素材や強度、構造についても調べた。それらの知識をすべて作品に反映することはなく、つかうのはごく一部だったけれど、作品はリアリティを増した。ご都合主義的なメアリー・スーが侵入しようとしたなら、周囲の硬質な世界観からういて見えるため、すぐさまデリートキーで迎撃することができた。

主人公の少女が理由もなく周囲の人々から好かれるような描写はもうしない。典型的な私自身の願望である。かといって作品から恋愛事情を排することもしなかった。だれかがだれかを好きになるという展開にそれなりの理由を持たせるよう気をつけた。外見描写と、内面描写の双方を充実させ、恋愛発生イベントに説得力を持たせる。外見描写をする際には、読者の心にキャラクターの姿がうかびあがるよう努力した。服装や髪型、身に着けているアクセサリーの造形など、事細かにおもいうかべて執筆した。そのため、服装やアクセサリーについても勉強しなければならなかった。キャラクターが着ている服や持っている鞄にちかいものを入手し、実際に身に着け、素材の感触をたしかめた。原作者が好きなブランドを調査しているうちに、ファッションにも詳しくなった。おなかの肉がすっかり消えてしまうと、それまで着ていた服がおおきすぎて買い直さなくてはならなくなったのでちょうどいい。服装に関して得た知識を総動員して、自分の着る服をえらび、組み合わせをかんがえた。

普段着を買うときは親がお金を出してくれたけれど、二次創作小説の資料として購入した魔法使いのローブやアクセサリーの類《たぐい》はおこづかいから支払わなくてはいけない。財布の中身が空っぽになってしまったので、私はしかたなくバイトをすることにした。

小説の登場人物がコンタクトレンズをするというシーンがあったので、そのリサーチもかねて自分もコンタクトレンズにしてみる。作中の人物がつややかな髪をしているから、そうなるためのお手入れ方法を学び、自分でも試してみる。いつからか、外見上のコンプレックスがうすれて、日常の様々なことが充実しはじめた。小説を書くとき、願望が暴走することはほとんどなくなり、物語をうまくあやつれるようになってきた。

高校三年になると、受験勉強に時間をうばわれてしまい、なかなか二次創作小説を書くことができなくなった。ACG部の部長となった斉藤ロビンソンは、小冊子『千の扉』の原稿を一年生や二年生からあつめるようになり、私は部室に顔を出す頻度がすくなくなった。そのころから不思議と教室でも話しかけられるようになった。取材するうちに、人と話すことへの苦手意識がずいぶんうすれて、相手の顔を見ることもできるようになったし、すっきりした笑顔で返事ができるようにもなった。友人づきあいをするあいてがふえてくると、クラスのちがう斉藤ロビンソンとは疎遠になってしまった。

駅前のファーストフード店ではたらいて、帰り道に図書館へ寄り道し、苦手な数学の問題をといたり、二次創作小説のための資料をながめたりして夏がすぎた。バイト先では大勢の人としりあいになったが、アニメや漫画やゲームの話題はだれとも通じなかった。店長のおじさんに趣味を聞かれたとき、それらの話をすると「へえ、意外だね」という顔をされた。

「どういう意味ですか？」

「きみみたいな子がさ、オタク趣味を持ってるのって、すごいギャップだなって。いや、まあ、オタクに対する偏見が自分のなかにあったんだなあってことだよ」

「ギャップありますか？」

アニメや漫画やゲームの話題が通じないとなると、以前だったら会話の間がもたなくなって居心地のわるい状態になっていたはずだ。しかし、そのころには様々なジャンルの話についていけるようになっていた。料理やファッションの話、西洋の町並みや建築物や歴史、神話に関する逸話など、執筆のために得た知識が役にたった。バイト先でしりあった他の高校の女の子とメールのやりとりをするようになり、休日にいっしょに遊んだりもするようになった。

「僕とつきあってください」

と、バイト先の大学生の先輩から言われたとき、わけがわからなかった。店を出て、帰り道がいっしょになり、ならんであるいているときのことだ。それは冬の日のことで、凍えるような風のつめたさに、指先がじんじんとしびれて赤くなっていた。

返事は保留にしてその日は自宅へもどり、浴槽のお湯につかってかんがえこんだ。私があまりに長時間、お風呂からでてこないので、母が心配して生きてるかどうかをたしかめにきた。お湯からあがると、脱衣所の鏡をのぞきこみ、自分が今、どのような姿なのかを観察した。すっかり頰《ほお》がほてっていた。

人から愛されることの理由づけ。ご都合主義的に人から好意をもたれるような展開にならないよう、愛される理由をしっかりと設定して描写すること。自分という人間は、それらの理由づけを、しらないうちに現実世界でクリアしていたというのだろうか。先輩とは休憩中によくしゃべっていたし、音楽CDの貸し借りをしたし、メールのやりとりもした。それらの些細《ささい》な日常のひとつひとつが、先輩を視点人物として描写したパートにおいては、恋愛感情を芽生えさせる動機として、つまり恋愛発生イベントとして、その目にはうつっていたのかもしれない。

私は先輩とつきあいはじめた。受験勉強を見てもらい、クリスマスプレゼントを交換し、高校を卒業して大学に進学した。一人暮らしをはじめてバイトをやめたけれど、先輩との仲は順調だった。充実した人生の時間が流れすぎていく。気づけば斉藤ロビンソンとも連絡をとらなくなっていた。


私は成人して、お酒を飲める年齢になった。そしてもう、お気に入りのキャラクターのポスターに話しかけて、脳内で会話をたのしむようなことなんかできなくなった。あれほど深刻に、切実に、全身全霊をかけて、好きなアニメや漫画やゲームの世界に入りたかったのは、だれからも見向きもされない現実の自分の人生に嫌気がさしていたからだ。過酷な現実から目をそらし、心を保つため、好きな作品世界に没入していたのである。メアリー・スーを殺してまで二次創作小説の執筆をつづけていたのも、大好きな作品によりふかく浸っていたいからだった。

しかしもう作品世界に逃げこみたいなどという欲求がすっかりなくなってしまった。現実世界でしあわせになればなるほど、二次創作小説の執筆意欲が失《う》せてしまった。自分には自分の現実のフィールドがあり、そこで暮らしていく、生きていく、しあわせになるのだという確信ばかりがあった。もしかしたらそれが、大人になったということなのかもしれない。

大学でしりあった友人たちとは、マニアックなアニメや漫画の話をすることはない。最新のゲーム事情にも疎くなり、お気に入りのメーカーの最新作を追いかけることもしなくなった。料理教室には顔を出したけれど、それは花嫁修業的な意味合いがつよく、あれほど好きだった熱血料理漫画がいつのまにか打ち切りになっていたことをしらなかった。鈍重な大福饅頭の自分は過去のものとなった。人から愛されることが日常となり、友人や知人が大勢いて、しあわせになればなるほどに、自分が二次創作小説を書いていたことをおもいださなくなった。

大学三年の秋、晴れた日のことだ。お気に入りのカフェで女子数名とお茶をしながら「初恋のあいてはどんな人だった?」という話題になった。異世界ファンタジーRPGに登場した少年のキャラクターをおもいだした。しかし私は嘘をついて無難な回答をする。友人たちは、恋人とわかれたという話や、クリスマスまでに恋人を見つけたいというような話をはじめた。

たくさんわらって店を出る。みんなとわかれて上機嫌で帰路につき、信号待ちをしているとき、その声が聞こえた。

「ルカ! 如月ルカ! 偶然だねえ!」

その名前をおもいだすのに数秒がひつようだった。声のした方向から、背の低い、丸メガネの女性がちかづいてきた。鳥の巣のようなもじゃもじゃの髪の毛。

斉藤ロビンソン。

4

近所の喫茶店に移動して私たちはむかいあう。彼女は高校時代と何もかわっていなかった。大学に通いながら出版社で編集のバイトをしており、ライターとしても活動しているという。自分でデザインしたという名刺を差し出し、すこし世間話をしてから、彼女は言った。

「そういえば、しってる？　西園寺先輩のこと」

「先輩がどうかしたの？」

「デビューしたんだよ。奨励賞をもらって、漫画が雑誌に掲載されたんだ。とっても絵が上達してて、あれにはおどろいたなあ。プロの絵になってたよ」

「プロ⁉　すごい！　西園寺先輩、才能があったんだね！」

「才能だけじゃないよ。努力もしたんだ。如月ルカに負けちゃいられないってね」

私は斉藤ロビンソンの顔を見る。

「あんたの小説、ある時期から、ぐんぐん上達してったろ？　西園寺先輩、卒業してからも私のところにやってきて、『千の扉』に載ってるあんたの原稿をチェックしてたんだ。私たち、あんたを見て、気づいたんだよ。人間は努力によって向上できるってことを。あんたは最近、どんなの書いてるの？」

沈黙したままでいると、彼女がため息をついた。

「まさかとはおもってたんだけど、もったいないなあ……」

「書けないよ。書くひつようがないんだから。二次創作はやめたんだ。今はもうフィクションの世界を愛せない。だって現実世界でしあわせになっちゃったんだもん」

「そんなこと私はゆるせんのだよ。だってあんたには小説を書く能力があるんだから。ねえ、提案があるんだけど。今度、私のバイトしてる編集部が、ライトノベルのレーベルをつくるんだ。でも、弾が足りてないんだよ。何か書いてみない？」

「書くって？　何を？」

彼女が、決意したような顔をする。

「あんたのオリジナル作品だよ。もちろんじゃないか。二次創作をやめたのなら都合がいい。私はね、あんたのオリジナルが読みたいんだ！」

喫茶店を出たとき、空は茜色《あかねいろ》にそまっていた。

「私を見つけたのは偶然？」

「さあて、どうだろうね」

彼女はそう言うと背中をむけた。遠ざかっていくもじゃもじゃの頭を、私は長いこと見つめていた。


斉藤ロビンソンの依頼を引き受けるかどうか、すぐには決められず保留にした。オリジナルの小説を、と言われても、私にはどうすればいいのかわからない。すでにある作品世界を愛し、そこへ没入することによってしか小説を書いたことがないからだ。しかも数年間のブランクがある。今もまだ文章を紡ぐことができるのか自信がなかった。

斉藤ロビンソンは勝手だ。私は作家なんて目指していないのに。十代の一時期だけ二次創作をしていただけの、平凡でつまらない人間なのだ。たしかに、よりよい二次創作小説を書くために努力した。体重を減らしたのもその一環である。

鈍重で大福饅頭のような私は、何事にも自信が持てず、だれからも見向きもされなかった。だからこそ、都合よく愛されるキャラクターを創造してしまい、作品のバランスをこわしていた。

メアリー・スー。

ひさびさにその名前をおもいだす。作者の願望がこめられた少女。すぐれた容姿と超人的な能力を持ち、だれからも愛され、笑顔をたやさず、窮地のときはご都合主義的に仲間を救い、尊敬と愛情をあつめる存在。

斉藤ロビンソンにお断りのメールを書いていたら、ちょうど彼女から電話がきた。

「もしもし？　あの件、かんがえてくれた？　まだ返事はいいよ。それより、今度いっしょに部室へ顔を出してみない？　後輩がさあ、あんたに会わせろってうるさいんだ」

「後輩って？　ACG部の？」

「あたりまえじゃん！　あんた、全然、顔を出してないからしらないだろうけど、如月ルカの作品、後輩に人気あるんだよ！　『千の扉』のバックナンバーをあさって、みんな読みふけってるんだから！」

駅前で斉藤ロビンソンと合流し、通学路だった道をならんであるいた。校門がちかづくにつれてなつかしさがこみあげてくる。土曜日だったので校舎内はがらんとしていた。ほんの数年しか経っていないのに、下駄箱周辺のにおいや、廊下に反響する声の感じなどに、いちいち感動してしまう。私と斉藤ロビンソンは、来客用のスリッパを履いて部室へむかった。

「あんたと、ここではじめて、会ったんだよね」

部室の扉の前で立ち止まり彼女が言った。私はうなずく。あの日、中に入るのがこわくて、行ったり来たりをくりかえしていた。彼女が声をかけてくれなかったら、入部することなく人生が過ぎていたかもしれない。

扉をノックして、返事を待たずに斉藤ロビンソンが部室に入る。

「こんちはー」

しかし部室にはだれもいなかった。私に会いたがっている後輩たち数名が、休日だというのに登校して部室でまちかまえているはずだったのだが。

部室は当時のままだ。むかいあわせにくっつけた六つの机の甲板《こういた》には、スクリーントーンの切れ端などがはりついていた。今もこの場所でだれかが漫画原稿を制作しているのだろう。

「ごめん、時間、まちがってたかも……」

斉藤ロビンソンが携帯電話でメールを確認し、どうやら一時間もはやく部室に到着してしまったらしいと判明する。

「どうする？　どっかでコーヒーでも飲んでくる？」

「ここにいるよ。そのうち、だれか来るって」

椅子に腰掛けてぼんやりと室内をながめる。

「なつかしいねえ」

「あんたはそうだろうね。私はよく来るから、そうでもないけど」

彼女から、しりあいの先輩たちや後輩たちの近況についで話をきいた。最近のＡＣＧ

部の活動のことや、顧問の先生のことも。やがて斉藤ロビンソンの携帯電話がなりだし、液晶画面をのぞいて彼女は舌打ちをした。

「編集部からだ。ちょっと待ってて」

仕事の電話をうけるため廊下に出て行った。私は部室でひとりきりになってしまう。棚にならんでいる『千の扉』をながめて時間をつぶすことにした。最新号の表紙のイラストを見ても、今の私には、描かれているキャラクターの名前さえわからなかった。バックナンバーを探して何冊か手に取りながめてみた。如月ルカの文章が載っている。

斉藤ロビンソンはなかなかもどってこない。椅子にすわって『千の扉』をながめているうちに、次第にねむくなってきてあくびをもらす。外から鳥のさえずりが聞こえてきた。冬に入るすこし手前の季節だったが、今日はあたたかい日差しがふりそそいでいる。机にふせて、すこしだけねむることにした。そして私は、夢を見る。

ぱらぱらとページをめくると、たくさんの文字列が視界をよぎって消えていく。まるでメリーゴーラウンドのように。あるいは古い映画のフィルムのように。夢のなかで私がながめているのは『千の扉』だ。

いつのまにか、ひとりの女子生徒が、私とむかいあうようにすわっていた。目を見張るような美少女だった。長い黒髪と一点のくもりもない肌。数年前まで自分も着ていた制服を彼女は身に着けている。私を見て、美少女はすっと目をほそめる。

「やあ、ひさしぶり」

頰にかかっていた髪を、ほっそりした人差し指ですくい、耳にかける。愛《いと》しいものへふれるように、机の上の『千の扉』を手に取る。

「どこかでお会いしましたっけ？」

私はたずねた。そして気づく。少女の目は、左右で色がちがっている。右の虹彩は黒色だが、左の虹彩は赤色。オッドアイ。

「もうわすれたの？　きみが私を殺したんじゃないか」

少女が笑みをうかべる。くちびるの隙間から白い歯がのぞいた。だれもが無条件に好きにならざるをえない魅力的な表情だ。そのおどろくべき告白に、しかし私は動じない。まるで自然な出来事のように、ふうん、そうか、とうけいれる。私たちはむかいあった状態で『千の扉』をめくった。

「今もまだ、書いてるの？」

と、彼女が聞く。音楽のように心地いい声。十代のころの私の願望。夢。子どもじみた妄想。だれからも愛される万能の存在。そして忌み嫌われ、作品世界を崩壊させる存在。それが彼女。

「書いてないよ」

少女は『千の扉』を置くと、腕組みをして私を見つめる。どこかえらそうな態度。

「きみは大人になって、上手に世界と、おりあいをつけられたんだね」

「もう、書くひつようはないんだ」

「自分のためには、そうかもしれない」

「どういうこと?」

「あんたの文章を待ってる人が、あんた以外にもいるってこと。しあわせなことだよ、それって。それに、ほんとうは、あんただって、そうすることを望んでる。ただ、こわいだけ。ちがう?」

美少女は立ち上がり部室を出て行こうとする。優雅なうごき。ほっそりした腕や足。まるでバレエでもおどっているかのように。私はその背中に声をかける。

「待って、メアリー・スー、また会える?」

「あれほど拒んだのに?」

「たしかに」

でも、この少女のことをわすれてはならないような気がしたのだ。十代の痛々しい記憶とともに。さみしくて心細くてつぶれてしまいそうだった記憶とともに。生きていても、何もいいことがなくて、なぜ自分が生きているのか、不思議におもっていた日々のことを。それをわすれたら、自分が自分ではなくなるような、そういう不安にかられる。

「いつでも会えるよ。大人になったってね。呼んでくれれば、また昔みたいに、作品をぶちこわしてあげる」

少女は、そう言って部屋を出た。

そこで私は目を覚ます。


夢の余韻にひたっていると、斉藤ロビンソンがもどってきた。それからすぐに後輩たちもやってくる。後輩たちは熱狂的に私をむかえいれてくれた。何度も読み返したという者や、私の作品がきっかけで原作となったゲームや漫画に興味を持ったという者もいた。プロの作家でもないのに、なんだか、もうしわけない気持ちになった。あっという間に時間がすぎて、見送られて校舎を出る。校門を抜けてすこしあるいてたち止まり、斉藤ロビンソンが「さあ、どうだ！」という顔で私を見た。

「あんたに会ってるときの、あの子たちのキラキラした顔を見た？　みんな、あんたの文章が好きなんだ」

鳥の巣頭をかいて彼女は照れくさそうにする。

「そして、だれよりも、あんたの小説を読みたがってるのが、この私なんだ。あんたの本をつくれたらいいなっておもってる」

夢のなかでメアリー・スーの言ったことがおもいだされた。

私の文章を待っている人というのは、彼女のことだろうか。

後輩たちのことだろうか。

あるいは、十代のころの私のように、創造された作品世界によって生かされているような子どもたちだろうか。

自分がオリジナルの小説を書く？

「方法がわからないよ。ゼロから自分の物語を書くなんて」

私がそう言うと、斉藤ロビンソンが目をかがやかせた。

「まかせてよ！　私が相談にのってやる！　何時間でもね！　よし、たのしくなってきたぞ！」

その後はあわただしく日々がすぎた。

大学の友人たちに食事へさそわれても、断ることがおおくなった。つきあっていた恋人には、如月ルカというペンネームのことや、自分がかつて小説を執筆していたことなどをうちあけた。

講義の最中にもノートに大量のメモ書きをしてプロットをあたためた。ファミレスで斉藤ロビンソンとまちあわせ、ドリンクバーで何時間も話しこんで物語の設定をかんがえる。最初のうちは抽象的なビジュアルが断片的にあるだけだった。それを言語的、論理的につないでいく。図書館で資料をあつめ、作品のリアリティをだすための勉強に時間をついやす。まるで、親鳥がたいせつに卵をかかえこんで、ぬくもりをささげるかのように、私は物語をあたためた。それが自ら息をしはじめて、殻を内側からやぶり、外に出てくるのを待った。

執筆をはじめられると判断した日、決心してパソコンの前にすわった。

だけど、私の指はうごかなかった。

二次創作ではない、自分の世界での旅がはじまる。どんなものでも書けるという自由さがこわかったのだ。私は心のなかで彼女の名前を唱える。

メアリー・スー！　力を貸して！

だれかの世界を借りて小説を書いていたとき、そんなことはおもわなかった。だけどその日ばかりは、彼女に救いをもとめなくてはふみだせなかった。うぬぼれがほしかった。書くことの恐れもいだかず、無我夢中で前にすすんでいた昔の熱量が。

これから紡ぎだす自分の世界、まだ見ぬ物語が豊かなものとなるように私は祈った。主人公たちの冒険が途中で投げだされずにつづくことを。そしてこの執筆が、たのしいものでありますようにと。

ゆっくりと深呼吸し、心を静かにする。

そして私はキータイプをはじめた。

トランシーバー

山白朝子

解説

山白朝子は怪談専門誌『幽』で執筆している作家だ。ホラーテイストの物語においてよくあるパターンのひとつに、死んだはずの者と電話がつながるというものがある。この短編作品はその変形バージョンと言えるだろう。二〇一一年三月十一日に発生した東北地方太平洋沖地震と福島第一原子力発電所事故の悲劇がこの短編を執筆した動機としてうかがいしれる。

（初出「冥」vol.4　二〇一四年四月）

一

二〇一〇年、会社帰りに通りかかったおもちゃ屋の店先で、ワゴンにトランシーバーが売れのこっていた。山岳救助隊などが使用する本格的なものではなく、子どもむけにつくられた安いおもちゃだ。青色のプラスチック製の本体に、黄色のボタンがついており、二個セットで販売されていた。実際に五十メートルほどの距離なら通信可能だという。クリスマスにはまだはやかったが、息子に買って帰ることにした。

三歳のヒカルは乗り物が好きで、救急車や消防車にはかならず手をふった。特に好きな乗り物はパトカーだ。テレビの報道番組で事件や事故の映像が流れると、沈痛な表情をする大人たちをよそに、ヒカルだけはおおはしゃぎする。画面の片隅にパトカーが映りこんでいるからだ。

「うわあ！　パトカーだ！　おっぱい！　おっぱい！」

なぜ、おっぱいという単語を付け足すのか。そういう年頃だったから、としか言いようがない。子どもというのは三歳から四歳くらいの時期に、おしっこ、うんち、おっぱい、ちんちん、などという単語を好んで言う。電車にのっていても、レストランで食事をしていても、おっぱい、ちんちん、おっぱい、ちんちん、のくり返しである。

そんなある日のことだ。警察の活動を追ったドキュメンタリー番組をリビングのテレビで流していたら、警官がパトカーの無線機でやりとりをしていた。ヒカルはそれを見て以来、無線機ごっこがお気に入りの遊びとなる。俺やナツミの携帯電話を顔にあてて、警察のふりをして言った。

「パパー、おっぱいでーす、ちんちんおしっこー」

「警察はそんなこと言わないから！」

無線機ごっこにはまっているヒカルをトランシーバーのおもちゃは大いによろこばせた。箱から出して、電池を入れて、電源をオンにする。ザーというホワイトノイズがスピーカーから流れ出し、受信可能な状態となる。声を送信するときは黄色のボタンを押して話す。するともう一方の端末から声が出てくる。ザーという音は、声を受信するときだけちいさくなる仕組みらしい。ヒカルはトランシーバーの使い方をすぐにおぼえた。肌身はなさず持ちあるくようになり、無線機ごっこをせがむ。

「パパー！　おしりー！　これやろう、これぇ！」

なにかひとつナチュラルに意味不明な単語をはさみながら、トランシーバーをかかげて俺のところにやってくる。俺は遊びにつきあった。もう片方のトランシーバーを持って、あるときは押し入れにかくれて、またあるときはカーテンにくるまって、声を送信する。

「パパはどこにいるとおもう？」

かくれんぼをやりながら、言葉のやりとりをたのしんだ。といっても、ほとんどの場合、ヒカルの話の内容はわからない。ごにょごにょとした、不明瞭な言葉の羅列に、俺は適当な返事をする。はっきりと彼が自信をもって発音できる言葉はかぎられていた。好きな乗り物の名称か、おっぱいちんちん系である。それでも俺とナツミは満足だった。同い年の子にくらべて、言葉のおそいほうだったから、どんな言葉でも、発してくれるとうれしい。

トランシーバーに紐を通す穴があったので、首からさげられるようにしてやった。いつのまにかヒカルは、お気に入りのキャラクターのシールをごてごてと貼り、トランシーバーを飾りつけしていた。そんなヒカルが死んだのは、二〇一一年三月十一日のことだった。例のクソ地震が、クソ津波を引き起こし、妻と息子をどこかへ連れ去ったのである。自宅は数百メートルはなれた場所で発見された。一階部分は見当たらず、二階部分のみが山の斜面に引っかかっていた。会社にいて俺だけが無事だった。遺体安置所となっている体育館を何カ所も探し回ったが、結局、ヒカルとナツミの遺体は見つからなかった。

あれから一年がたっても、親族や友人が入れ替わりにたずねてきた。俺が自殺していないか様子を確認する目的もあったのだろう。

「おまえのうちの子どもは何歳になった？」

「四歳だ」

「もうおむつははずれたのか？」

「うん。トイレで用を足せるようになったよ」

たずねてきた友人とそのような会話をしているうちに、感情のおさえがきかなくなって、追い返してしまう。

会社のそばにアパートを借りていた。自炊しない俺はコンビニで弁当と酒を買って帰宅する。テレビを見ながら夕飯を食べた。アパートは二部屋しかなかったが充分すぎるほどひろい。以前だったらヒカルのおもちゃで足の踏み場もないほどにちらかっていただろう。畳の線にそってトミカを何台も連ねてあそんでいただろう。回収できたヒカルとナツミの持ち物は、段ボール数個分しかない。泥をぬぐって、かわかして、押し入れのなかにしまっていた。

普段はかんがえないようにしながら生活している。会社でへとへとになるまではたらき、同僚に一礼してアパートへもどる。飲み会に参加することはない。俺がいると盛り上がりに水をさすだろう。だから自宅でひたすらに酒を飲んだ。ビール、焼酎、日本酒、ワイン、意識が混濁するまで胃に入れる。

深夜にその音を聞いたのは震災から二年がたったころだ。反原発を主張する政治家の演説をテレビでながめながらその日も俺は酩酊《めいてい》していた。赤ワインのおかげで心地よくまどろんでいると、どこからともなくザーという音が聞こえてくる。押し入れのなかで音は鳴っていた。ねむけとめまいにおそわれながら段ボール箱をひっぱりだす。

全壊した自宅から回収したおもちゃのトランシーバーのLEDランプが赤色に点灯している。ザーという音はそのスピーカー部分から出ていた。何かの拍子で勝手に電源が入ったのだろう。いつもヒカルが首からさげていたほうではない。紐が通され、シールの貼られたトランシーバーは、ヒカルとともに行方不明のままだった。今も首にさげた状態で、どこかの海をただよっているのかもしれない。

ザー……。

トランシーバーをながめながら俺は酒を飲んだ。酔いながら俺は、あり得た可能性についておもいを馳せる。あの日、たまたま俺の気まぐれで会社を休み、全員でどこかに出かけていたとしたら？　たとえば隣の県にある実家に滞在していたら？　津波の被害をまぬがれて、沈痛な大人たちの横でヒカルは従兄弟《いとこ》とはしゃいでいただろう。そして今も俺の周囲をどたばたとはしりまわっては、ナツミにしかられていただろう。あのとき、ああしていればよかった、こうしていればよかったと、後悔ばかりで胸がはりさけそうだ。そのうちに俺はねむりに落ちていく。深く心地いい闇の世界へと意識がすべりこむ。

ザー……。

しかしその日、ねむりにつく直前に俺は聞いた。ホワイトノイズが途切れがちになり、なつかしい声がふいに聞こえてきたのである。

……パパー……ザー……おっぱ……ちん……ザー……。

二

携帯電話の目覚ましアラームが鳴り、泥沼から這《は》い出るように立ち上がってシャワーを浴びた。コーヒーだけ飲んで会社にむかう。仕事をしてコンビニに寄って帰宅。後は酒を飲んで寝るだけだ。俺の生活はシンプルになった。津波が何もかも持ち去ってしまったせいだ。予定を子どもに邪魔されることもなくなったし、食べかけのジャムパンをしらないうちに引き出しに入れられることもない。子どものおしりを拭いているときに、うっかり指先にきたないものをつけることもなくなったし、冬にかさかさの指が紙おむつにひっかかることもない。

感情があふれださないように、テレビをつけてバラエティ番組でも見よう。意識をそちらにむけるのだ。そのとき、リモコンの電池が切れていることに気づく。さてどうしようかとおもいながら部屋を見回すと、トランシーバーが床にころがっていた。

昨晩の出来事はなんとなくおぼえていた。トランシーバーとリモコンは、どちらも単四の電池を使っている。ならば電池をリモコンに入れ替えてしまおうか。トランシーバーのなかに入っていても、どうせ使うことはないのだから。そうおもって俺はトランシーバーの電池カバーをはずす。そのときはじめておもいだしたことがあった。

それを回収したとき、トランシーバーは泥まみれになっていた。保管するために電池を外し、すみずみまできれいに拭いた。もう使わないことがわかっていたから、古い電池は捨てていたのである。つまりトランシーバーのなかに電池は入っていなかったのだ。それなら昨晩のホワイトノイズはなんだったのだろう。赤色にかがやいていたＬＥＤランプはなんだったのだろう。

深くはかんがえなかった。すべては酩酊状態の見せる幻覚や幻聴にちがいない。


二度目にトランシーバーが鳴ったのは数日後のことだ。俺はその日、会社の車で外回りをしていたのだが、信号待ちをしているとき、子どもを連れた母親を見かけた。後ろ姿がナツミとヒカルに似ていたので、もしかしたら津波に巻きこまれずに生きのびていたんじゃないかとおもいこんでしまった。

交差点に車をのこし、運転席を飛び出して俺は母子を追いかけた。呼びかけてふり返った二人の顔は、ナツミともヒカルともちがっていた。クラクションが何度も鳴らされた。交差点に放置した車のせいで後続の車が立ち往生していたのだ。

その晩、ひどい酔い方をした。手元があやうくなり部屋に焼酎をぶちまける。拭く気力もなく、俺は心をおちつけるためにビールの缶を開けた。部屋がゆれていたので余震かとおもいテレビをつける。いつまでたっても地震の報道がないため、ゆれているのは自分だと気づく。

視界がぐにゃりとまがり、うねり、頭痛がしはじめる。耳に膜がはったようになり、いつからか、ザーという雑音まで聞こえている。部屋の片隅を見ると、先日から出しっ放しにしているトランシーバーのLEDがかがやいていた。

「電源が入ったふりをしやがってこの野郎！」などと俺は口走る。

ホワイトノイズがちいさくなったかとおもうと、子どもの声が受信された。まぎれもなくそれは聞き覚えのあるものだった。

ザー……パパー……ザー……。

ヒカルは死んだはずなので、俺が勝手に頭のなかでつくりあげて再生している声なのだろう。しかし俺はこの幻聴を嫌いにはなれなかった。

パパー……どこー……いないよー……ザー……。

トランシーバーをひっつかむと、黄色の送信ボタンを押して呼びかける。

「ヒカル、聞こえるか？　パパ、ここにいるぞ！」

たとえ実在しないものであっても、その声は俺の心を幸せにした。しばらくまたホワイトノイズがながれて返事がある。

……パパいたー……ザー……おへそー……。

言葉が通じたことにうれしさがこみあげる。俺はさらに呼びかけた。

「おへそ？　おへそがどうかした？」

ザー……おへそかゆーい……ザー……。

「あんまりかいちゃだめだぞ！　ママは？　ママはそこにいるのか？」

……ママー？……いるよー……。

「ママにかわってくれる？」

だめー……おっぱーい……。

幻聴だと割り切って俺は会話をたのしんだ。ヒカルの話は支離滅裂だったがかまわない。酒がすすみ、舌がまわらなくなり、やがて気絶するようにねむってしまった。そういうことが週に何度かおきるようになり、次の日はいつも気分がよかった。

俺が自殺していないかどうか、あるいはその兆候がないかどうかを確認するため、妹が様子を見にやってきた。玄関先で俺の顔を見るなり、妹はほっとした顔をする。

「よかった、顔色いいみたいね」

「最近、調子がいいんだ」

しかし、部屋にあがって大量の酒瓶を発見すると、妹は顔をしかめた。

「飲み過ぎなんじゃない？」

酒量が増えていることの自覚はあった。その反面、精神面は安定している。部屋も掃除するようになったし、自炊するようになった。炊飯器を購入して、無洗米を炊き、ほかほかのごはんを夕飯に食べた。しかし朝食はいまだにコーヒー一杯しか飲む時間がない。夜おそくまでヒカルとトランシーバーで話しているせいだ。

「だけど、良かった、兄さんが元気そうで」

「きっともうだいじょうぶだ。心配かけたな」

妹はそして、部屋の棚に置かれたトランシーバーに目をやる。

「なつかしいなあ、ヒカルくんと遊んだよねえ」

手にとって電源スイッチをオンにするが、ＬＥＤランプは光らないし、ホワイトノイズも聞こえない。

「電池、入ってないんだ。酒を飲んで酔っぱらうと、ヒカルの声が聞こえてくるんだけどなあ」

俺が冗談を言ったとおもって、妹はわらっていた。

その後、俺は会社の健康診断にひっかかり、酒の飲み過ぎだと忠告されたが、無視を決めこんだ。俺のやるべきことは、スーパーで日本酒や焼酎やワインやウィスキーを買いこむことだった。トランシーバーでヒカルの声の幻聴と会話をするには、酩酊状態にならなくてはいけない。視界がゆがみ、部屋の柱が生き物の内臓のようにうねりはじめ、やわらかい床の上で右や左にころがりそうになりながらアルコールを流しこむ。そして気づくと、トランシーバーのLEDが赤くなっているのだ。

パパー……いるー？……ザー……うんちでたー！……。

震災から二年たっても、大人が顔をしかめるような言葉を好んで言う。俺は送信ボタンを押して話しかける。

「そうかそうか。ママにおむつをかえてもらえ」

ザー……パパやってー！……ザー……。

「パパは遠くにいるからだめなんだよ」

……こっちきてー！……いっしょにあそぼー！……ザー……。

死者の言葉はそのとき甘いものに感じられた。

酩酊状態の俺は、普段ならかんがえない行動をとる。

「しょうがないなあ。じゃあ、ちょっとまってろ」

トランシーバーを置いて押し入れをあける。梱包《こんぽう》用のビニール紐を取り出して、俺は首を吊った。

三

取引先の会社の応接室で名刺の交換をした。革張りのソファーに腰かけて商談をはじめる。若い事務の女子社員がやってきて俺の前に湯飲みを置いた。

「竹宮くん、どうした?」

商談相手の男が、お茶をはこんできた女子社員に声をかける。本来なら湯飲みを置いてすぐに退室する予定だったのだろう。しかし竹宮と呼ばれた女性はうごかない。視線が俺の首筋にむけられていた。目があうと、はっとした様子で頭をさげて、彼女は部屋を出て行く。

首筋の痣《あざ》を見られてしまったらしい。ふつうに対面しているだけならスーツの襟元にかくれてしまうので安心しきっていた。しかし彼女からは、ソファーに腰かけた俺の首が、上からのぞきこむような角度で見えてしまったのだろう。

自殺は未遂におわっていた。首を吊るために紐をひっかけた場所が意外にもろかった。ぶら下がって数秒後、壁の石膏《せっこう》ボードに刺さっていたフックが抜けてしまったのである。結果、命は落とさなかったものの、数日が経過しても消えない紐の跡が、痣として首にのこっていた。

　商談を終えて取引先の会社を出ると、駐車場で声をかけられた。湯飲みをはこんできた若い女子社員が、寒そうにふるえながら立っている。

「あの……」

　彼女はコンビニの袋をさげていた。チョコレートの箱を俺に差し出す。どこにでも売っている商品だ。

「これ、おいしいんですよ。食べてみてください」

「ああ、これ」

「ご存じですか？」

「息子が好きだったんです」

　返事をしながら、彼女はどこまで俺のことをしっているんだろうかとかんがえる。話しかけてきたのは、首の痣のことが関係しているのだろうか。自殺未遂によるものだと察し、心配してくれたのかもしれない。チョコレートのお礼を言って会社の車に乗り込みエンジンをかけた。俺が車を出すまで彼女は駐車場に立っていた。

　その後、何度目かに顔をあわせたとき、名刺交換をして連絡をとるようになった。フルネームは竹宮アキ。はにかむようなわらいかたが印象的だった。はじめていっしょに酒を飲んだとき、彼女は真剣な顔で言った。

「死なないでくださいね、お願いですから」

彼女は両親を震災でうしなっていた。


ザー……。

アパートの俺の部屋にホワイトノイズが流れ出す。

酩酊状態で俺はおもちゃのトランシーバーをつかみ、送信ボタンを押して話しかけた。

「ママ、そこにいる？　かわってくれない？」

トランシーバーの件はだれにも相談していなかった。息子の声の幻聴を聞くことで、精神状態を保っているなどとしれたら、奇異な目で見られるにちがいない。カウンセラーを紹介されるだろう。しかし俺には、たとえ実在していないとしても死者の声がひつようだった。それにより癒やされ、自分だけが生きていることへの負い目をやわらげることができた。

ホワイトノイズが途切れ途切れになり声が聞こえてくる。

パパー……ママいるよー……ザー……おっぱいちゃーん……。

ヒカルの間抜けな発言を聞いていると、その瞬間だけは、震災前の平和なころにもどったような気持ちになれた。ちなみに、おっぱいちゃん、などという卑猥《ひわい》な言葉も、生前のヒカルが好んで発していたものである。はたしてどこでそれをおぼえてきたのかは不明である。俺がヒカルの前でそのような言葉を口走ったことは決してないのに。

「ママにかわってよ」

だめー……ヒカルがはなすのー……ザー……。

「ママは元気？　泣いてない？」

ママ……エンエン……してないよー……おっきいおっぱいちゃーん！……ザー……。

エンエンというのは泣いている様をあらわす幼児語である。

「ほかにだれかいる？」

いるよー……みんないるー……。

「そこは暗いのか？　明るいのか？　どんなところだ？」

わかんなーい……ヒカルぶぅしたー……ザー……。

ぶぅというのはおならのことだ。ヒカルはおならをするたびに「ヒカルぶぅした！もっかいぶぅしたいなあ！」と何度もおならをしたがった。迷惑な話だ。

「ヒカルはそっちで、いつもなにしてるんだ？」

おどってるよー……ママとねーおどるのー……。

これは自分の幻聴であるという意識はずっとある。フィクションであり、創作された物語だ。だけど、ほんとうに死者の国があり、そこでナツミやヒカルが、ほかのたくさんの死者たちと、幸福に暮らしていたら、どんなにいいだろう。人が宗教をつくり、死後の世界を物語ったのは、消滅への恐怖からだとばかりおもっていた。だけどもしかしたら、宗教を作り出した人々の原動力は、亡くなった者たちへの労《いたわ》りと慈愛だったのかもしれない。

竹宮アキとの交流がはじまって一年が経過し、親密な雰囲気が生じる。しかし俺たちの関係は、あくまでも友人づきあいにとどまった。俺には迷いがあった。あたらしい恋人をつくることで、ナツミやヒカルのことをわすれてしまうような気がしたのだ。震災前の家族を過ぎ去ったことにしたくはなかった。二人が生きていたことを、わらっていたことを、俺だけでもおぼえていなければならないのだ。恋人をつくり自分だけしあわせになることが、二人に対する裏切りのように感じていた。竹宮アキは俺のそういう迷いにおそらく気づいている。そのことで問われることはなかったけれど。

「私の母、福島出身だったんです」

ある日、レストランで食事中に竹宮アキが言った。彼女の母親の実家は、原発事故で帰還困難区域に認定された町にあるという。もちろん今はだれも住んではいない。年間積算放射線量が五十ミリシーベルトを超えており、そこで一定期間をすごすと人体が致命的なダメージを負う可能性がある。

「町へ行こうとすると、途中で検問があって、その先へは行けなくなっているんです。そこで車をとめて町のほうをながめたこともあるんです。どうってことない山道があるだけです。放射性物質が実際にあるのかどうか、もちろん肉眼では見えません」

子どものころに行ったおもいでの場所は封鎖されてしまったのだ。もう足を踏み入れることはないだろう。母親の生家や育った土地の地面にふれることは二度とない。

「放射能って、お化けみたいですよね」

「お化け？」

「放射能を気にして遠くへ逃げる人もいれば、まったく気にしない人もいる。人体への被害もあいまいで、影響があると言ったり、そんなものはないと言ったり。それでも漠然とした不安がみんなのなかにあって、それを強がりでかんがえないようにしていると ころもあって。『おばけなんてないさ』って歌の歌詞を、おもいだしちゃうんですよね」

彼女はそう言うと、歌詞の一部を口にする。

おばけなんて　ないさ
おばけなんて　うそさ
ねぼけたひとが
みまちがえたのさ
だけどちょっと　だけどちょっと
ぼくだって　こわいな

おばけなんて　ないさ
おばけなんて　うそさ

地震と津波の影響で炉心溶融した福島の原発から、多量の放射性物質がまきちらされた。それは目に見えず、人体にどのような影響が出るのかを、はっきりと定義できないまま俺たちはすごしていた。漠然としてとらえどころのない不安をかかえたまま、まあ大丈夫だろうと言い聞かせながら空気をすっていた。

「すべての境界はあいまいなんです。各自が自分なりの現実認識にしたがって、信じているものを自分なりに定義していくしかないんです」

そして竹宮アキはこのようにつづけた。

「友人と恋人の境界もあいまいのままでいいとおもうんです」

もう逃げ出すことはできないぞとおもい、俺は決心すると、トランシーバーのことを打ち明けた。幻聴のこと、ヒカルの声のこと、死者たちをわすれたくないことを洗いざらいしゃべった。彼女はわらわずに最後まで聞いてくれた。

四

俺の心には死者が住み着いているのだろう。震災前のなつかしい声で、おっぱいとか、ちんちんとか、そんな言葉を連発する死者だ。アルコールを摂取することで、俺は死者と意思疎通できる。もちろん、その死者は俺の心が勝手に生み出したフィクションであり、もうこの世には存在しないものだ。だけどその定義にどんな意味があるだろう。すべての境界はあいまいなのだ。

竹宮アキがアパートに転がりこんできて、いっしょに住むようになり、あらためて俺の酒量のおおさにおどろいていた。

「量を減らしてください！　死にたいんですか⁉」

彼女は俺と死者の時間を尊重し、生活のサイクルに取り入れてくれた。週に何回か、決められた曜日にだけ酩酊状態になり、トランシーバーでヒカルと話をする。それをしない日はアルコールを断ち、酒量を減らすように努力した。

トランシーバーで幻聴の声と会話する様を見られたくはなかった。酩酊状態でおもちゃに話しかけている男の姿など滑稽の極みである。俺はそのことを自覚している。竹宮アキにおねがいしてその時間はアパートを出てもらった。友人との飲み会や、ファミレスでの読書で時間をつぶしてもらう。死者との会話の最中、いつも俺は眠ってしまった。気づくと朝になっているのだが、俺の体には毛布がかけられていた。

二年間の同棲《どうせい》を経て結婚を決意する。市役所に婚姻届を出し、竹宮という彼女の苗字は旧姓となった。式は挙げなかったが親類や会社の同僚たちから祝福をもらった。全員がほっとした様子で俺のことを見ていた。そのころにはヒカルとの会話も週に一回ほどに減っていた。そのぶん、目の前にいるアキとの会話がふえた。彼女との歴史が積み重なり、いつのまにか、ヒカルと過ごした年数を超えていた。

「話したいことがある。パパ、結婚したんだ。相手はヒカルのしらない人だ」

酩酊状態で俺はトランシーバーに話しかける。その日、アキは俺をひとりにするため、映画館のオールナイト上映に出かけてくれた。幻聴のホワイトノイズが途切れ途切れになり、いつもと変わらない声が聞こえてくる。

ザー……パパー……おっぱーい！……。

何年が経過してもヒカルの言動は成長しない。同い年の子はランドセルを背負って小学校へ通い始めたというのに。

「わかってるのか？　パパはな、ママとちがう人と結婚したんだ。だけど聞いてくれ。パパはおまえたちのこと、ずっとわすれないからな。毎日おもいだしてる。だから、ゆるしてくれるか？」

いいよー……またあそぼー……。

「わかった。昔みたいに、かくれんぼをしよう」

やるー！……おしりくさーい！……きゃはー！……ザー……。

俺はトランシーバーを持ったまま室内をあるく。アルコールのせいで部屋の壁が、ふくらんだり、ちぢんだりをくり返しているように見える。俺は押し入れにひそんで引き戸をしめる。真っ暗な状態で声を送信する。

「さあ、かくれたぞ。パパはどこにいるとおもう？」

えー……どこー？……いないよー？……ザー……。

暗闇のなかでトランシーバーの声に耳をすます。震災前、俺たちはよく、こういう遊びをした。会話をしながら、すこしずつヒントを出して、かくれているほうを見つけるのだ。しかしその日、いつまでたってもヒカルは俺を見つけられなかった。幻聴なのだから自明のことだけど。

パパいなーい！……ザー……ママよんでるー……。

「ママが？　なんだって？」

めーしてるー……ザー……そっちめーだってー……。

「めー」というのは幼児語で「だめ」という意味である。子どもに対してしかるときの「だめっ！」という言葉が変化し、やさしい口調で忠告をうながす際に使用されていた。

ザー……パパー！……そっちいきたいよー！……。

暗闇のなかで俺はトランシーバーをにぎりしめる。しかしこう言うしかないのだ。

「……こっちは、めーだ。ママがそう言うんなら、しかたないよな。ヒカル、ママをこまらせたらだめだぞ。エンエンだめだぞ」

わかったー……エンエンだめねー……。

「じゃあな、ヒカル」

ばいばーい……おっぱいちゃーん……またねー……。


何年が経過しても福島の一部の地域は封鎖されたままだ。原発をめぐる言葉は、政治家を選ぶ際の重要な指針となった。しかし東北の復興はすすみ、妻が妊娠した。

家族もふえることだしマンションを購入しようかなどと話していた時期、アパートが火災の被害にあった。ふたりで産婦人科に行き、アパートへもどる途中、消防車が俺とアキを追い抜いていく。まさかとおもいながら足早になった。

アパートの前に人だかりができていた。空には黒煙が立ちこめている。ポンプ車からの放水がはじまり、アパートの窓から噴きだしている炎を押し返そうとしていた。火災の発生場所は俺たちの部屋ではなかった。被害状況からそのことがわかり俺たちはほっとする。しかし火の手はそのとき、すでにアパート全体へとひろがっていた。おなじアパートの住人が、何人か呆然とした顔で炎を見上げていた。部屋着のまま外に出てきた者もいる。

アキが進み出てアパートのほうへちかづこうとした。消防隊員のひとりがそれに気づいて押しとどめようとする。しかしその前に彼女の腕を俺がつかんだ。

「アキ！」

呼びかけると、彼女はふりかえり、蒼白な顔で言った。

「部屋が……。トランシーバーが……」

「だめだ。あきらめろ」

「でも」

「いいんだ。もういい」

俺はアキの手をつかんだまま離さなかった。トランシーバーが燃えてしまえば、もう二度と、ヒカルの幻聴を聞くことはない。だけど俺は、もっとはやくに別れを告げるべきだったのだろう。

「もういいんだ。ありがとう」

決心すると涙がこみあげてきた。あの日、もしも俺が妻と息子のそばにいたなら。波間に消えようとする二人の手を、今とおなじようにつかむことができただろうか。行くなとさけんで、この世に繋《つな》ぎ止めておくことができただろうか。アキの顔が炎で照らされている。俺は鼻をすすりながら、彼女を不安にさせまいと顔をあげることにした。俺はまだ生きている。生きている側の人間なのだから。火の粉が舞い、冷えて灰になる。そして雪のように、俺たちの頭上にふりそそいだ。

子どもが産まれた。今度は女の子だった。誕生してしばらくは眠れない日々がつづく。数時間おきに腹が減ったと泣きわめくし、おむつも替えなくてはいけない。睡眠不足のアキが母乳をやり、俺も粉ミルクをつくって、ほ乳瓶で飲ませてやる。しかし女の子のほうが成長もはやく、いつのまにか立ち上がり、あるけるようになり、そして例の時期にさしかかる。

「パパー！　あそぼー！　おっぱーい！」

そこから先の子育ては俺も未経験だった。記憶にあるヒカルの背丈を娘は追い越してしまう。大人が顔をしかめるような言葉もやがて発さなくなり、急におしとやかになった。娘が中学生になったころ、俺はもうすっかりおじさんになっていた。妻と娘は顔がよく似ていて、姉妹のように見えなくもない。

それはある日曜日のことだった。数年前から飼っている犬の世話をして、家のなかにもどると、娘が押し入れを開けて、段ボール箱から古いアルバムを引っ張りだしてながめていたのである。震災のときに失った前妻と息子の写真だった。火災現場からおもいでの品をいくつか回収できていた。すべてが無事というわけではなかったが、アルバムの大半が焼失をまぬがれていたのは幸運である。

ひとしきりいっしょにながめたあと、娘はそれらを段ボール箱にもどそうとする。

「あ、これって……」

娘はそう言って、箱の奥にしまっていたトランシーバーを手に取った。熱で変形し、青色のプラスチックが溶けて、内部の基板までも焦げている。アパート火災の後、アルバムとともに発見し回収しておいたのだ。しかしあれ以来、俺はヒカルの声を聞いていなかった。

「ねえ、お父さん、これ、こわれてるよね？」

「見ればわかるだろ。すっかりこわれて鳴らないよ」

娘は不思議そうにしながら、トランシーバーをいろいろな角度からながめる。送信ボタンを押してみるが、熱でゆがんだプラスチックのせいで、うまく押しこむことはできない。

「でも、ちっちゃいころ、これ、鳴ってた気がするんだよね。こわれたラジオみたいに。変な電波を受信してたのかな？」

箱にしまって立ち上がり、苦笑しながら、そして娘は言った。

「おっぱいちゃーん、ってね」

ある印刷物の行方

山白朝子

解説

この短編小説が書かれた二〇一四年はSTAP細胞に関する一連の報道で世間が賑わっていた。一方で3Dプリンターが安価に販売されるようになったのもこの頃である。この小説の執筆は難航を極めたという。最後に明らかとなる印刷物の描写に自信がなかったことがその理由だ。

（初出「読楽」二〇一四年八月号）

二八五頁写真／朝日新聞社

1

　実家から車で二十分ほどのところに図書館がある。そこが私の現在の職場だ。海のすぐそばだから、窓をあけていると、カモメの鳴き声がする。

返却された本をカートにのせて書架の間を移動した。本に取り付けられたタグを端末にかざすと書架の場所を検索してくれる。そこまでの道順も表示された。地磁気を利用したマッピングにより建物内における現在地が正確にわかるのだ。

　物語の棚のあたりで、男に声をかけられた。

「失礼、タルコフスキーについての本をさがしているのですが」

スーツを着た男の人だ。見覚えがあるような、ないような顔立ちである。

「映画監督の」

「そうです」

　男を案内しながら、タルコフスキーの映画のいくつかをおもいだす。以前、人にすすめられて見たことがあった。その人が言うには、タルコフスキーの映画の登場人物は人類そのものを象徴しており、登場人物が父や母について語るとき、それはすなわち神様のことを指すという。

男は本を手に取り、表紙をすこしながめる。しかし、すぐに棚へともどした。視線を感じた。男が私を見ている。

「小野寺《おのでら》さんですね?」

「はあ、そうですけど」

「よかった、行方がわかって」

男は、はじめから私に声をかけるのが目的だったようだ。

「私、柳原《やなぎはら》君の友人でして。彼のこと、ご存じですね」

男の口から、その名前が出てきたことに、私はひるむ。この男は、あの印刷物の件でここに来たのではないか。

柳原宗司《そうじ》。彼とのつきあいは短いものだった。事情がちがっていれば、良好な関係をつづけられていただろう。私は逃げ出すように、実家のあるこの土地へと帰ってきた。自分のしたこと、見たものを、わすれたくて。

「死にましたよ」

「え?」

「柳原君、死にました。そのことをお伝えしなければとおもいまして」

自殺だったという。動機に関する説明はされなかったが、例の研究が原因だろう。私は気づくと体をささえられていた。彼の手をはらいのけ、背表紙のならんだ書架によりかかる。目をつむると潮騒が聞こえる。

＊＊＊

大学の先輩が某研究所の事務員をしていたので、そのつてで、仕事を紹介してもらうことになった。仕事の内容は、先輩自身もよくわかっておらず、まずは面接だけ受けてみることにする。

当時、私がひとり暮らしをしていたマンションから、バスで二十分ほどの場所にその研究所はあった。広大な敷地をぐるりと囲むように、赤茶けた煉瓦《れんが》の高い塀がつづいていた。正面ゲートに守衛が立っており、来訪の意図を説明する。身分証明書の提示を求められ、事務室に確認し、ようやく入らせてもらえた。

煉瓦造りの舗道をすすむと、前方に真っ白な建築物が見えてくる。装飾性を排した外観はアート作品のようだった。研究所の本棟である。屋内に足を踏み入れると、どことなく消毒液のようなにおいがした。受付ロビーで先輩と合流する。

「仕事って、まさか人体実験じゃないですよね」

「ちがうとおもうけど、断言はできないな」

「ここではどんな研究がおこなわれているんです？」

「バイオ関係。再生医療とか」

「再生医療？」

「人間の耳を背中に生やしたマウスの写真、見たことない？　あんな感じの研究してるみたい。私はただの事務員だから、くわしいことはしらないけど」

研究所では複数のプロジェクトが同時にうごいていた。しかしその大部分は極秘であるという。

面接の時刻がちかづいて別のフロアへと連れて行かれた。白衣を着た研究者たちと廊下ですれちがう。会議室のような、がらんとした部屋に通される。

窓辺に初老の男が立っていた。髪は真っ白だが、目つきは猛禽類《もうきんるい》のようにするどい。彼も白衣を着ていた。先輩は事務室にもどり、私は男と二人きりになる。まずは他愛のない世間話をした。天気の話や、家族構成や、飼っていた犬の話だ。それから仕事の話になる。

「きみにやってもらいたいのは、実験で出た廃棄物の焼却処分だ。これまで焼却炉担当だった者が、家の都合でここを離れなくてはいけなくなったのでね」

焼却炉の操作？　機械は苦手だ。自分にもできるだろうか。私の不安を感じとったのか、男は言った。

「かんたんだよ。手順さえおぼえれば」

いくつかの疑問が生じた。実験とはどのようなものか？　操作がかんたんなら、研究者自身で焼却炉をうごかせばいいのではないのか？　しかし提案された時給は目をみはるような額だった。私は仕事をひきうけることにした。

面接が終了し、事務室で先輩に報告する。仕事内容について話すと、意外な反応をされた。

「え、焼却炉かあ」

先輩は顔をくもらせる。周囲に視線をはしらせ、事務室ではたらく同僚たちの目をさけるように、デスクの陰で言った。

「わかってたら、あなたに声をかけなかった」

「どうしてです？」

「いわくつきの場所にあるの。奥まったところに。あの周辺で何人か自殺してる」

「え⁉」

「幽霊が出るかもよ。焼却炉のそばに研究棟って呼ばれてるふるい建物があるの。そこではたらいてる研究員ばかり首を吊るの。私がここではたらきはじめて、これまでに三人よ。いいえ、もっとかもしれない。この前まで焼却炉ではたらいてた人も、突然、逃げるようにやめていったし」

「家の都合で、という話を聞きましたけど」

のだ。

「どうだかね。ねえ、今からことわることはできない？　なんだか、嫌な予感がする」

先輩は私のことを心配していた。しかしやめるつもりはなかった。お金がほしかったのだ。

当時、私はマンションでひとり暮らしをしていた。大学を卒業しても実家にもどらず、いくつかのバイトをかけもちしながら小説を書いていた。小説と言えば聞こえはいいが、新人賞に応募しても、一次選考を通るか通らないかというレベルだ。つまり私は作家志望のフリーターだったのである。

収入が不安定なので、食費は節約しなければならなかった。ゆでたパスタを一人きりの部屋で食べる日々がつづいた。お金があれば労働している時間も物語の執筆にあてられる。お金があれば欲しかった資料を買える。取材旅行にも行ける。私はもう何年間もヨーロッパを舞台にした歴史小説を構想している。それさえ書ければ本望だというほどに入れ込んでいる。しかし私はヨーロッパへ実際に行ったことがないのだ。まとまったお金が手元にあれば、あこがれの場所へ行き、おもう存分に取材ができるはずなのに。

バイト初日、私はおにぎりを鞄《かばん》に入れて家を出た。ベビーカーを押す若い母親とすれちがう。赤ん坊はおだやかな顔つきでねむっていた。赤ん坊を産むというのは、どんな気持ちなんだろう。私には縁のない話だ。私の体には、と言うべきか。

研究所前のバス停で降り、守衛に来訪の意図を告げた。本棟に入り先輩とあいさつをかわす。ほどなくして私の前に見知らぬ女性があらわれた。化粧っ気のない人だったが、うつくしい顔立ちである。

「あなたが小野寺さんね。よろしく、私は那須川《なすかわ》です。仕事の手順をおしえるために来ました。それではさっそく行きましょう」

「はい」

どこへ行くのか、よくわからないまま返事をした。印象がよくなるように笑顔をつくる。

那須川に連れられて外に出た。研究所の敷地内は、大きめの病院や理工学系の大学をおもわせる景観だった。人の気配があまりしないのは、建物内で研究にいそしんでいるからだろう。本棟の裏にゲートがあり、その先は鬱蒼《うっそう》とした森になっている。煙突らしきものの先端が茂みのむこうにちらりと見えた。

「あ、そうか。自分は焼却炉に案内されているんですね」

今さらなにを、という表情で那須川が私を見る。ゲートの守衛は、那須川が会釈をするだけで通してくれた。その先、煉瓦の舗道はせまくなっている。両側の茂みが枝葉をのばし、トンネルのようだ。私は奥へ奥へと連れて行かれた。継母に捨てられたヘンゼルとグレーテルのように。

やがて舗道は二手にわかれている。右へむかう道の先に古めかしい施設があった。外壁に蔦《つた》がからんでおり半ば森と同化している。陰鬱とした絵画のようだ。

「私たちのプロジェクトチームの実験棟です」

例の、と私はおもう。そこで研究をしていた何人かが、自殺をしたという、例の。

「どんな実験をしてるんです？」

「おしえられません」

「ですよねえ」

左手に舗道をすすみ、焼却炉に到着した。切り出した石を積んだような建築物だ。遺跡のようでもあり、要塞のようでもある。ぱっと見、ただの四角い箱だけど。

入り口は自動開閉式のシャッターになっていた。足を踏み入れると、がらんとした空間がひろがっている。四方はのっぺりとした壁だ。冬場は冷えこむにちがいないから、あたたかい時期でよかったとおもう。煤《すす》の汚れは見当たらないし、煙たいにおいもしなかった。焼却炉というよりも、教会のようだった。規模は異なるが丹下健三《たんげけんぞう》の手による「東京カテドラル聖マリア大聖堂」を連想する厳かな空間である。

奥の壁に重々しい鋳鉄製《ちゅうてつせい》の炉扉があった。手前に可動式の台が備え付けてあり、那須川がそれに手をのせる。

「はこばれてくる箱をここに置いて、パネルを操作してください。扉が開いたら、箱を炉に押しこむの」

操作パネルは炉扉の横に設置されていた。操作マニュアルが机の上に置いてある。那須川に操作方法をならいながら炉をうごかしてみた。点火すると壁の奥で機械がうなり、低い振動がつたわってくる。炉内を確認できるようなのぞき穴は見当たらなかった。熱は炉扉と壁によって大半が遮断されている。ほんのりと炉扉が温かくなる程度だ。

「箱を燃やせばいいんですね？」

「そうです。箱には実験の廃棄物が入っています」

「危険な薬品かなにかですか？」

「いいえ、安心してください。燃やしても有害なガスは出ませんから」

那須川は炉扉を見つめる。なぜかはわからないが、彼女の目は、怯《おび》えをはらんでいた。

2

奇妙な仕事だった。作業量にくらべて、報酬は非常におおい。こちらが申し訳なくおもうほどの額が口座に振り込まれた。

焼却炉の屋内は殺風景な造りで、木製の椅子とちいさな机があるだけだ。入り口のシャッターを開けはなすと、横長の開口部が緑豊かな外の風景を切り取った。一日に一度、そこに箱が届けられる。

箱は直方体のプラスチック製で色はグレー。デザインは旅行用のトランクを想像させるもので、おおきさもちょうどそれくらいである。プラスチック製といっても頑丈な造りだ。蓋は開封できないように接着剤かなにかで固定されている。中身を取り出さずに箱ごと焼却処分するよう言われていた。

箱を台に置いてパネルを操作する。鋳鉄製の炉扉が重たい音を響かせながら上へスライドするように持ち上がると、炉内の空間が目の前にぽっかりとひらく。それほど広くはない。棺桶《かんおけ》が入る程度の幅と高さ、そして奥行きである。下の面には炎の吹き出し口が並び、煤を落とすための溝が入っている。火が入る前、炉内はひんやりとしている。あたりまえだけど。

箱を押しこんで、後は機械がやってくれた。焼却が終了するまでの時間、読書をしてもいいし、机にむかって物語を執筆してもいい。熱は遮断されているし、煙も煙突から排気されるため、炉の前の厳かな空間は意外とすごしやすかった。ただしトイレの設備はなかったので、煉瓦の舗道を抜けて本棟まで行かなくちゃならない。本棟の食堂でお昼をとることもあったが味はひどいものだった。ごはんはべちゃっとしていたし、お味噌汁はうすい。研究所では、食に関する研究はおこなわれていなかったのだろう。

いつも十一時くらいに箱がはこばれてくる。それから十五時まで、四時間ほどかけて炉は念入りに焼却をおこなった。終了の表示を確認したら私の仕事はおしまいである。炉内にのこった煤や灰は自動的に清掃がおこなわれる。完璧なオートメーションシステムだ。手動でも操作が可能らしく、念のためマニュアルを読み込んでおいた。

夕方、焼却炉のシャッターをおろし、事務室の先輩に鍵を返却してバス停へむかう。いつも不思議だった。この程度の仕事なら、わざわざ人をやとわずに、研究員のだれかが担当すればよいのにと。

焼却炉のそばに建つ古めかしい研究棟にはちかづかないようにしていた。そこに出入りする研究員はいつもぴりぴりしており、研究棟付近で私とすれちがうとき、きまっておどろくような顔をする。箱は彼らの研究棟からはこび出されていた。柳原宗司もまた、そこではたらいているひとりだった。

柳原宗司は表情にとぼしい。目は落ちくぼみ、つかれたような顔をしている。私とおなじくらいの年齢で、実験の廃棄物を焼却炉まではこんでくるのはいつも彼の役目だった。台車に載せて箱をもってくると、覇気のない声で彼は言った。

「よろしくお願いします」

「はい。お引受けします」

「ありがとうございます」

細身で身長が高く白衣が似合っている。ちかづくと薬品のにおいがした。高校時代の化学準備室のにおいとおなじものだった。箱をもち上げて台に置く作業を彼はいつも手伝ってくれる。

ある日、焼却が終了するまでの待ち時間に散歩をしていると、舗道が二手にわかれるあたりで、白衣姿の柳原宗司を見かけた。彼は焼却炉の煙突を見上げている。煙突から煙がのぼり、青空へと消えていた。ちかづいて声をかけようとしたとき、彼の白衣に赤色のよごれを見つけた。点々と染みが付着している。

「それって、血ですか？」

ふりかえる柳原の表情はこわばっていた。罪を咎《とが》められた者がするような顔だ。気にはなったが、私は質問をくりかえす。

「どこか怪我をしてるんじゃないですか？」

「僕の血ではありませんよ、小野寺さん」

「じゃあ、何の？」

「さっきまで実験をしていたんです。そのときについたのでしょう」

柳原宗司は研究棟をふりかえる。植物は剪定《せんてい》されておらず、雑草はのび放題だ。石畳もところどころ割れている。しかし、セキュリティーにはお金がかけられているようだ。すべての窓に監視カメラが設置され、正面玄関には網膜認証ロックシステムが備わっている。

「動物をつかった実験でもされてるんですか？」

白衣の血は実験動物の体から流れたものではないか、とかんがえた。

「そうだとしたら、僕たちを軽蔑しますか？」

「実験の内容次第です」

「動物を傷つけるようなことはしていません」

「ああ、それじゃあ、ほっとしました」

「研究棟にいるのは、人間だけです」

「どんな研究をしてるんです？」

逡巡《しゅんじゅん》するような時間がすぎた。彼は周囲を見回して、だれもいないことを確認して言った。

「３Ｄプリンターです」

「え？」

「３Ｄプリンターの実験をしているんです」

意外な回答だった。３Ｄプリンターという機器の存在をしらないわけではない。パソコンで作成したコンピューターグラフィックスなどを元に立体物を造形するための道具である。以前にテレビで紹介されていたものは、樹脂を熱で溶かしながら何層も重ねていくことで立体物をつくっていた。この研究所ではバイオ技術に関する研究をしているのだと先輩からおそわっていたが、そのイメージと3Dプリンターというものがうまく結びつかなかった。

「特殊な3Dプリンターを開発しているんです」

「なるほど、そうなんですね」

会話はそこでおしまいになり、それぞれの持ち場へともどることになったが、結局、白衣に付着していた血の出所についてはわからないままだった。3Dプリンターの操作をおこなう際に、だれかが手をはさんで出血でもしたのだろうか。

帰宅した後、ネットを利用して3Dプリンターについてしらべてみた。3Dプリンターは様々な場所で使用されているようだ。企業が新製品をデザインする際は試作品を3Dプリンターで出力して形を検討するという。医療の分野においては患者にカスタマイズした人工骨を出力して移植することもおこなわれているそうだ。それどころか、人工の血管や肝臓までもプリントアウトが可能だという。たしかにバイオ技術との関連もありそうだ。

安価なものであれば数万円で販売されている。しかし安物は印刷に失敗する確率が高いという。本来なら紐状の樹脂を先端からすこしずつ溶かし、コンピューターグラフィックスのオブジェクトの形状へと積みかさねていくのだが、その工程がたまにうまくいかないのだ。樹脂が溶けずに紐のまま出力されると悲惨な物体が完成する。失敗例の写真がいくつもネット上に掲載されていた。人の形をしたオブジェクト出力の失敗例では、首から上がほどけて紐のよせあつめのようになっていた。それはどことなく、不気味な芸術品のようだった。

柳原宗司には薬品のにおいが染みついていた。いっしょに並んですわっていると、それがただよってくる。毎日、顔をあわせていると、それなりに親しみもでてきた。待ち合わせて帰るようになり、夕飯をいっしょに食べて、それぞれの住む場所へと帰った。彼は表情にとぼしいが、おなじ時間をすごしていると、おだやかな気持ちになれた。これまでに読んだ本の話や、タルコフスキーの映画の話をする。小説を書いているという話をしても、彼は私の夢をわらわなかった。そしてついにお酒を飲んでいるとき、「恋人はいるのか」という質問を彼が口にする。

「今はいないですね。何年か前、わかれました」

「なぜです?」

「よそよそしくなって、相手が、はなれていったんです。私が妊娠できない体だとしって」

二十歳のとき重い病気をわずらって子宮を摘出した。本来、子宮のあるべき場所はからっぽである。そのことを告げると、順調だった恋人との関係もおわった。結婚を視野にいれたおつきあいをしていたのだが、彼の親が猛反対したのだ。

自分のお腹の内側で生命がふくらみ、こちらの意思とは無関係にうごきだし、せまい道を通り抜けてこの地上へとやってくる。一人の完成された人間を、この社会へと送り出す感覚を、私は体験することはないのである。ベビーカーを押す若い母親を見かけても、嫉妬をしないように心がけていた。いとこが子どもを産んだと聞いても、同級生が二人目を産んだと聞いても、心を平静に保つようにしている。それでも、子どもを虐待する母親のニュースが流れると、悔しいという感情をおさえきれない。神様の不公平を呪いたくなるのだった。

こんな話をされて柳原はどんな反応をするだろう。ともかく私は、あらいざらいしゃべった。これで距離をおかれるなら、それならそれでかまわない。しかし彼は、淡々と次のように言った。

「妊娠できないことと物語を書くことの間に関係はありますか？」

「え？」

「小野寺さんは、物語をつくることで、遺伝子をのこそうとしているのかもしれませんね」

「そうかもしれませんけど。でも、それだけですか。私、子どもが産めないんですよ」

「もうじき産めるようになります」

「どうやって？」

「医学の進歩です」

子宮摘出の話を聞いても、彼は平然としたものである。そのことが私にはうれしかった。ふとした瞬間におそいかかる子持ちの女性への暗い情念も、彼といっしょにいれば、おそいかかってこないのではないか。そうおもえる。

私は柳原宗司とつきあいはじめた。帰りに待ち合わせをして、おなじ部屋にもどる。

私は彼にパスタをふるまった。熱々のトマトソースのパスタだ。

「最近、プリンターに紙がつまってうごかなくなっちゃうんだけど」

あるとき、小説を印刷するためのレーザープリンターの調子がおかしかった。さっそく柳原に相談してみたところ、あれこれといじって、首を横にふった。

「だめだ、わからない」

３Ｄプリンターにはくわしかったが、通常のプリンターは専門外だったのだろう。

「電子書籍の時代になっても、小説の推敲《すいこう》は紙でやるんだね」

私はうなずいて言った。

「その方が頭に入るんだよ。テキストデータだけの小説なんて、肉体のない人間みたいなものだとおもわない？　それって作者の魂の遺伝情報でしかないよ。人間に肉体がひつようなのといっしょで、紙の本はなくならないんじゃないかな。在庫の管理とか、書店の棚がかぎられてるとか、そういう問題はのこるけど」

「じゃあ本も3Dプリンターでつくればいいのに」

彼の提案はつまりこうだ。自宅に製本用の3Dプリンターと本の材料を保管しておき、読みたい本のデータをダウンロードする。電子書籍のようなテキストのみのデータではなく、装幀や肌触りといった、単行本を構成するすべての情報がつまったデータだ。それを3Dプリンターで出力する。パルプの粒子かそれに似たものを積みかさねてゆき、活字が印刷された紙の束の本を、部屋の中で作ってしまうというわけだ。そのやり方なら、工場生産では実現できなかった複雑な装幀も可能になる。電子書籍とはちがい重量のある本として手元にのこるだろう。

「そんなこと、できるの？」

「人間が想像したことは、すべて実現するんだ」

柳原宗司はいわゆる3Dプリンターバカだった。あらゆる製品を3Dプリンターとむすびつけて未来を想像する。彼と話していると、印刷という言葉が暴走し、概念を変えた。その時期、私は幸福だった。しかし、そのつきあいは、長くつづかなかった。

三ヶ月ほどが経過したある日のことだ。朝から雨が降っていた。午前十時半、シャッターを開けて焼却炉に入り炉の用意を済ませる。雨音を聞きながら読書をしていたら、傘をさした柳原があらわれた。いつものように箱をのせた台車を押していた。

「おはよう」

「うん」

普段であれば箱を台にのせる作業を手伝ってくれる。しかしその日、携帯電話が鳴り出して、彼は急遽《きゅうきょ》、研究棟へもどらなくてはならなくなった。私はひとりで箱を抱えた。中身についてはあいかわらず正体不明だったが、粘性のある液体か、それにちかいものが詰まっているようだった。かたむけた方にゆっくりと重みがよってくるからだ。

よっこらしょと抱え上げ、台にのせようとする。箱の表面が雨でぬれていたせいか、指がすべってしまった。直方体の容器が、ごとりと足下に落下して音をたてた。しまった、とおもいながら、どこか破損していないかをたしかめる。大丈夫そうだ。ほっとした、そのとき、奇妙な音が聞こえた。湿り気のある物体が、うねり、身をよじるような音だった。

開けはなしたシャッターの開口部をふりかえる。ざあざあと雨粒が森の木々にふりそそいでいた。外から聞こえたのかなとおもったのだ。しかしそうではない。音は私のすぐそばの箱の中から発したものだった。再度、何らかの物体がねっとりとうごくような音がする。

身をひいて遠ざかる。箱の中でなにかがうごいている。動揺した。一度も想像したことはなかった。生物が入っている可能性など。

落ちつこう。箱に入っているものがなんらかの生物だとして、それがどうした。ねっとりとした音から察するに、どうせタコやイカといった類《たぐい》のものだろう。聞こえた音は軟体動物をおもわせるものだった。すこしだけほっとする。焼却処分していたのが、タコやイカだったのなら、心の背負う呵責《かしやく》はすくなくてすんだ。タコもイカもおいしい。焼いたものは大好物だ。

そもそも、さきほどの音は、ほんとうに生き物が発したものだったのだろうか。粘性のある物体が箱の内部で片方により、それが重力によってなだらかになろうとして、発せられた音だったのではないか。確認のため箱のそばにかがみこんで表面に耳をちかづける。そのとき何も音がしていなければ、私はその後を平穏な精神状態で暮らせていただろう。

雨がいっそう強くなり、灰色の雲のむこうから、地響きをおもわせる音が発生する。雷だ。風も出てきたようだ。箱の表面はぬれており、たれた滴が焼却炉の冷たい床に染みをひろげていた。

箱の内側から、弱々しく、かぼそい呼吸の音が聞こえた。

あぶ……、あぶう……。

それは赤ん坊の声だった。私の頭にうかんだのは、母親の体から産み落とされた直後の、羊水まみれの赤ん坊の姿である。私は、どうやら、箱に詰められた赤ん坊を焼却していたらしいと、ようやくそのときに気づいたのである。

3

柳原宗司は私のことがどれくらい好きだっただろう。鬱蒼とした森に立つ白衣姿の彼が印象にのこっている。休日に彼はよくスケッチをしていた。絵描きになるのが子どものころの夢だったという。そう言われてみれば、彼はどことなく、画家のヴィンセント・ヴァン・ゴッホに似ていた。自分の耳を剃刀《かみそり》で切り落とし、娼婦《しょうふ》にプレゼントした男の自画像に。

「いつかいっしょに、ドイツへ旅行に行こう」

ある日、彼が言った。

「うん、いいね。ヨーロッパへの取材旅行が夢なんだ。でも、どうしてドイツ？」

「ドイツの美術館に、ゴッホの耳が展示してあるんだ」

「耳？　ほんものじゃないんでしょう？」

「ある意味、ほんものの耳だよ。ゴッホの親族が生体細胞を提供したらしい。細胞を培養して、3Dプリンターで耳の形に整えたって」

ゴッホの耳はガラスケースの培養液に浸された状態で展示されているという。その前にはマイクがあり、来館者はゴッホの耳に話しかけることができる。声はコンピューターがリアルタイムに神経刺激へと変換し、培養液内の耳に届けてくれるとのことだ。

若干の薄気味悪さとともに私はロマンを感じた。孤独な画家が狂気のはてに切り裂いた耳は、かなしみの象徴である。それを復元して話しかけることにより、彼の孤独は癒やされるのかもしれない。

死の孤独。

魂の孤独。

彼はどれくらい、そのことをかんがえていただろう。

あるいは、かんがえないようにしていただろう。

今となってはわからない。

私は何度も柳原宗司に電話をかけた。焼却炉の冷たい壁面。開けはなしたシャッターの開口。ぬれた木々の陰鬱な色。連絡がついたのはしばらくたってからだ。傘をさしてあらわれた彼は、床に放置してある箱に視線をむけ、すわりこんでいる私の元へとちかづく。私が立ち上がり、後ずさりすると、彼は怪訝《けげん》そうな顔をした。

「sugababe」

アメリカを拠点に活動するドイツ人女性芸術家のディームット・シュトレーベ氏が、ゴッホの弟テオドルス（1857～91年）の玄孫（やしゃご）であるリーウェ・ヴァン・ゴッホ氏が保存していたゴッホの唾液と軟骨のサンプルの提供を受け、3Dプリンターを用いて約3年がかりで完成させた。

「おしえて。箱に、何を入れてるの？　私はこれまで、何を燃やしてきたの？」

「小野寺さん、何があった？」

「声が聞こえた。箱のなかから。赤ちゃんのような」

「声？」

彼は箱のそばにかがみこんで耳をあてた。しかし首を横にふる。

「聞こえないよ」

「さっきは聞こえた。たぶん、窒息して、もう……」

箱には空気穴が見当たらない。時間が経過して死んでしまったのではないか。私は無意識のうちに下腹部をさすっていた。かつて子宮のあったあたりを。柳原は私をいたわるような目で見つめる。

「つかれているんだ。今日はもう帰って、ゆっくり休んだほうがいい。甘い物を買って、後で寄るよ」

そう言いながら、彼は箱を抱えて台にのせた。パネルが操作され、炉扉が上にスライドする。私はつかれている。そうかもしれない。彼が炉内に箱をおしこみ、地響きのような音をたてて扉がしめられた。低い振動とともに焼却処分がはじまった。

柳原にささえられながら本棟にもどる。ロビーで彼とはわかれた。一人で事務室に入り、先輩にあいさつをする。早退する許可をもらった。先輩は心配そうな顔をする。

「どうしたの？　なにかあった？」

私は首を横にふり、だいじょうぶです、という意味合いをこめて笑みをうかべる。うまくいったかどうかはわからない。

一度、私は外に出た。本棟の玄関先で傘をひらき、雨雲を見上げる。赤ん坊の声が耳からはなれなかった。焼却炉のある鬱蒼とした森の光景が頭から消えなかった。まるで『ヘンゼルとグレーテル』に登場するような森だ。子どもを捨てる場所へと、私はしらずしらずに案内されていたのではないか。雨粒が地面をたたいている。はげしく、地上を叱責するように。

前に先輩が話していたことをおもいだした。あの研究棟ではたらいている人が数名自殺していること、そして焼却炉ではたらいていた人が急に辞めていったこと。私は傘を閉じて、先輩のもとにもどった。事務室に入り、先輩に会釈して、小声で話しかける。

「お願いがあるんです。ここを辞めていった人のことって、しらべられます？」

事務室のパソコンからなら、情報にアクセスできるのではないか。この提案が咎められる類いのものであることはわかっている。しかし先輩はうなずいて、目の前でしらべてくれた。私の顔はもしかしたら、たすけをもとめる濡れそぼった犬のようになっていたのかもしれない。

その日のうちに行動した。研究所から駅にむかって電車を乗り継ぐ。つかれていたから、あのような声を聞いてしまったのだと柳原は言った。何のうたがいも抱かずにそうおもえたら楽だったろう。車窓の景色が密になってくる。電車は都市の奥へと潜り込んでいった。

改札を出て傘をさす。すでに空は暗い。ネオンが水たまりに色とりどりの光を反射させていた。歓楽街を抜けたあたりに、古めかしいマンションがならんでいる。そのうちのひとつに入り、エレベーターで目的の階にむかった。

先輩から聞いた住所と部屋番号を何度も確認しながら玄関チャイムを鳴らす。返事があり、中年の男が玄関先にあらわれた。やせて顔色のわるい人物である。Yさんですね、すこしお話しできないでしょうか、と私は問いかけた。以前、とある研究所の焼却炉でお仕事をされていましたね、と。

彼の顔が凍り付く。事情を手早く説明した。研究所という名詞が登場して彼は緊張していたが、私が後任の焼却炉担当だとわかると態度が軟化する。焼却炉担当の人間は、自分とおなじ立場であるとの認識をもっていたのだろう。

十分後に外の喫茶店で待ち合わせる約束をした。指定された喫茶店はすぐに見つかった。テーブルのべたつく不衛生な店だ。濡れた路地が見える席でYとむかいあう。珈琲《コーヒー》がはこばれてきても私たちは手をつけなかった。

まず彼は、箱の中を見たのかどうかを私に質問した。首を横にふると、彼はすこしざんねんそうな顔をする。失望したのはこちらもおなじだった。彼も箱の中身をしらないのだ。彼の話によれば、家の都合で辞めることになった、というのは研究所側の嘘だという。見てはいけないものを見たから辞めさせられたのだと彼は主張した。

Yが焼却炉で箱の処分を担当していたのは半年間ほどだったという。私と同様にしりあいのつてで職を得たそうだ。はこばれてくる箱を、彼は毎日、焼却処分した。中身についてて気にはなったものの、それを問いただせるような仲の研究員もおらず、黙々と仕事をしたという。

研究棟でおこなわれている実験がどのようなものか、次第にYのなかで好奇心がふくらんでいった。そんなある日のことだ。煉瓦の舗道が二手にわかれるあたりで、研究員の落としたカードキーを彼はひろったそうだ。研究棟に入るためのカードキーである。今は網膜認証で入るシステムになっているが、当時はカードによる認証システムだったらしい。Yはひろったカードをつかって研究棟へ侵入することにした。

研究棟では一晩中、実験がおこなわれていた。しかし夜の間は一名か二名ほどしか建物内にいなくなる。Yは焼却炉のシャッターを閉めた後、茂みにひそんで夜を待ち研究棟にむかった。カードキーを読み込ませると、正面入り口のロックが解除され、内部に入りこむことができたという。

窓の数から三階建てだとおもわれていたが、内部の床は落とされて巨大な吹きぬけが中心にあった。無数のケーブルが床をはっており、柱の間にコンピューターが何台もならんでいた。白衣姿の研究員が吹きぬけの中心付近をあるきまわっている。薬品のにおいがたちこめていた。つんとする刺激臭のような、甘ったるいような、それでいて酸っぱいような、様々な薬品のにおいが渾然《こんぜん》一体となっていた。見つからないように気をつけながら、荷物の間を移動し、Yは、建物の中心付近をのぞいた。

四角形のガラスの水槽があった。人が立ち泳ぎできるほどの巨大な水槽が、台座に載せられ、照明に照らされていたのである。金属製の機械のアームが周辺をとりかこみ、玉座を守る衛兵のようにも見えたという。

水の滴る音がした。機械のアームが水槽に先端を突っ込んでいる。あふれた水が水槽をつたって床の排水溝へと流れこんでいた。水はうすいオレンジ色だった。空気が生温かい。

ちゃぷ、ちゃぷん……。

水槽にうかんでいるものをYは目撃する。そして侵入がばれた。彼のあげた悲鳴が原因である。声をおさえきれなかったという。水中にただよっていたものが、あまりにも、おぞましかったからだ。

喫茶店でむかいあっているYは、顔をこわばらせていた。彼は言った。水槽でおぞましいものが苦痛に身もだえしていた、と。あれは生きていた、おおきさはちょうど赤ん坊くらいだった、と。

研究員に発見されたYは、外へ連れ出され、鎮静剤の注射を打たれた。気づくと病院のベッドに寝かされていたという。仕事上のストレスと、仕事の合間にこっそり摂取していたアルコールが、彼に幻覚を見せたのだろうと診断された。彼は焼却終了までの待ち時間に酒を飲んでいたのである。Yは仕事を辞めさせられたが、口座にはたっぷりと報酬が振り込まれていたという。彼はこの件を今までだれにも話さなかった。だまっていたほうがいい類いのものだとかんがえていたからだ。

喫茶店の会計は私が支払った。Yとわかれ、途方にくれる。雨は降りつづいていた。駅にむかって移動しながら、そういえば箱から聞こえてきた声について話すのをわすれていたなとおもいだす。Yが研究棟で見た、水槽にうかぶものとは、いったい何だろう。あるいは、彼が見たのは正真正銘の幻覚で、私が聞いた声も幻聴だったのではないか。あの焼却炉には悪夢を見させるような成分がたちこめており、長時間をそこですごしているうちに、夢だか現実だかが、わからなくなっていくのではないか。だから研究員たちを焼却炉ではたらかせず、外部からわざわざ無関係な者をやとっているのではないか。そのようなことを、ぐるぐるとかんがえつづける。

電車に乗り込み、自宅のある地域へむかっているとき、柳原宗司からメールが届いた。私の居場所をたずねる内容だった。彼は私が自宅で休養しているとおもいこんでいたようだ。合い鍵をわたしているのだが、甘い物を買って私の部屋を訪ねてみたところ、無人だったからおどろいたらしい。

窓の外は暗闇に満ちていた。雨粒で濡れたガラス越しに、ときおり、家々の光がよぎっていく。私はメールの返信をした。じきに帰宅することや、前に焼却炉ではたらいていたYという男に会ったことなどを書いた。私にとって、それは決意表明のようなものだった。箱の中身について調査をしているぞ、あいまいなままではおわらせないぞ、という意思をこめていた。たとえそのせいで、私たちの関係が破綻するとしても。

「話をしよう」

彼からそのような一文が届いた。

4

自宅マンションの最寄り駅に到着したときはすでに深夜である。ようやく雨もあがった。ちいさな駅だから、駅前には路地の暗がりと、無断駐輪された自転車と、自動販売機くらいしか見当たらない。いや、もうひとつあった。見覚えのある顔がこちらにむけられている。

「小野寺さん」

柳原宗司が立っていた。片方の手に洋菓子店の紙袋を下げている。ずっとそこで待っていたのだろうか。それとも、どこかで時間をつぶして、私の到着するころにここへ来たのだろうか。

「箱の中身について、おしえてくれるの？」

「こうなったら、しょうがないからね」

駅のそばに川が流れている。錆びた金網越しに水面を見下ろせた。街灯の明かりがゆらめいていた。雨上がりの風に、魚のくさったようなにおいがまじっている。柳原宗司は言った。

「あの研究棟では3Dプリンターの実験をしている。多能性細胞をつかった3Dプリンターだ」

「多能性細胞？」

「つまり万能細胞のこと。僕たちはあそこで、人間を印刷しているんだ」

蔦におおわれた古めかしい研究棟の内部には羊水のプールがあるという。Yが水槽と表現していたものだろうか。プールの周囲には金属製のアームが複数あり、多能性細胞や人工骨の材料を射出する長い針などが羊水に差しこまれているそうだ。3Dプリンターを使って特定の臓器を作る試みは以前からなされている。柳原の所属する研究チームはそれをさらに前進させたものだった。彼らの目的は、あらゆる臓器がつながった状態の肉体を羊水のなかに形成することだったのだ。すなわち生命体の印刷である。

多能性細胞に組みこまれたマーカー遺伝子を追跡し、３Ｄプリンターの針は羊水のなかで縫い物をするように細胞を積み重ねていく。多能性細胞にはあらかじめ特定の刺激によって目的の細胞へと高速分化するようにプログラムがなされており、完成された生命体が一晩で羊水のプールに印刷されるとのことだった。

「実験サイクルをはやめるため、印刷する肉体は、できるだけちいさなサイズに設定してあった。つまり赤ん坊だ。でも、ほんものの人間というわけじゃない。人体とまったくおなじものを、コンピューター内部で再現し、それを出力しているんだ。プリントアウトした心臓は実際にうごき、骨髄は血をつくり、神経には電気信号が行き交う。それらが生きてつながった状態の人体を出力する実験なんだ。だけど、まだうまくはいってない。ほとんどの場合、羊水のなかでばらばらになってしまう。うまくつながったとしても、どこか、変なんだ」

目のあるべき場所から何本もの指が生えていたり、肋骨の内側に頭があったりする。それらは印刷ミスとして廃棄処分しなければならない。彼らは実験が終了すると、生命体になりそこねたものを羊水のプールからすくい、かきあつめ、箱に入れた。以前、彼の白衣に血がついていたことがある。それは出力に失敗した人体から飛び散ったものだろう。

「昨晩の実験では、心肺がうまく出力されていた。僕たちは今朝方、それが死ぬのを待って箱に詰めたつもりだったけど、仮死状態だったのだろう。箱のなかで息を吹き返したのにちがいない。きみはその声を聞いたんだ」

箱から聞こえた、か細い息づかいをおもいだす。

それは実験によって出力された赤ん坊のものだったという。

焼却炉での仕事は、以前、研究チームの人間がおこなっていた。しかし、だんだんとみんな、おかしくなっていったのだと彼は言う。箱の中身をしっていると、よくないことになる。だから、チームの心の負担をかるくするため、何も知らない人間をやとって焼却処分をまかせていたというわけだ。

私は柳原宗司にちかづいて頰をたたく。身長の高い柳原は、人形のようにぼんやりと私を見下ろしていた。洋菓子店の紙袋を片手にぶら下げたままだ。真っ暗な夜の底で、しずかに川の流れる音がする。

私は質問した。印刷された赤ん坊には、生命が宿っているのかと。

「大半は印刷途中で死ぬけど、うまくいったときは、しばらく生きる」

魂はあるのか。

「定義による。まだ、だれも定義できてはいないけど」

だけど彼は、こうかんがえるようにしているという。羊水のプールにただよっているのは、多能性細胞と人工骨の塊であり、それ以上のものではないのだと。そんな風に言い聞かせていなければ、夜、ねむりにつくときや、目が覚めて歯みがきをするとき、自分たちのおこなっていることの罪深さに耐えきれなくなるのだと。

「この研究がすすめば小野寺さんも母親になれる。自分のＤＮＡを持った赤ん坊を出力することができるようになるからね。もしも妊娠と出産にこだわるのであれば、子宮を３Ｄプリンターで出力して体内に移植すればいい。この実験には、そういう側面もあるんだ。小野寺さんの肉体のコピーを印刷して、子宮を摘出し、それを移植するというわけだ。自分自身の臓器だから拒絶反応もおこらない。いや、移植手術すらひつようない。直接に体内へ特定の臓器を印刷することだって、できるようになるはずだ」

私は何度も彼をたたいた。胸を突き飛ばすと、洋菓子店の袋がどこかへ飛んでいった。私はくやしさでくちびるをかむ。子どもがほしかった。子どもがほしくてもできない人たちの気持ちが理解できた。だから私は、彼らの罪に荷担した。

炉を点火すると、熱を感じた。重たい扉越しに炉内の灼熱の炎と、あらゆるものを消し炭にする熱の存在が感じられて汗が噴き出てくる。おかしなものだ。炉内の熱は遮断されているというのに。

罪深く、おぞましい行為だ。だけど私は、その後も一週間ほど実験の廃棄物を葬りつづけた。箱に入っているものについて深くはかんがえないようにしていた。今度はほんとうに幻聴が聞こえるようになった。炉に点火する間際、箱のなかから声が聞こえてくる。赤ん坊のようにか細い声が。もしかすると箱のなかで息をふきかえしたのではないか、生きたまま焼いているのではないか。焼却処分を担当していた研究チームの者たちがおかしくなっていったのは、そういう声が聞こえるようになったせいだろう。

煙突からのぼる煙の見え方もちがった。青空へとむかう煙は、まるで、もといた場所へ帰っていく魂のようである。以前、柳原宗司も煙突の煙を見上げてぼんやりしていたことがある。彼も似たような見え方をしていたのだろうか。自分なりに柳原宗司のことを理解しようとつとめた。でも無理だった。

仕事を辞めることにする。その意向について研究所側に連絡をいれたところ、すぐに受理された。

最終日、私は荷物をかかえてバスに乗りこむ。空は雲におおわれ、風が木々の枝をゆらしていた。研究所の正門を抜けて、まずは本棟の事務室へむかう。先輩にあいさつをして、仕事を紹介してくれたお礼をつたえた。

煉瓦の舗道をすすみ、ゲートを抜けて森の奥へ入っていく。舗道の幅がせまくなり、植物が天井をつくり、まるで産道のように窮屈なイメージをうける。舗道の先が二手にわかれており、私は焼却炉の方へむかった。

教会のように厳かな空間で炉の用意を終えた。箱が来るのを待ちながら私物の片付けをおこなう。文庫本を数冊と筆記具を机の引き出しに入れていたのだ。後任の者は決定しているのだろうか。急に辞めることを決めたから、おそらくまだだろう。しばらくは研究チームのだれかが焼却処分を担当するのにちがいない。

がらがらと台車を押す音がした。開けはなしたシャッターの手前に柳原宗司が到着する。背の高い白衣姿の青年は、あいかわらず、耳を切った有名な画家に顔立ちが似ていた。

「小野寺さん、これ、よろしく」

「うん、わかった」

彼は台車を炉の手前まで移動させ、箱を台の上にのせてくれた。受け渡しの完了である。私たちはおたがいの顔を見つめる。彼が言った。

「帰るとき、声をかけてくれるかな」

「わからない。そのまま帰っちゃうかも」

「じゃあ、これで最後になるかもしれないのか」

「そうだね」

柳原宗司の目は落ちくぼみ、つかれたような顔をしている。

「どうしたの？　徹夜で実験？」

「うん、ちょっとね。那須川さんが、首を吊った」

「那須川さんが？」

私がこの仕事をはじめるとき、焼却炉に案内してくれた女性の研究員である。

「そう、かなしいね」

「ざんねんだよ」

それが彼との、最後の会話になった。

柳原宗司が台車を押しながら、研究棟の方へ帰っていく。彼の背中が、陰鬱とした木々のむこうに見えなくなると、私は作業をはじめた。いつもならパネルを操作して炉扉を開けるところだが、最終日の今日はちがう。まずは箱を台の上からおろした。それから、鞄に隠していた工具を取り出す。折りたたみできるノコギリ。ハンマーとノミ。それらを使って、箱の開封作業に取りかかった。

プラスチック製の箱はどうやら蓋が接着剤によって固定されている。本体と蓋のあわさっている隙間にノミの刃先を入れてハンマーでたたいた。最後のひとりくらいは、焼却による処分ではなく、連れて帰り、私の手でお墓をつくってあげたいとかんがえていた。ここではなく研究所を出たところで、その死をとむらい、かなしんであげたかった。

箱から蓋を外す作業は予想よりもむずかしかった。ノミをつかっても蓋と本体の隙間がひろがることはない。硬化した接着剤はすこしも削れてはくれなかった。ノコギリで切断しようとしても、刃が食い込んでくれない。次第につかれてきて汗がたれてくる。工具なんてほとんどつかったことがないから、ノコギリの刃が滑って、指を怪我してしまった。滴った血が箱に染みをつくった。私はお腹をさすった。赤ん坊が宿ることのないお腹を。

箱を破壊する道具がほしい。なにかほかに、つかえるものはないだろうか。あたりを見まわす。あった。それから私のしたことは、ひとつの賭けである。

パネルを操作して炉扉を開けると、箱をその奥へ入れた。扉を閉めずに点火の操作をおこなう。自動で閉まろうとする扉に、椅子をはさみこんだ。木製の椅子は、鋳鉄製の炉扉に半ば押しつぶされながらも、もちこたえてくれた。液晶画面にエラーの表示が出て点火されなかったので、手動操作モードに切りかえる。炉を利用して、箱を破壊しようという計画だった。

炉扉が開いた状態で、低い振動が焼却炉全体をつつみ、炎が炉の内部で吹き上がる。熱と、かがやきがあふれてきて、炉の前に立っている私に押し寄せた。汗が噴き出てくる。手をかざし、指の間から目をほそめて、箱が燃焼する様子を確認した。プラスチック製の外側が熱によって溶け、焦げ付きはじめる。刺激臭がただよった。完全に箱が溶融する前に炉を停止させる。

火を消しても炉の内部は高温のままである。冷却を待つ余裕はない。だれかが焼却炉をたずねてきて、私のしていることを見たら、即座にやめさせられるだろう。炉の前には、箱を一時的に載せておく金属製の台がある。まずはそれを横にどかして、上半身を炉内にいれた。縁に下腹部をあてて体をささえる。炉の内壁に触れないよう注意した。異様な熱が肌を突き刺す。手をのばせば箱の縁にぎりぎりとどく距離だった。箱の全体から、煙と樹脂の焼けるにおいが発散されている。

姿勢をくずして炉の内側に手をついてしまった。手のひらがじゅっと焼ける。悲鳴をおさえこんだ。苦痛にたえる。火傷を負いながら箱の縁をつかんで引っ張った。勢いのまま私は後方に転倒する。箱もいっしょに炉の入り口から出てきて、垂直になり、落下した。

床にぶつかった瞬間、箱が割れた。破裂する果物のように、内側にあった液体がぶちまけられる。赤色と黄色をまぜたような水たまりがひろがった。薬品のにおいが鼻をつく。同時に、血と汗と尿をまぜあわせたような臭気も立ちこめる。肉の塊がどろどろと出てきた。私にはわかった。それが赤ん坊であることが。内臓がむきだしになっており、腸や肝臓や肺らしきものが溶け合ったようにつながっている。骨はねじくれて茨のようである。顔面はゆがみ、目と鼻は見当たらない。露出している脳には指や歯茎や舌が生えている。腕や足は途中で紐状に分解し、はずれかけていた。それでも私には、その子が愛《いと》しいとおもえた。

かき集めて鞄に入れた。防水処理のされている鞄なので、液体がしたたることはないだろう。片付けをして私は研究所を後にする。マンションにはもどらず、そのまま実家のある町へとむかった。

＊＊＊

「例の研究は中止になり、チームは解散しました。研究棟と呼ばれていた建物も、焼却炉も、取り壊しになったようです」

潮騒の聞こえる図書館のロビーで私たちは立ち話をした。図書館のすぐ横に柑橘《かんきつ》類の木があり、窓をあけていると、果実の香りが入ってくる。

「小説はまだ書かれているのでしょうか?」

男が言った。

「どうしてそのことを?」

「柳原くんから、あなたのことは聞いていたんです」

「しばらく書いてはいません。今は、ここで本をならべているのがたのしいんです。でも、またいつか」

男は私に一礼して背中をむける。図書館を出て行こうとする彼に私は声をかけた。

「どうして、わざわざ、ここに？」

「柳原くんが、あなたのことを気にしていたもので。元気そうでよかった」

「ほんとうに、彼、死んだんですか？」

もしかしたら、というおもいがあった。あの研究に関わり、これまでに自殺した者たちは、実際のところ、どこか別の場所で生きているのではないか。研究もつづいているのではないか。男が私のところへ来たのは、研究に関する情報が周囲にもれていないかどうかを確認する目的があったのではないか。しかし男は無言のまま図書館を出て行った。男の乗った車が遠ざかり、図書館のロビーには私だけがのこされる。

仕事へもどることにした。本の積まれたワゴンを押して書架の間を移動する。

実家で暮らすことを告げると、母はよろこんだ。いくつか、お見合いの話もされたけれど、まよっている。開けはなした窓の前で立ち止まり、海をながめた。この町で一番、見晴らしのいい場所だ。そこにお墓があった。

墓標のかわりに種を植えている。耳を切った画家が好んでモチーフにした、ひまわりがいつか咲くだろう。私は泣いた。カモメが飛んでいる。

エヴァ・マリー・クロス

越前魔太郎

解説

越前魔太郎は小説『魔界探偵　冥王星Ｏ』シリーズの作者である。舞城王太郎原作の映画『ＮＥＣＫ』にも重要な役として登場するのでご存じの方も多いだろう。『冥王星Ｏ』シリーズに登場した【人体楽器】が、この短編小説にも再登場している。おなじ世界観を共有しているのかどうかは疑問だが、姉妹編として楽しむことができるかもしれない。ちなみに【人体楽器】のアイデアはクライヴ・バーカーの短編小説に由来するという。悪魔が人間を切り開いて楽器にしてしまう描写があるらしく、それを参考にしているとのことだ。

（書下ろし）

I

エヴァ・マリー・クロスとの出会いは五年前にさかのぼる。殺風景な郊外で俺たちは出会った。その日、俺は配達のために車をはしらせていたのだが、突然にボンネットから黒い煙が立ち上りはじめたので、路肩に駐めてエンジンを確認していたのだ。原因は不明。さてどうしたものかと俺は周囲を見わたす。何もない辺鄙《へんぴ》な場所で、助けをもとめようにも、ちかくの民家まで数キロはあるかなくてはならない。そのとき偶然にも一台の乗用車が通りかかって俺の横に停止する。運転していたのは大学生くらいの女だった。

「こんにちは、何かこまってる?」

女は運転席の窓をあけて言った。車内には音楽がかかっている。一昔前のロックだ。

俺は彼女に言った。

「見ての通りだよ。まいったな」

「電話があるとこまで乗せていってあげましょうか?」

「そいつはたすかる」

俺は彼女の車に乗りこんだ。

「なつかしい曲だな」

「そうね、とっても。子どものころ、テレビでよく流れてた」

親父のカセットテープに録音されていたのをくり返し聴いたことがある。二人でそんな話をする。通りすがりのコーヒーショップで電話を借りて店に連絡を入れた。それから俺たちはコーヒー一杯分の時間をいっしょにすごして数奇な出会いに感謝した。数回の食事を経て彼女とは恋人になり、特に派手な喧嘩もせず現在に至る。そのうちに結婚して子どもでもつくるのだろう、などとあわい想像をするようになった。しかし彼女の前で結婚という言葉はおそれおおくてまだ口にできない。俺の安い収入ではたして彼女の人生を背負えるのだろうかと心配してしまう。

それにしてもエヴァの不用心さにはこまったものだ。初対面の俺みたいな男を後部座席に乗せるなんて正気の沙汰とはおもえない。もしも俺が突然に拳銃を取り出して運転中の彼女の側頭部に押し当てていたらどうする。ズボンのベルトを抜いて彼女の首に巻き付けて「言うことをきけ」と脅迫したらどうしていた。もっと親しくなってから俺は彼女に警告したものだ。きみはもっと危機意識を持つべきだし、危険な物事には立ち入らず素通りするべきだと。しかし彼女は天使みたいな顔でこう言うだけだった。

「私がそういう性格だったら、あなたとしりあいになることもなかったでしょう？　私は性善説をしんじているの。この世界はきっと悪人ばかりじゃないよ」

そういう部分にひかれていたのは否定できない。俺は人に裏切られる人生を送っていた。両親、友人、昔の恋人、みんな俺から搾取して行方をくらましていく。そういうものだと割り切って大人になったものだから、エヴァの無垢《むく》な祈りにも似た世界観は価値あるものに感じられた。だれにも踏み荒らさせてはならないとおもえたし、いつまでも純白のまま、守ってあげたいとおもえたのだ。

しりあいの紹介で三流出版社の雑誌記者をするようになって俺の収入はさらにすくなくなった。それでも転職を決めたのは、出版という世界にあこがれがあったせいだろう。上司に命令されて書かされた俺の記事はクソみたいなものだったし、クソのような雑誌に掲載されていたけれど、活字になった俺の文章を丁寧にエヴァは切り抜いてスクラップしている。俺たちはおたがいのアパートを行き来して生活していたのだが、そんなある日、バーンスタイン家の老夫婦の死について妙な噂《うわさ》を聞いた。

ジェームズ・バーンスタインという老人についてしらない者はこの町にいないだろう。孤児院育ちの彼は親の顔をしらないままアコーディオン奏者として十代をすごし、移動サーカスの楽隊に所属して様々な土地をわたりあるいた。ある日、父親と名乗る男があらわれて、彼を貧困のどろ沼からひきずりだし、莫大《ばくだい》な資産を受け継がせる。彼は由緒正しいバーンスタイン家の隠し子だったのだ。うつくしい奥さんと結婚し、子どもはできなかったが町の住人に愛されながら屋敷でひっそりと暮らしていた。音楽と煙草が好きで、肺がんになったのはニコチンのせいだろうと人々は噂している。

ジェームズ・バーンスタインの病死は一年前のことだ。その半年後、夫人が拳銃自殺をした。後追い自殺だろうと結論づけられ、それ以上の詳細な記事を書いた新聞はない。

ところでエヴァは、バーンスタイン家と些細なつながりがあった。大学時代から彼女の関わっていた孤児支援のボランティア団体に、バーンスタイン夫妻が多額の援助をおこなっていたのだ。彼女が大学生のとき、施設の子どもたちといっしょにバーンスタイン家の所有する植物園にもよく出かけていったという。そこは郊外にひっそりとひろがっており、普段は公開されないらしいが、孤児や引率の大人たちは園内に入らせてもらって好きなだけあるくことができたという。屋敷にまねかれてパーティーの席で夫妻と挨拶もしたそうだ。

「素敵なお二人だったなあ。ボランティア団体を支援してくださるなんて立派なお方よ」

「税金対策さ。そういうところに寄付しておけば節税になるんだ。良い人ぶることだってできるし」

「そうかもしれないけど、ほんとうにありがたかったのよ、私たちにとってはね。紙ナプキンの収入だけでは運営できないもの」

彼女の関わっているボランティア団体では、孤児たちといっしょにオリジナルの紙ナプキンを作って細々と売っていたのである。運営費の足しにもならなかったらしいが、余ったものを俺もよく使っていた。それからこれもよくある話だが、夫妻が死んだ後、バーンスタイン家の財産は親族のだれかが管理するようになって支援は打ち切られることになったという。そのことでエヴァは、ボランティア団体で今も活動している友人から相談をうけた。友人とともにバーンスタイン家をたずね、これまで通りに支援をつづけてもらえないかとお願いもしたそうだ。彼女の行動力には頭がさがる。しかし結果はかんばしくなかった。彼女と友人は屋敷の門をくぐることなく、追いはらわれてしまったらしい。

さて、話はここからだ。些細な偶然から、エヴァ・マリー・クロスはバーンスタイン夫妻の死にまつわる奇妙な噂を耳にする。きっかけは彼女の職場のカフェに、客として見覚えのある男がやってきたことだ。そいつは背の高い老人で、あまり程度のよくない服に身を包んでいた。エヴァはそいつを見て、顔見知りの人物であると気付いた。

「植物園の管理人さんじゃありませんか？」

彼女は声をかけてみた。そいつはバーンスタイン家の植物園の管理人で、ビルという名前の男だった。彼の方も孤児をひきつれて散歩にやってくる引率の大学生をおぼえていたらしい。

「やあ、ひさしぶり。たしか、そう、エヴァ・マリー・セイントだったかな」

「それは昔の映画女優でしょ。エヴァ・マリー・クロスです」

「エヴァ、なつかしいな。何年ぶりかな」

カフェは空いていたし、店長は昼間から酒を飲みに出かけていたから、エヴァは好きなだけビルと世間話をすることができた。植物園の様子を聞き、ボランティア活動のことを話し、それから話題はバーンスタイン夫人の拳銃自殺に関するスキャンダラスな事情へと移った。ビルがこんなことを言い出したのだ。

「世間では旦那の死を悲嘆して後追い自殺をしたみたいに報じられてるが、そうでもないさ。あの人は、絶望して自分の頭を撃ち抜いたようなもんだ」

「どういうこと？」

「遺品整理をしていたら見つけちまったんだ。浮気の証拠なんて、なまやさしいものじゃないよ」

「何を見つけたというんです？」

「人体楽器さ」

「え？　なんですか、それ」

聞き返してみたが、ビルは口ごもってしまう。直後に客が来て、エヴァは接客しなくてはならなかった。ビルはテイクアウトのコーヒーをうけとると、彼女に手をふって、カフェを出て行った。

エヴァ・マリー・クロスの話を聞いて俺はその晩、眠れなかった。夫人が遺品整理で見つけてしまった人体楽器とはいったい何のことだろう。何かの暗号だろうか。ジェームズ・バーンスタインは善良な市民だった。ゴミ処理場から体育館まで彼の名を冠した様々な施設がある。もしもそれが頭を撃ち抜くほど絶望するような代物だったとしたら、ジェームズ・バーンスタインのイメージを覆すことになるだろう。真相を調査して記事にすることができたら、世間の注目をあつめるにちがいない。俺は記者仲間のライバルたちに差を付けられるはずだし、クソみたいな出版社のクソ雑誌ではなく、権威ある出版社で仕事がもらえるようになるかもしれない。俺のなかの野心がうごきだせと言っている。目の前に餌がぶら下がっているぞ。さあ飛びつけ、食らいついて離すな。死者のスキャンダラスな秘密を暴き立てて記事にするのは悪趣味なやり方だ。しかしかまうものか。エヴァと結婚して子どもを育てて貧困とは無縁の生活を得るには、もっとマシな出版社で働けるようにならないと。俺はバーンスタイン夫妻の死についての調査をはじめた。

一年前のジェームズ・バーンスタインの死因は肺がんということになっているがこれは事実だろうか。まずはそれを確認するため担当医に話を聞いてみることにした。担当医を探し、そいつが愛人と密会しているバーへともぐりこんで写真を撮る。その写真を見せて蒼白になっている担当医にあれこれと質問してみたらかくさずにおしえてくれた。ジェームズ・バーンスタインはまぎれもなく肺がんであり、他殺や自殺の可能性はなかったという。彼が死んだとき、バーンスタイン夫人は深く傷つき、悲しんでいたそうだ。彼女が後に拳銃自殺をしたと聞いたときも担当医はすぐに納得したという。遺品に関係した黒い噂など担当医は聞いたこともないという様子だった。

「人体楽器という言葉に聞き覚えは？」

一応、質問してみたが、心当たりはなさそうだ。もしかしたら植物園の管理人のビルが、エヴァに作り話をしたのかもしれないと俺はかんがえる。なんのために？　エヴァの気を引くためか？　そういえば大富豪の遺品からあやしげなものが出てきて調査することになるという映画がすこし前にあった気がする。少女のポルノ写真やスナッフフィルムが遺品から出てきて、富豪の隠された変態性が露わになるという筋書きは、この世にいくらでもありそうだ。エヴァにこの話をしたビルという男が、映画と現実の区別がつかない奴だという可能性もある。だけどもうすこしだけ調査をつづけてみよう。

今度はバーンスタイン夫人の死についてしらべてみる。警察が発表した記録によれば、彼女は旦那の死の半年後、拳銃を側頭部にあてて引き金をひいている。場所は屋敷の寝室。いつもの寝間着へと着替えて、ベッドに入り、バンと一発頭に撃ちこんだのだ。拳銃からは彼女の指紋しか出ていない。遺書はなかったが、バーンスタイン夫人の様子がおかしいことに何人かの使用人が気付いていた。

「奥様が亡くなる数日前から、次々と人が辞めさせられました。長年、屋敷にやとわれていた庭師も、運転手も。まるで人払いでもするように、急き立てるように屋敷から追い出されたんです」

そうおしえてくれたのはバーンスタイン家で配膳を担当していた女だった。俺はテレビ局の名刺をつかって他人の名前を名乗り、ジェームズ・バーンスタインのかがやかしい功績をニュースにとりあげたいという名目で彼女に話を聞いた。

「奥様は恐怖で震えていらっしゃいました」

「恐怖で？」

「私にはそう見えました。事情をおたずねしても首を横にふるばかりで」

使用人のほとんどは夫人が拳銃自殺をする前日までに辞めさせられていた。最後までのこされたのは身の回りの世話をしていた執事の男がひとりだけだったという。その男に話を聞いてみたかったが、バーンスタイン家の資産が親族の手にわたったのを見届けてすぐに行方知れずとなり、今はどこで何をしているのかもわからないという。

「執事はどんな方です？」

「アレクさんと呼ばれていました。とてもいい人で、私たちにもやさしくしてくださいました」

ジェームズ・バーンスタインの遺品に変なものがまじっていなかったかと聞いてみたが収穫はない。人体楽器という名称も空振りにおわる。話を聞かせてくれたことを感謝して俺は席を立つ。ニュースで取り上げられる時期について聞かれたので、てきとうな日時を口にした。

気になる点がないこともない。旦那の死後、バーンスタイン夫人が恐怖で震えていたのはなぜだろう。悲嘆にくれていたというのなら理解しやすいのだが。悲嘆と恐怖とでは事情がちがってこないか？

俺は警察の資料を再確認する。執事の名前が資料に記載されていた。アレクサンドル・ケインというのが正式な名前で、バーンスタイン夫人の遺体の第一発見者だ。寝室から銃声が聞こえて血まみれの彼女を発見し警察を呼んだ人物である。彼ならば遺品についても詳細をしっているのではないか。俺はさっそく彼の行方をさがそうとした。しかしその足取りはつかめない。編集長にケツをたたかれて仕事もしなくてはならなかった。昼間はクソ雑誌のクソ記事をてきとうにやっつけて、夜はウイスキーを飲みながらバーンスタイン家の資料をながめる日々がつづく。

「執事のアレクさんなら、私も何度かあったことあるよ」

ある日のこと、エヴァ・マリー・クロスが夕飯の席で言った。彼女のゆでたパスタはすこしだけ固めで量がおおい。全部、食べたら俺はふとってしまうにちがいない。だけど彼女は「あなたはもっとふとったほうがいいよ」と言って大量に皿に盛りつけるのだった。

「執事と？　どこで？」

「植物園でお見かけしたの」

「屋敷の執事が、どうしてそんなところに？」

「管理人のビル・ケインと親しかったのよ。どうしたの、そんな顔して」

「フルネームをもう一度、言って」

「ビル・ケインよ。執事のアレクサンドル・ケインとは兄弟なの。異父兄弟なんだよ。あれ、異母兄弟だったかな。ビルに植物園の仕事をまかせたのも、アレクさんだったそうよ」

そういうことかと俺は納得する。なぜ植物園の管理人がバーンスタイン家の遺品まわりのことをしっているのかと不思議だったのだ。おそらく兄のアレクサンドルが弟のことを信頼して話してしまったのだろう。翌日、俺は植物園にむかった。

ない。

II

カーステレオで音楽を聴きながら郊外を北へむかう。途中のコーヒーショップで休憩をはさみ、山裾の森に入ったところが植物園の敷地だった。広大な土地を囲うように黒色の鉄柵がつづいていた。一般公開はしていないため看板もチケット販売所も見当たらない。

植物園の門は開いていた。駐車場に車をのこして足を踏み入れる。園内には湿気をふくんだ空気が立ちこめていた。花や草木のにおいでむせかえりそうになる。エヴァの引率する孤児たちが、植物の生い茂る小道をわらいながら駆けていく様が頭にうかんだ。砂利の舗道が入り組むようにのびており、ところどころに彫像が立っている。彫像の男女の顔は苔におおわれ、なかには手足が壊れて草木に飲みこまれているものもあった。

エヴァの話によると、園内には小川が流れており、蔦《つた》のトンネルや、ガラス製のドームや、薔薇《ばら》の壁でできた迷路などがあるという。それらはすべてジェームズ・バーンスタインの個人的趣味で作られたものだというからおどろきだ。

入り口付近に管理棟らしきコンクリート製の建物と倉庫があった。たずねてみたが無人である。ビル・ケインに置き手紙でものこして帰るべきかとおもったが、せっかくなので園内を探索してみる。

池に睡蓮がうかんでいた。鬱蒼《うっそう》と茂る植物が暗い影をつくり、水面に黒色と緑色のまだら模様を映している。半球状の建築物が木々のむこうに見えた。ガラス製の巨大な温室だ。そこにむかっている途中、音楽が聞こえてきたので俺は耳をすます。弦楽器の音色だった。

温室の入り口はガラス扉になっている。開けて足を踏み入れると、音楽もよりはっきりと聞こえる。濃い緑色の植物をかき分けると広場があった。銀髪で長身の男が木製の肘掛け椅子にすわっていた。足下にレコードプレーヤーが置かれ、黒色の円盤が回転している。男は俺の気配に気付いてふりかえり、くわえていたパイプを灰皿に置いた。

「だれだね？」

口から煙が吐き出され、弦楽器の音色とともに植物の隙間へとひろがっていく。

「管理人のビル・ケインという男をさがしている」

「ビル・ケインは私だ。きみは何者かね？」

「あやしい者じゃないよ。警察でもないから、安心していい」

「そいつはたすかる」

ビル・ケインは肩をすくめる。彼がパイプを置いた灰皿のそばには乾燥した植物がちらばっている。男が吸っているのは大麻だ。賭けてもいいがこの敷地のどこか人目のつかないところで栽培されているにちがいない。

「素敵な時間をすごしているところ、おじゃましてわるいね」

「かまわんよ。きみもどうだい」

俺はパイプをうけとって煙を肺に入れる。数秒後、ふわっと体の輪郭がぼやけてひろがるような感覚につつまれる。大麻はあいかわらず、あたたかくて、やさしい。レコードプレーヤーから流れる音楽が、ひときわ、おおきくなり、肌から吸収されてくるかのように感じられる。

「こいつはいい。詩の世界の住人になれる。ところでビル・ケイン、あんたに聞きたいことがあるんだ」

「なんだ?」

「ジェームズ・バーンスタインの遺品の件だ。おかしなものが混じっていたというじゃないか」

「きみはエヴァ・マリー・クロスの知り合いかな?」

「人体楽器というのは何なんだ?」

彼は無言になる。俺たちは一本のパイプを交代でくわえて煙を吸った。そうすることで妙な親近感が俺たちの間にできる。ビル・ケインはおかしそうにわらって温室の植物へと目をむける。ガラス張りの天井からさしこんでくる光がうつくしい。

「この前、あの子が言っていた。恋人が雑誌記者をしているって。この件を記事にでもするつもりかね？」

「だったらどうする」

「エヴァ、彼女はいい子だ、心も清らかだし」

ビル・ケインは目をほそめる。尊いものを見るように。

「きみがエヴァの恋人なら、教えてあげてもいい」

こいつはエヴァに好感を抱いているようだが、それで俺を優遇してくれるのだろうか。

温室の広場に噴水があった。今は水が止められている。噴水のでっぱりに腰かけて俺はビル・ケインの話を聞いた。

「すでにきみもしっているとおもうが、私にはアレクサンドルという兄がいてね、バーンスタイン家の執事を長いことやっていたんだ。無口で取り乱すことのない男さ。その兄が顔を蒼白にさせて、ある日、植物園にやってきた。兄のあんな様子は見たことがない……。兄はバーンスタイン家の高級車の後部座席から、ひとかかえもある木箱を引っ張りだして倉庫にはこびこんだ。これをしばらくの間、保管しておいてくれと言いのこして、すぐに屋敷へともどっていったんだ」

「それはいつのことだ？」

「ジェームズ・バーンスタイン様の死から半年後、夫人の拳銃自殺の三日前の晩だ」

倉庫に置かれた木箱は、うずくまった子どもくらいの大きさだったという。蓋は釘で打ち付けられていたそうだ。中身について聞いてみたが、アレクサンドル・ケインはおしえてくれなかった。それから今度はバーンスタイン夫人の拳銃自殺のしらせが届く。

「他殺の可能性がないかと、警察がその時期、屋敷を出入りして調査をしていた。兄もいろいろと話を聞かれたらしい。私はおちつかなかったよ、これのことでおとがめをくらうんじゃないかとおもってね」

ビル・ケインはパイプをちらりと見る。植物園まで警察がやってきてそいつの栽培がばれることを危惧したのだろう。馬鹿げたことにこの州では大麻が違法なのだ。

「そんなとき、兄から電話がきて倉庫の木箱は無事かと聞かれた。確認の電話さ。無事だと返事をしてやると、兄は安堵した様子だった。だけど私は急に木箱の中身が気になってきたんだ。警察が屋敷を出入りしている最中にわざわざそんな電話をしてきたってことは、警察に見つかってはやっかいな代物が入っているにちがいないとおもったのさ。正直な話、兄をあんな風に取り乱させるものの正体をしりたくてたまらなかった。二時間ほど迷ったあと、私は木箱を開けてみたよ。釘抜きで一本ずつ釘を引き抜いて蓋を取ってみたんだ」

「見たのか」

「ああ、見た」

ビル・ケインはパイプを灰皿においた。肘掛け椅子の上で長身を丸めてかんがえこむような表情になる。永久に解けない問題に取り組む数学者のような皺《しわ》が顔にきざまれる。

「私はすぐさま電話にとびついて警察を呼ぼうとした。その瞬間、大麻のことはすっかりどうでもよくなっていた。それのことを通報しなくちゃならないと、私のなかの理性がうったえたんだ」

しかし警察への通報は彼の兄によって阻止された。アレクサンドル・ケインは弟と電話した後、植物園にむかって車を飛ばしてきたらしい。通報直前のタイミングで到着して弟の握りしめている受話器をうばいとったという。

「兄はバーンスタイン家の醜聞を広めるつもりはなかった。それを一時的に植物園の倉庫に保管しておいて、いろいろ片付いたら燃やして灰にする予定だったんだ。拳銃自殺をした奥様の方がよっぽど人間らしいとおもうよ。あれを目にして、それでもなお、家名を守ろうとした兄は執事の鑑だ。本来は弟の私にも話すつもりはなかったみたいだが、勝手に私が蓋を開けたせいで、口を開かざるをえなかったのだろう」

「もったいぶるなよ。何が入っていた？」

「アコーディオンさ」

「アコーディオン？」

「それが遺品の正体だ。他にもおぞましい写真やらレコードやらサーカスのチラシやらがあったけど、ともかく重要なのは楽器さ」

彼の兄とバーンスタイン夫人がそいつを発見した経緯を聞かされる。夫が肺がんで死んだ後、バーンスタイン夫人はいつまでも悲嘆にくれているわけにはいかなかった。彼女は膨大な遺品の整理をはじめて、ほどなくしてそれを見つけたという。ジェームズ・バーンスタインの書斎のクローゼットが二重構造になっており、裏側の板を取り外せることがわかったのだ。そこにちょっとした物置くらいの空間がひろがって、趣味のコレクションが保管されていた。たとえば、この世の醜悪さを煮詰めたような写真。それだけでジェームズ・バーンスタインの変態的側面がわかるような品々。それらに囲まれながら、奇妙なアコーディオンが飾られていた。それは人骨と木製の部品が組み合わさっており、蛇腹の部分にはどうやら人間の皮膚らしいものが張られていた。全体的に高級な木製アンティークの家具みたいな風合いがかもしだされているが、よく見れば装飾の部分に人間の歯が埋め込まれていたという。アレクサンドル・ケインはそれらの品々を木箱に入れて運び出した。しかし処分する前に夫人が拳銃自殺をおこない、弟が勝手に蓋を開けてそれを見てしまったというわけだ。俺は首を横にふる。

「しんじられないな、そんなものがあるのかい。幻覚でも見たんじゃないのか」

「実在したよ。そいつに触れてみたし、抱えてみたんだ。妙なことだが、ほのかに温かくて、まるで血が通ってるみたいに、やわらかかった。抱えていると、うずくまった子どもを抱っこしているみたいな、おかしな気分になったもんさ」

「アコーディオンに張られた皮が、人間の皮膚だとなぜわかった。豚の皮膚だったかもしれないじゃないか」

「わかったんだ。頭髪としかおもえないものも垂れ下がっていた。つややかな黒髪だ。いろんな部位の皮膚がつなぎあわされてアコーディオンの一部になっていたんだ。それだけじゃない。私は、試しにそいつを弾いてみたんだ。骨を削って作られた鍵盤を押して、蛇腹を伸び縮みさせて空気をおくってみた」

人体のパーツを寄せ集めたらしいアコーディオンは、人間の声に似た音を発したという。まるで少年の声のようだったと彼は言う。蛇腹に使用されている皮膚のつなぎ目に、空気漏れのしているわずかな穴があった。彼はそこから内部をのぞいてみたが、内側はまるで、人間の体内のように潤いのある肉壁がひろがっていたという。おそらくアコーディオン内部にも人間の部位が使用されており、切り取られた喉《のど》や声帯がつなぎ合わされて組みこまれているのだろう。そこを空気が通ることにより、少年の声に似た音を発したのだ。

「長年、保管されていたなら、乾燥してミイラのようにもなっていたはずだ」

「その通りだ。だけど、どういうわけか、私には、あのアコーディオンが生きているように感じられたんだ。楽器の状態にされてもまだ、かろうじて生きている人間そのものみたいにね。内部をのぞきこんだとき、まるで、生き物の腹の中をのぞいているような気がしたんだ」

話を聞きながら俺は待つ。目の前の男が肩をすくめて「冗談さ」と言う瞬間を。しかしビル・ケインは深い皺を顔に刻んだまま、しばしだまりこむ。煙が灰皿に置いたパイプから立ち上っていた。温室の植物たちがレコードのクラシック音楽を聴いている。

「なあ、どこからどこまでが作り話なのかをはっきりさせてくれないか」

植物園の管理人は、人差し指を立てて俺を制する。

「しずかに。音楽だ。聴いてみてくれ」

回転するレコードの円盤を二人で見つめる。スピーカーから流れる弦楽器の音色に、ふと、人間のうめき声らしきものがまじる。

「このレコードは？」

「旦那様の遺品のひとつをくすねておいた。人体楽器演奏会のコンサートを収録したものらしい。こいつは想像だがね、この音を奏でている楽器にも、人体のパーツが使用されているんじゃないだろうか。それでいて、完全に死んだわけじゃなく、生かされているんだよ。楽器たちは演奏されながら、まれに声を出すのさ。今のも、楽器がふとした瞬間に目ざめ、自らの状況をしり、恐怖と快楽に身をよじらせている声なんだ」

彼は大麻の煙を吸った。表情がほどけてやわらかくなり、くちびるの端からよだれをたらす。

「アコーディオンはそれからどうなった？」

「兄が処分を。ガソリンをかけて燃やしたよ。人間の焦げるにおいがただよった。熱せられた空気が楽器の内側を通り抜けて、悲鳴にも似た音が出たんだ。燃えかすのなかには人間の骨があって、それをひろいあつめて兄はどこかへ消えた。海にでも捨てたんじゃないかな。兄はもうこの町にはもどってこない。そんな気がするよ」

「燃やしたのはアコーディオンだけか？」

「バーンスタイン家にとって不名誉なもの全部だ。しかし、のこっているものもある。木箱やら、割れたレコードの円盤やら、まだ倉庫に置いてあるはずだ」

「見てもいいか？」

「好きにするといい。だけど、忠告しておく。あまり深入りしないほうがいい」

「気をつけるさ」

ビル・ケインをのこしてガラス製の半球状の温室を出る。植物にはさまれた小道を通り、薔薇の迷路へと迷いこむ。なんとか出口にたどりついて、管理棟に併設されている倉庫へと入ってみた。バチンとスイッチを入れると白熱灯が点り暗闇をはらいのける。

農機具や肥料が積み上がっていた。

片隅に木箱がある。アレクサンドル・ケインが遺品の運び出しに使用したものはこれだろうか。サイズ的にはちょうどそれくらいだ。車の後部座席に乗せられて、男が一人でかかえて運べる大きさだ。

中をのぞくと、おがくずが大量に詰められていた。手をつっこんで、なにかのこされていないかとしらべてみる。底の方に割れたレコードの破片を見つけた。指に何かが絡みついたので、よく見ると、黒色の毛髪だった。アコーディオンに張られていた皮の一部から黒髪が垂れていたという話をおもいだす。俺は気味が悪くて毛髪を引きちぎった。

木箱を蹴ってころがす。床にひろがったおがくずのなかに、白熱灯の光を反射させる何かがあった。四角形の薄い額縁で、ガラスの部分が光っている。額に入っているのは、ただのサーカスのチラシだ。普通のデザインと内容。焼却処分をまぬがれたのは、そのおかげだろうか。いただいておこう。額縁を開いてチラシを抜こうとする。その際、裏板が二重になっていることに気付いた。足下に封書が落ちる。二重の裏板にはさまっていたらしい。ジェームズ・バーンスタインはサーカスのチラシをかざっていたんじゃない。この封書を隠すためにこんな額縁を用意したのだ。

封筒はまるで中世時代のように溶かされた蠟《ろう》で封がなされている。いわゆる封蠟と呼ばれるもので、血のように真っ赤な色だった。封筒から便せんを出して字面をながめる。

【親愛なるジェームズ・バーンスタイン様へ】。流暢な筆記体で書かれていた。

それは音楽コンサートへの招待状だった。開催場所までの地図が描いてあるものの日付けは見当たらない。見たところ便せんは黄ばんでおり古いものらしい。コンサートはとっくに終わっていることだろう。俺はそいつを上着の内ポケットにしのばせて植物園を出た。

Ⅲ

ビル・ケインと植物園で話をして以来、悪夢を見るようになった。臓物の塊が空を埋め尽くし、血の雨が降ってくるという夢だ。俺はそんな町角で巨大な喪失感を抱え、うちひしがれており、一歩もうごけないでいる。ベッドで目が覚めても、まだ悪夢から抜け出していないような気がした。いそいでカーテンを開けて空を見上げて、ようやくほっと息を吐き出す。

部屋にやってきたエヴァ・マリー・クロスは、俺の顔色がすぐれないことに気付いてあれこれと心配する。そんなときに大家がたずねてきて家賃の催促をしやがった。手持ちの金がないと言って追い返そうとしたら、エヴァが自分の財布から数枚の紙幣をとりだす。

「これで足りますか？」

大家は納得して帰ろうとするが、俺に一瞥《いちべつ》をくれる。部屋の代金を恋人に支払わせるなんてなさけない男だと大家の目が語る。俺は舌打ちしてこんな部屋はもう出て行ってやると胸の内で毒づいた。しかし引っ越しをする金も俺にはないのだ。

公園を散歩してエヴァとベンチに腰かける。犬とたわむれている子どもをながめながら俺は話す。

「ビル・ケインと植物園で話をしてきた。おもしろい男だね」

「どんなこと、おしえてくれたの？」

「夢とも現実ともつかないことだ。バーンスタイン夫妻のことも、彼の作り話かもしれない」

「じゃあ、取材はおしまいね。今度の休日には遊園地に行きましょう」

「いいね。だけどその前に、もうすこしだけ調べたいことがあるんだ」

彼女が帰って部屋でひとりになると、植物園の倉庫で入手した封書をとりだしてながめた。【親愛なるジェームズ・バーンスタイン様へ】。この便せんを送ったのは何者だろう。音楽コンサートへの招待状らしいが、趣味の部屋にかくされていたということは、普通のコンサートではあるまい。ビル・ケインの語った人体楽器に関する証言を連想してしまう。まさかそんなことあるはずがないと、半信半疑で俺は首を横にふる。

封筒にこびりついている赤色の封蝋を虫眼鏡で観察してみた。ありがたいことに封蝋は割れておらず、シーリングスタンプの紋章が確認できる。シーリングスタンプには、差出人の家系を示す紋章が使用されることがおおい。俺はそいつを書き写しておくことにする。ふと、封蠟の紋章に見覚えがあるような気がした。しかしどこで見たのか、ちっともおもいだせない。似たようなロゴマークの企業があり、無意識にその看板を見ていたのかもしれないと結論づける。

さてこれからどうすればいいだろう。バーンスタイン夫妻の住んでいた屋敷に入らせてもらって趣味の品々が隠されていた場所をながめてみたかったが、おそらく俺みたいなどこのだれだかわからない奴には見せてくれないだろう。門前払いされるに決まっている。そこで俺は、招待状に記されているコンサートの開催場所へ行ってみることにした。周辺の住人に聞き込みをしてみて、昔、ここでどんなコンサートがおこなわれていたかを質問することで、何かしらの情報が手に入るかもしれない。そこがどんな場所でどんな土地なのかを見るだけでも、封書の送り主の人物像をおもい描く手助けになるはずだ。あるいは、シーリングスタンプの紋章を家紋とする家が見つかるかもしれない。

音楽コンサートの開催場所の町を地図で探す。車で三日ほどかかる距離だ。しばらく留守にすることをエヴァ・マリー・クロスに伝えて、俺はつきあいのあるクソ出版社のクソ雑誌編集部へとむかった。編集長をつかまえて、ジェームズ・バーンスタインに関するスキャンダルについて記事を書きたいので取材費をくれとたのみこんだ。返事はノーだった。

「おまえみたいな下っ端のチンカス記者にくれてやる金なんかあるとおもってるのか。どうせまたくだらないガセネタでもつかませられたんだろうよ」

「くわしく言えないが、すごいネタなんだ。いいさ、あんたが金をくれないっていうのなら、他のもっとマシな編集部に持って行くだけだ。じゃあな、金輪際、会うことはないだろうよ」

編集長は舌打ちするとポケットからしわくちゃの紙幣を数枚とりだして俺に投げつけた。

「これで結果を出さなかったら、二度とおまえの記事はつかわんぞ。おまえの悪評を流して業界にもいられなくしてやる」

「そりゃあ、ご褒美じゃないか。あんたの面を見なくてよくなるんだから」

紙幣をひろいあつめて、中指を立てている編集長に背をむける。さあこれであともどりはできなくなった。出版社の地下駐車場で車に乗りこみ、アクセルを踏む。タイヤが回転し、摩擦で煙がたつ。町を出て殺風景な一本道を北へとむかった。

運転して日が暮れる。道路沿いの安宿に泊まり、ちかくのレストランでサンドイッチを口にした。二日目もずっと運転していた。時折、車を停めて地図をながめる。ジェームズ・バーンスタインあての封書に記されていた住所は湖のそばの町だ。そこまでの道を指先で辿り、自分がどれくらいそこに近づいているのかを確認する。

三日目、車は山道に入った。針葉樹林が道の両脇に立ち並んでいる。陽光をさえぎっているためうす暗い。峠を越えて下り坂に入ったころ、車窓の景色に霧がただよいはじめた。白い霞のなかを車は進み、湖のそばの町へと到着する。封書の住所はちかい。湖沿いに貸しボートの店やキャンプ場などがならんでいる。地図を確認しながら、音楽コンサートがかつておこなわれていたという場所を探す。その場所には、演奏会がおこなわれるに値する施設でもあるのだろうと俺は勝手にかんがえていた。ライブハウスとか、オペラハウスとか、あるいは駆け出しのバンドマンが演奏するようなレストランとか、そういうものだ。しかしそんなものはどこにも見当たらない。霧の立ちこめた湖と針葉樹があるだけのさびれた田舎町ではないか。もしかしたら、ジェームズ・バーンスタインあてに招待状が書かれた当時はそういう建物があったのかもしれない。それが今では取り壊されて跡形もなくなっているという可能性もある。

湖の畔《ほとり》にレストランの看板を発見して車を駐車場に駐めた。店の横のおおきな木にブランコが設置してあり、そのそばで十歳にも満たない女の子が人形でおままごとをしてあそんでいる。店内には老人が数名いた。男女ともに煙草を吸いながら世間話をしている。俺はカウンターに腰かけて、死体みたいに顔色のわるい女店員にサンドイッチを注文する。

「ところですこし質問があるんだ。この辺りで昔、音楽コンサートが開催されたって話は聞いたことがないか？　俺の祖父が生前にこの町のことを話していたんだ。そのことをふとおもいだしてね」

できるだけさりげない雰囲気で店員に話しかける。老人たちにも同様のことを聞いてみた。しかし有益な情報は得られない。招待状の住所を口にしてみたが、その土地には針葉樹林が広がっているだけで何もないとのことだ。俺の祖父がどこか他の町とかんちがいしているのだろうと、店員と老人客は言う。

ベーコンと玉子のサンドイッチをたいらげて店を出る。駐車場の端で煙草を吸いながら、霧の立ちこめる湖をながめていると、女の子に話しかけられた。さきほど人形とおままごとをしてあそんでいた女の子だ。目と髪の毛が黒色で、頬《ほお》にそばかすがちらほら見える。人形を抱きしめて、俺を見上げながらそいつは言った。

「あなたが店で話しているのを聞いちゃった。その場所に行ってはだめよ」

「なんのことだい？」

俺は煙草を捨てて靴の裏で踏む。

「おじさん、音楽のコンサートの話をしてたでしょう？　その場所には、こわい人たちが出るから、ちかづいたらだめなんだよ。ひいおばあちゃんが、そう言ってたもの」

「きみのひいおばあちゃんは、他にどんなことを言ってた？　おぼえてるかい？」

「夜になると森の奥で演奏会やってるって」

「だれが？」

「【彼ら】よ。人間みたいだけど、たぶんそうじゃないって」

「宇宙人みたいなもんか？」

「わからないけど、たぶんちがう」

子どもたちが勝手に針葉樹林に入って迷子にならないようにと、大人が作り話を吹きこんでいるのかもしれない。俺と女の子が話していると、死人みたいな顔の女店員が外に出てきて店の入り口に立った。腕組みをして俺を見ている。女の子は話を打ち切って、彼女のもとへ駆けていった。俺は二本目の煙草に火をつける。

町外れのモーテルに入り、公衆電話でエヴァ・マリー・クロスと話をした。彼女は今日もカフェではたらき、いつもの顔ぶれの客と挨拶をしたという。

「あなたの方は？　どんな一日だった？」

「おいしいサンドイッチを食べたよ。そういやこの前、クソ編集長と喧嘩をしたんだ。結果を出して帰らないと、俺はもう出版界の片隅にさえいられなくなるだろう」

「そうなったら田舎の方に引っ越しましょう。ちいさな農場でも買って、のんびりと暮らすの」

泊まっているモーテルの名前や電話番号を彼女に告げて、俺に何かがあったらここに連絡するようにとつたえる。モーテルの設備は古く、シャワーを浴びようとしたらお湯が赤さびの色をしていた。仮眠をとって目が覚めるとすでに夜だった。窓の外でモーテルの看板のネオンが暗闇のなかで発光している。俺は上着の袖に腕を通して車に乗りこんだ。

行ってはだめ、と名も知らぬ少女が俺に忠告してくれた。しかし俺は招待状の住所をさがして車をはしらせる。昼間よりも霧が濃い。ヘッドライトで手探りするように湖沿いの道を走行する。何日も滞在できるほどの宿賃があるわけじゃない。探索できる時間はかぎられている。夜の間にもこの町をながめておこう。それに、あの子がひいおばあちゃんから聞いた話によれば、そこで演奏会がおこなわれていたのは夜だったというじゃないか。夜の間だけ明かりがついている店か何かを見つけられるかもしれない。

濃霧が車体にまとわりついている。ミルク色の分厚い毛布をかぶせられた赤ん坊にでもなった気分だ。地図を見ながら慎重にすすんでいると、昼間は気付かなかった脇道を発見する。針葉樹林の奥へとむかう分かれ道だ。招待状の住所はどうやらその道の先にあるらしい。舗装もされているし道幅もそれなりにあるから安心してハンドルをきった。

針葉樹林を奥へとむかう。

川が横切っており、橋をわたると路面の状況が変化した。アスファルトではなく古い石畳の道になる。道沿いに街灯がならんでいる。こんな針葉樹林の奥まった場所に街灯というのもおかしなものだ。しかもそれらは電気による照明ではなく、昔ながらのガス灯だ。炎の明かりが濃霧の奥にむかって点々とつづいている。

直線的なシルエットが前方にうかびあがった。煉瓦《れんが》造りの塀だ。俺はためしに車を駐めて屋根にのぼり、塀の上から敷地をのぞくことができないかとやってみる。塀の上には鋳鉄製《ちゆうてつせい》の槍のようなものが設置されていた。乗り越えようとすればくしざしにされるだろう。しかし高さはそれほどではない。車の屋根でジャンプすると、その一瞬だけ塀の内側が見えた。金持ちの家のようだった。ジェームズ・バーンスタインの屋敷ほどもある館が、霧のなかにシルエットを浮かび上がらせている。窓の明かりが縦横に数え切れないほどずらりとならんでいた。屋内で人の行き交う気配がある。

車の屋根にのぼってジャンプをくりかえしていたところ、馬のいななきと車輪の音がちかづいてきた。濃霧のなかから巨大な馬車があらわれたかとおもうと、塀のそばに駐めた俺の車の横を通りすぎていく。農家が荷をはこぶのに使う馬車ではない。中世の貴族が好んで乗っていたような馬車だ。こんな時間にこんな場所で馬車に遭遇するなんて想像もしなかった。そもそもあんな馬車は観光地でしか見たことはないぞ。

車に乗りこんで、馬車のむかった方向へと行ってみる。いくらか霧がうすれてきて運転がしやすくなった。塀の途中に門があり、さきほどの馬車がその手前に駐まっていた。

俺はすこしはなれた位置に車を駐めて観察する。

門の両側に奇妙な銀色の仮面をかぶった男が立っていた。馬車からドレスを着た女が降りる。でっぷりと肥え太った女で、そいつはパーティーグッズのような蝶々の眼鏡で顔をかくしていた。女は封書のようなものを取り出して、仮面の男たちに見せる。男たちは門を開けて女の馬車を敷地に通した。距離があったせいで確証は持てないが、女の見せた封書は、ジェームズ・バーンスタインが保管していた音楽コンサートへの招待状に似ていた。

さて、どうする。俺は運転席で自分に問いかける。ここで引き返し、モーテルの部屋で休むべきだろうか。それとも、ためしに門のちかくまで行って、仮面の男たちにいくつか質問してみるべきだろうか。この場所は何なのか、どのような人々が出入りしているのか、いったい何がおこなわれているのかと。もちろんやるべきことは決まっている。

俺は車を出て門にむかった。仮面の男が二名、俺に気付いているのかいないのか、直立したままうごかない。そいつらの目の前に立って銀色の仮面を観察する。鳩の顔を象《かたど》ったデザインだ。俺は片手をあげてそいつらに話しかける。

「その仮面、どこで買ったんだ？　なかなかいいじゃないか」

二人は無反応だ。

「冗談だよ。ちょっとおしえてほしいことがあってね。ここはいったい、どういう場所なんだい？　今晩、ここで何をやってるんだ？　音楽のコンサートかい？」

　俺は門の奥をのぞきこむ。敷地にはいくつも馬車がならんでいた。年代物のクラシックカーもある。もっとよく見ようと、俺はうっかり、門にちかづきすぎたらしい。突然、男たちの片方がうごいて俺の腕をねじりあげる。激痛がはしって息ができなくなった。

「まいった！　降参だ！」と叫んだが、男には通じていない雰囲気があり、力をゆるめてはくれない。腕の筋がちぎれるかとおもったそのとき、俺の上着のポケットから封書が落ちる。ジェームズ・バーンスタインの遺品の招待状だ。もう一人の仮面の男がそいつをひろいあげて便せんを開く。

「やめてくれお願いだ！　折れちまう！　警察に言うぞ！」

　突然、腕が解放された。二人は胸に手をあてている。俺に謝罪の意を示しているようだ。俺に封書をもどして、どうぞお通りくださいという仕草をする。二人はどうやらかんちがいしているらしい。この俺が招待状の持ち主の大富豪のジェームズ・バーンスタインその人だとおもいこんでいるのだ。

Ⅳ

ジェームズ・バーンスタインが招待状をもらったのはいつごろだろう。便せんの黄ばみ具合から、一昔前のものだと判断していたが、今でも招待状として門を通り抜けられるということは、永久にくりかえし何度でも彼には招待される権利があったということだろうか。

間近で見上げると屋敷は貴族の城と表現しても過言ではない。玄関にも仮面の男が立っており、ジェームズ・バーンスタインの招待状を見せると重々しい扉が開かれた。明かりがもれて玄関先に光の筋をつくる。入り口で黒色の外套《がいとう》と仮面を手渡された。仮面は銀色で、泣いている人間の顔を象ったデザインだ。この場所ではこれが正装らしい。俺にとっては好都合だ。顔と服装がすっかり隠された状態になれば、ジェームズ・バーンスタインを騙《かた》っていることも覚られず、つまみだされることもあるまい。俺は外套に身を包み、顔を仮面で覆った。屋内にすすむと、お香のにおいがただよってくる。

教会をおもわせる高い天井付近にまで、むせかえるような煙が立ちこめている。すっかり鼻がやられてしまい、すぐそばに腐乱死体があったとしても、においで気付くことはないだろう。壁に燭台がならんでいた。蠟燭の明かりが集っている人々を幻想的に照らし出す。来訪者はどの人物も仮面に黒色の外套という姿だ。ひとりずつ仮面のデザインはちがっている。わらった顔もあれば、怒った顔もいる。象の頭部を象ったものもあれば、獅子の顔を象ったものもある。いかれた芸術家がつくったとしかおもえないグロテスクな形状の仮面もあれば、色とりどりの蝶をピンで刺したような仮面もある。

ひそひそ声で交わされている来訪者たちの会話に耳をすませてみたが、俺のしらない言語でやりとりがなされている。赤く濃いワインがふるまわれていた。グラスの縁にくちびるをつけるときだけ、来訪者の仮面がわずかにもちあげられ、顎の付近があらわになる。くちびるを青紫に塗っている者もいれば、真っ白に塗り固めている者もいる。貴婦人の集団も見かけた。仮面のかわりに黒い布で顔をおおい、布には金銀で無数の目の模様が刺繍されている。

はたしてこいつらは何者だろう。ジェームズ・バーンスタインもこの秘密クラブの一員だったのだろうか。来訪者たちを観察しながら俺は屋敷の奥へとむかう。後で文章におこすため、しっかりと見聞きしておかねばならない。俺はここでジェームズ・バーンスタインのスキャンダルの正体やその証拠を把握するひつようがあるのだ。大富豪が妻にもおしえていなかった人生の側面がこの屋敷にはかくされているはずだ。

宮殿をおもわせる豪奢《ごうしゃ》な部屋が連なっていた。飾られている絵画の額縁や設置されたソファーにはゴシック風の装飾がなされている。それらに気をとられながら移動していると、山羊の仮面をつけた男にぶつかってしまう。

「すまない」

「かまいませんよ、お気をつけて」

なじみのある英語で返答がある。国営放送のアナウンサーのように落ちついた声だ。

年齢は高めだろう。声の印象からそのように判断する。黒色の外套に包まれた彼の体は細身で、俺よりも身長が高い。ためしに話しかけてみる。

「いい夜だな」

「ええ、とても」

英語で意思の疎通ができる来訪者を見つけられた幸運に感謝する。いろいろ質問してこの秘密クラブの正体を確かめたかったが、不用意な質問をすれば俺が闖入者《ちんにゅうしゃ》だとばれてしまうので気をつけなくてはならない。

「ここへたどり着くまで、道に迷ったんだ」

「間に合って良かったですね。演奏がはじまったら、会場の出入りは制限されますから」

山羊の仮面の男を俺は観察する。そいつの素性がわかるような手がかりはないものだろうか。俺の顔にはまっている泣きっ面の仮面のおかげで、目の動きをさとられることもなく、じろじろと見てもおそらく感づかれることはあるまい。首筋の肌から、そいつが白人だとわかる。銀髪が整えてあり、耳のうしろに痣《あざ》があった。

「さあ、そろそろはじまります。会場へ移動しましょう」

壁際の巨大な振り子時計を見て山羊の仮面の男は言った。他の来訪者も屋敷の奥へとあるいている。彼らの流れにまじって移動すると、劇場のホワイエをおもわせる空間に出る。複数の出入り口の手近なところから入った。音楽の演奏会場にはすでに人々がひしめいている。前方がステージになって緞帳《どんちょう》がさがっていた。座席はない。全員が立ち見のようだ。二階席にも様々な仮面がならんでステージを見下ろしている。

天井から車輪の形をしたシャンデリアが吊られている。そこにならんでいる蠟燭の明かりで人々の仮面が暗闇のなかにうかぶ。出入り口の扉が閉ざされると話し声がおさまり異様な静寂につつまれた。

緞帳があがりはじめる。そのむこうにはすでに楽団が待機していた。奇妙な楽団だ。彼らの手にしているものが楽器だとはすぐにわからなかった。目をこらしてみてようやく、それが楽器としての機能を持った存在だと理解する。

俺は動揺をさとられないように仮面の内側で声を噛み殺す。周囲に視線をめぐらしてみるが、だれもおどろいている者はいない。人々は直立不動の姿でステージを見つめている。

お香の煙は甘ったるいにおいをはらんでおり、熟しすぎて腐った果物を想像させられた。煙の奥から指揮棒を持った男があらわれて一礼する。金色の仮面で素顔をかくしていた。そいつが指揮棒を振ると音楽がはじまる。

まずはバスドラムが打ち鳴らされた。暗雲が空へひろがっていくかのように不穏な低音だ。バスドラムは両面に皮が張られたおおきな太鼓である。そいつを乗せている台は白色で、いびつな形状をしていた。よく見るとそれは二人分の人骨だとわかる。まだ子どもくらいのサイズで、生きていたときとおなじような形に組まれ、バスドラムが倒れないように両側から支えるような格好で固定されている。そういう趣向のデザインなのだ。しかしそれは作り物ではなく本物の骨にちがいない。なぜなら太鼓に張られている皮が遠目からでも人間の皮膚らしいとわかったからだ。人体から剝がされて引き延ばされたものがバスドラムの巨大な円筒形に張られている。表面は平らになりきれておらず、人体だったときのなごりがのこっていた。胸や腹、臍《へそ》らしきものがうっすらとバスドラムの中央付近に模様となって浮かんでいる。継ぎ接《は》ぎされた箇所もなく、こんなにもきれいに人間の皮膚というものは剝がれるものだろうか。それはバスドラムを支えている二人のものだったにちがいない。両面にそれぞれ自分の皮膚が張られたバスドラムを自ら支えているというわけだ。演奏者はバスドラムに張られた皮膚の腹をめがけてマレットを打ち付ける。何度も何度も。まるで苦痛をあたえるかのように。

管楽器の音色がバスドラムの低音のむこうから立ち上る。暗雲をかきわけて神々しい光が地上へと降りそそぐかのように。管楽器は大小あわせて数種類がならんでいた。人骨を組み合わせて制作されたものもあれば、皮膚と内臓をつないで金属で塗り固めたようなものもある。顔の上半分だけを仮面でかくしている奏者たちが、それらの楽器にくちびるを押し当てて息を吹きこむ。楽器の内側で空気が反響して音色となる。なかでも目を引いた管楽器は、切り落とした頭部に複数の穴をあけてオカリナにしたものである。頭部をおおっている皮膚はそのままに、どうやら中身だけがくり抜かれてあるらしい。空気がよけいにもれないようにと、目や口は縫い付けられている。それが女の頭部であるとわかったのは、長い髪の毛が垂れ下がっているからだ。首から上だけの頭部を奏者は愛しそうに抱きかかえ、髪をかき分けて頭の穴に息を吹きこむと、かつて脳が占めていた空間で空気が反響して音が生じる。その音色はときにかわいらしく、ときに悩ましい。頭をオカリナにされたその女が、自分を奏でてくれる奏者と語らっているかのようだった。

弦楽器の音色が音楽を運命的に彩る。なかでもヴァイオリンの音色を響かせている楽器にひきつけられた。ほかの楽器と同様に材料として人体が使用されている。しかしどのような処理がほどこされているのか、まるで生きているかのように肌は艶《つや》やかだ。ヴァイオリンに加工されているのはうつくしい少女だった。喉元から下腹部まで縦に裂かれており、どうやら内臓はすっかり抜かれているらしい。体に複数の楔《くさび》を打ちこまれて弦がはられている。演奏者は少女を抱きかかえて愛撫するように弓で奏でた。弦の震えは体内で反響し音色となって人々の胸をうつ。しかしそれだけではない。どのような医学的処理がほどこされているのか、少女は完全には死んでいないのだ。目が半ばくらいまでひらいており青色の瞳がのぞいている。その目はうつろで、つぼみのようなくちびるが明瞭な言葉をつむぐことはないが、少女のものとおもわれるかすかなうめき声がヴァイオリンの音にまじっている。弦の振動が楔から腰骨へとつたわって音を発すると、声らしきものがくちびるの隙間からもれてくる。この状態で生命活動を停止しない者などいるだろうか。抜き取られた内臓のかわりをするような機械が背後にあり、管かなにかでそれとつながっているのだろうか。しかしそれらしいものはない。ヴァイオリン少女の奏でる音は聴く者の胸をかきみだし、狂おしい気持ちにさせられる。この音に俺は聞き覚えがあった。植物園の温室でビル・ケインが大麻を吸いながら聴いていたレコードだ。

奇妙な楽団の演奏がどれくらいの時間、おこなわれたのか正確には把握できなかった。夢のなかの人生とおなじだ。長くもあり一瞬のようでもある。気付くと俺は悪夢的な演奏会に見入っている。恐怖心は麻痺し、音楽が終盤になるとなごり惜しい気さえするのだった。最後の音が会場から消えると、静寂の後に仮面の観客たちが拍手をする。俺のとなりにいた山羊の仮面の男が、耳元に仮面をちかづけて話しかけてきた。

「すばらしい演奏でした」

「ああ、まったくだ」

緞帳がさがりはじめて、おぞましい人体楽器たちは奏者とともに向こう側の暗がりへと消えた。拍手は鳴り止まない。騒々しさのなかで山羊の仮面の男が言った。

「それでは行きましょう。あなたには特別な部屋を用意してあります。ジェームズ・バーンスタイン様」

俺は拍手をやめた。そいつは、あらためて言い直す。

「いえ、あなたは、ちがいますね。他人の招待状をつかって忍び込んだ者にはペナルティがありますよ」

「何のことだ？」

俺はなにか侵入者だとばれるような失敗をやらかしていたのか？　そいつはいきなり手をのばしてきて、俺の泣きっ面の仮面をつかんではぎとった。周囲にいた観客たちが、素顔のさらされた俺をふりかえる。

この場にとどまっているのは危険だ。俺は逃げた。外套に包まれた者たちをかきわけて会場を出る。豪奢な部屋を駆け抜けて出口を探す。何度もだれかにぶつかった。そのたびに仮面の顔が俺へとむけられる。山羊の仮面の男が追ってくる気配はない。しかし侵入者がいるというしらせが届いていたのだろう。ようやくたどりついた玄関の手前で俺は仮面の男たちにつかまった。

部屋の様子はわからない。頭から黒い布をかぶせられていたせいだ。椅子にしばりつけられ、うごくことはできなかった。俺に素性を質問して取引を持ちかけたのは山羊の仮面の男だ。姿を見ることはできなかったが声からそうわかる。俺は過呼吸のような状態で息をする。そのたびにかぶせられた布がふくらむ。

「屋敷の主人は心の広いお方です。条件つきであなたを解放する約束をしてくださいました。もしもその条件をあなたが拒否すれば、想像を絶する苦痛が与えられるでしょう。死ぬことさえできない永遠の苦痛です」

その条件とやらの内容をたずねる。声がふるえてうまく言えなかった。胃液がこみあげてきて吐いてしまう。布の内側は自分の吐《と》瀉物《しゃぶつ》まみれになり、喉をつたって胸から腹へと吐いたものがたれていく。山羊の仮面の男は気にしない。

「愛を捧げるのです。わるいようにはしません。条件を飲み、楽におなりなさい」

どういう意味だ？　愛を捧げる？　ともかく俺は恐怖から逃れるためにその条件を受け入れた。契約書らしきものが読み上げられる。俺は布をかぶせられたまま人差し指を切られ、流れた血によってサインをさせられた。契約は成立。そこで意識が途絶えてしまう。気絶したのか、何らかの力で眠らされたのかはよくわからない。

目が覚めると俺は車の運転席にいた。ハンドルにもたれかかってねむっていたらしい。針葉樹林に差しこむ清涼な朝日が、フロントガラスを通過して俺の顔にあたっている。ひどい夢を見たものだ。車の周辺には木々しか見えず、屋敷の塀も石畳の道も存在しない。あれが夢であったことに安堵《あんど》しながら背伸びをする。そして咳きこんだ。不快なにおいが車内にたちこめている。どうやら胃液のにおいだ。よく見れば俺の服の胸から腹にかけてが吐瀉物にまみれている。

俺はエンジンをかけて車を発進させた。昨晩の記憶によれば針葉樹林に川が流れており橋をわたったはずだ。しかし橋はどこにも見当たらず、対岸へとわたることなく湖沿いの道路へと脱出する。昨晩の世界と地続きになってしまったかのような気持ちの悪さを感じたが、ともかくモーテルまで帰り着くことができた。モーテルの主人は昨日とかわりのない様子で応対してくれる。部屋に置いていた荷物を回収して車にもどり町を後にした。一刻も早くその町から逃げ出したかったのだ。

曲がりくねった山道を運転しながら自問自答する。あれは現実のことだったのだろうか。巨大な屋敷や、そこにあつまっていた者たちや、演奏されていた人体楽器は、俺が睡眠中に見てしまった夢ではなかったのか。そうではないとしたら、どうして自分は解放されたのだろう。

山道を過ぎたところにあった田舎町の公衆電話からエヴァ・マリー・クロスに連絡をいれてみる。しかし彼女が電話に出ることはなかった。俺は一晩中、運転して住みなれた町を目指す。休憩のためドライブインへ立ち寄るたびに電話をしてみたが、エヴァの声を聞くことはできなかった。仕事がいそがしくて家に帰れていないのかもしれない。ほかの男と浮気している可能性はかんがえなくてもいいだろう。不思議と俺は彼女のことを全面的に信じることができた。

俺は彼女の声を聞いて深い安堵感につつまれたかったのかもしれない。運転のしすぎで意識がもうろうとしはじめる。様々な時間帯でためしてみたが連絡がつかないので、彼女のはたらいているカフェに電話をかけてみる。そこではたらいているエヴァ・マリー・クロスのしりあいですが彼女に電話をかわってもらえますか。俺はドライブインの公衆電話の受話器に祈るみたいにお願いした。しかし彼女はカフェにいなかった。電話に出た店員によれば、そんな女はここではたらいていないという。急に辞めたというわけでもなさそうだ。一度もエヴァ・マリー・クロスなどという人物が雇われた記録もないのだという。そんなはずがないと食い下がったが、電話は切られて二度とつながらなかった。

V

エヴァ・マリー・クロスを探しているうちに数年がすぎた。俺は彼女の行方に関する情報を拾い集めようと奔走した。しかしそんなものはどこにもなかった。誘拐されたのでもなければ、彼女が家出をして雲隠れしたわけでもない。存在が根こそぎ消えたとしかおもえない状態だった。彼女に会ったことのあるすべての人間の頭から彼女の記憶は消えていた。彼女の住んでいた部屋にも行ってみたが空っぽだった。俺の部屋に放置されていたはずの彼女の衣類も見当たらない。エヴァ・マリー・クロスの実家もたずねてみた。彼女の両親にはすでに何度かお会いしたことがあったのだが、二人とも俺とは初対面だと言う。娘のことをたずねてみたが、彼女の母親は子どもを産んだことなどないと言い張る。父親も同様で、彼女が子どものころにつかっていたはずの部屋は物置となっていた。やめさせようとする二人を無視して、彼女がそこで子ども時代をおくったという証拠をさがして家具という家具をひっくり返していると、警察を呼ばれて連行されてしまう。

クソ編集長が俺の悪評を流布して出版界には居づらくなった。生活費のため、汚い仕事にも手をそめるようになった。仕事の合間に町をさまよいながら、エヴァ・マリー・クロスのおもかげをさがしてあるく。後ろ姿のにている女を見かけると追いかけて呼び止めた。しかし彼女はどこにもいなかった。

彼女のはたらいていたカフェにもよく行った。窓際の席についてコーヒー一杯を注文し、彼女がいつもいた場所を見つめる。ある日、カフェにいるときに、見覚えのある女性が来店した。エヴァの大学時代からの友人で、孤児支援のボランティアをしていた人物だ。俺は彼女に話しかけてみた。怪訝《けげん》そうな顔で俺を見る目から、彼女にとっては初対面なのだろうと判断する。実際はエヴァとともに何度かランチをしたこともあるのだが。

「ボランティア活動をされている方ではありませんか？　街角でチラシを配っていたことがありますよね？　たしか、そう、あれは孤児支援の活動だったかな？」

そう言ってやると彼女の表情はあかるくなった。彼女の関わっているボランティア団体の活動内容や課題などをエヴァから聞かされていたので、その話題を利用して警戒心を解く。俺たちはコーヒーを飲みながら話をした。バーンスタイン家からの支援打ち切りについて文句を言ってやると彼女は同調して俺を仲間だと認識してくれる。

「エヴァ・マリー・クロスという女性をしりませんか？　ボランティア団体のお手伝いをしていたはずなんですが……」

頃合いを見てそう質問してみたが、やはり彼女もそのような人物に心当たりがないという。それほど落胆しなかったのは予想されていた回答だったからだ。俺はうなずいてコーヒーを口にしようとするが、手元をあやまってこぼしてしまう。ハンカチをわすれていたので対処にこまっていると、彼女が鞄から紙ナプキンを差し出す。

「これをつかって。うちのボランティア団体のオリジナルグッズよ。みんなで作ったの。収入は運営費につかう予定だったけど、売れ行きはかんばしくなかったわね」

なつかしさがこみあげた。おなじものをエヴァが持ち帰って、しばらくの間、お世話になっていたからだ。そいつでコーヒーを拭いていたら、紙ナプキンに印刷されたマークが目に入る。

「これは？」

そいつを指さしてたずねてみる。

「うちのボランティア団体のマーク。それがどうかした？」

「これを提案したのは、ジェームズ・バーンスタイン？」

「たしかそうだったはずよ」

それとおなじものを俺は別の場所で見ていた。ジェームズ・バーンスタインの遺品のひとつ、音楽コンサートへの招待状だ。封をするために押し当てられた血の色の蠟にその紋章が押されていたはずだ。どこかで見た気がしていたのは、ボランティア団体のマークだったからだ。

この事実に、どのような意味がある？　奇妙な楽団による音楽コンサートの招待状と、孤児支援のボランティア団体とに、何らかの関連があるというのか？

俺は孤児支援のボランティア団体について調査した。その結果、ボランティア団体の紹介で里親に引き取られていった子どもたちの何割かが行方不明になっていることに気付く。資料を片手に子どもたちが住んでいるはずの場所まで出かけても、そこにはあたたかい家庭など存在せず、家そのものが見当たらない。役所をたずねてみると、すでに引っ越したという資料がのこっており、引っ越し先に行ってみると、またおなじように引っ越し済みなのである。結果、役所をたらい回しにされて、永遠に子どもたちの場所にはたどりつけなかった。

さらに俺は、とある写真を発見する。孤児院を視察訪問しているジェームズ・バーンスタインの新聞記事だ。掲載されている写真には、子どもたちから花をプレゼントされている彼の姿があった。しかし問題は彼の後ろに付き従っている老紳士だ。おそらく執事のアレクサンドル・ケインという人物にちがいない。目鼻の雰囲気が植物園の管理人のビル・ケインに似ているけれど、こちらのほうがずっとスマートで知的な印象である。白黒写真だから色味まではよくわからないがおそらく銀髪だ。俺は虫眼鏡でその写真を詳細にしらべてみる。耳のうしろにインクの染みのような痣があった。いや、それは、痣なんかじゃない。正真正銘、ほんとうのインクの染みにちがいない。きっとそのはずだ。しかし俺はそこはかとない恐怖におそわれ、それ以上の調査を切り上げた。

人体楽器の演奏会で出会った山羊の仮面の男が、アレクサンドル・ケインだったという可能性はどれくらいあるだろう。いなくなった孤児たちが、実際は例の楽器にされている可能性は。大富豪が【親愛なるジェームズ・バーンスタイン様へ】などと書かれた招待状をもらいうけていたのは、楽器制作にひつような材料を提供していたからではないのか。くそったれのジェームズ・バーンスタインめ。エヴァ・マリー・クロスやその友人たちは、子どもたちが幸福になるためにあのボランティア団体で活動していたんだぞ。里親に連れられて行く子どもたちの、期待と不安とよろこびにみちた表情をしらないのか。彼女は子どもたちが永遠に幸せでいられるようにいつも祈っていたんだぞ。くそったれ！

アレクサンドル・ケインは、ジェームズ・バーンスタインの遺品を処分して行方知れずになっていたんじゃなかったのか。それとも弟のビル・ケインもいくらか事情をしっていて俺に嘘をついていたというのか。もしそうなら、俺が遺品の招待状をこっそりと持ち去ったことも気付かれていたのかもしれない。俺が音楽コンサートにしのびこむことを、事前に兄へ連絡していたともかんがえられる。山羊の仮面の男は、俺という侵入者の存在にはじめから気付いていたのだ。俺があの場所にむかうという報告をうけて、待ち構えていたというわけだ。それともかんがえすぎだろうか。銀髪の執事の写っている別の新聞をチェックすれば、耳の後ろに痣なんかなくて、やっぱりインクの染みだったという結論が得られるかもしれない。だけど俺はもうそんなことをしなかった。もういい。もういいのだ……。

毎晩、酒を飲んだ。思考が迷宮に入りかけたら、それ以上、奥に入っていかないように大麻を吸って音楽を聴いた。大麻と言えばビル・ケインにも会いに行ったことがある。事実を追及するためだ。しかし彼はいなくなっていた。植物園は荒れ放題で半球状の温室もガラスがところどころ割れている。バーンスタイン家の資産を管理している者たちが閉鎖を決定したらしい。じきに土地も売り出されることだろう。管理者のいなくなった無人の植物園で木々たちは猛々しく枝葉を茂らせている。しばらくあるきまわっていると偶然に大麻の群生地を発見した。ビル・ケインの栽培していたものが野生化したのだ。俺はそこから自分の分を摘んでたのしむようになった。

植物園の温室までレコードとプレーヤーと肘掛け椅子をはこんできた。かつてビル・ケインがそうしていたように、音楽を聴きながら煙を吸う。温室を突き破って枝葉をのばす木々の間へ、煙と音楽がただよっていく。木漏れ日がふりそそぎ、地面をまだらに染めていた。風はまるで植物たちの吐息のように感じられた。すべてが溶け合い一体になるようなやさしい気持ちに包まれ、俺は泣きそうになる。

それはある寒い冬の日のことだった。大麻を吸うために温室をたずねてみると、肘掛け椅子の座面に包みが置かれていた。だれが置いたのかわからない。放置された植物園に俺以外の人間が出入りしていることもしらなかった。包みはちょうどレコード盤くらいのおおきさと薄さだ。丁寧に紙でくるまれており、赤い血のような蠟で封がされている。蠟に刻印されたマークに見覚えがあった。慎重に包みを開くと、くるまれていたのはレコード盤だった。ラベルは無記名で、何が録音されているのかわからない。便せんが添えられている。例の音楽コンサートへの招待状だった。【親愛なる……】。俺の名前が記されている。レコードを再生してみた。盤の表面にそっと下りたつ針はバレリーナのようだ。レコードに録音されていたのは弦楽器の音色だった。胸をふるわせるようなうつくしい旋律だ。弦楽器の音色にまじって女の声が聞こえる。うめき声のようでもあり、快楽に身をよじる声のようでもある。俺にはわかった。それがエヴァ・マリー・クロスの声だと。

【著者略歴】

乙一（おつ・いち）
一九九六年「夏と花火と私の死体」でジャンプ小説・ノンフィクション大賞を受賞しデビュー。著書に『ＧＯＴＨ』『ＺＯＯ』『箱庭図書館』『Arknoah』シリーズなど多数。

中田永一（なかた・えいいち）
二〇〇五年「百瀬、こっちを向いて。」でデビュー。著書に『吉祥寺の朝日奈くん』『くちびるに歌を』『私は存在が空気』『ダンデライオン』、中村航氏との共著に『僕は小説が書けない』がある。

山白朝子（やましろ・あさこ）
二〇〇四年「長い旅のはじまり」でデビュー。怪談専門誌『幽』を中心に執筆。著書に『死者のための音楽』『エムブリヲ奇譚』『私の頭が正常であったなら』がある。

越前魔太郎（えちぜん・またろう）
二〇一〇年八月二十一日公開の映画『NECK』に登場する架空の作家。映画公開の宣伝企画として同年『魔界探偵　冥王星Ｏ』シリーズが講談社ノベルス・電撃文庫・メディアワークス文庫より刊行された。

複数の書き手による覆面作家である。本作「エヴァ・マリー・クロス」の書き手は、『冥王星O　ヴァイオリンのV』を担当している。

安達寛高（あだち・ひろたか）

一九七八年生。出身は福岡県。趣味は小説の執筆、映画鑑賞、ラジオを聴くこと。枕木憂士の名義で映画エッセイを寄稿したこともある。

メアリー・スーを殺《ころ》して
幻夢《げんむ》コレクション
朝日文庫

2019年1月30日　第1刷発行

著　　者　乙一《おついち》　中田永一《なかたえいいち》　山白朝子《やましろあさこ》
越前魔太郎《えちぜんまたろう》　安達寛高《あだちひろたか》

発 行 者　須田　剛
発 行 所　朝日新聞出版
〒104-8011　東京都中央区築地5-3-2
電話　03-5541-8832(編集)
03-5540-7793(販売)
印刷製本　大日本印刷株式会社

Published in Japan by Asahi Shimbun Publications Inc.
定価はカバーに表示してあります

ISBN978-4-02-264912-6

落丁・乱丁の場合は弊社業務部(電話 03-5540-7800)へご連絡ください。

送料弊社負担にてお取り替えいたします。